Knaur

Von Dean R. Koontz sind außerdem als Knaur-Taschenbücher erhältlich:

»... alias Mike Tucker / Mike Tucker und der Maya-Fries / Mike Tucker auf Tauchstation« (Band 1699)
»Unter Beschattung« (Band 1775)
»Codewort: Pentagon« (Band 1776)
»Chase« (Band 1777)
»Nackte Angst« (Band 1779)
»Nach dem letzten Rennen« (Band 1780)
»Flüstern in der Nacht« (Band 1781)

Vollständige Taschenbuchausgabe Juni 1990
Droemersche Verlagsanstalt Th. Knaur Nachf., München
Titel der Originalausgabe »The Voice Of The Night«

Aus dem Amerikanischen von Edda Janus

Dieser Titel erschien bereits im Rowohlt Taschenbuch Verlag
Umschlaggestaltung Manfred Waller
Umschlagfoto Photodesign Mall
Druck und Bindung Ebner Ulm
Printed in Germany 5 4 3 2 1
ISBN 3-426-01784-9

Dean R. Koontz:
Ein Freund fürs Sterben

Roman

Knaur

Die Hauptpersonen

Roy Borden	hat Träume und Wunschvorstellungen, die sich schlecht mit seinem Alter vereinbaren lassen.
Helen Borden	spricht – endlich.
Belinda Jane Borden	löst durch ihre bloße Existenz Tragik und Tod aus.
Colin Jacobs	muß entdecken, daß Menschen letztlich viel angsteinflößender sind als die Monster und Ungeheuer der Filmindustrie.
Louise Jacobs	hat das Sorgerecht für ihren Sohn erhalten, was nicht bedeutet, daß sie sich um ihn sorgt.
Stephen Rose Philipp Pacino	haben Schlagzeilen in den Lokalzeitungen gemacht.
Heather Lipshitz	ist jung genug, um das Unglaubliche zu glauben.

1. Teil

1

«Hast du schon mal getötet?» fragte Roy.

Colin runzelte die Stirn. «Was meinst du damit?»

Die beiden Jungen standen am Nordende der Stadt auf einem Hügel. Der Ozean lag unter ihnen.

«Irgendwas. Ob du schon jemals was getötet hast», sagte Roy.

«Ich weiß nicht, was du damit meinst.»

Weit draußen auf dem sonnengefleckten Wasser bewegte sich ein großes Schiff nach Norden, dem fernen San Francisco entgegen. Näher zur Küste stand eine Bohrinsel. Auf dem einsamen Strand suchte ein Vogelschwarm unermüdlich den Sand nach Eßbarem ab.

«Du mußt irgend etwas getötet haben», sagte Roy ungeduldig. «Wie ist es mit Käfern?»

Colin zog die Schultern hoch. «Klar. Stechmücken. Ameisen. Fliegen. Und?»

«Wie hat dir das gefallen?»

«Was gefallen?»

«Na, sie umzubringen.»

Colin starrte ihn an und schüttelte endlich den Kopf. «Roy, manchmal bist du ganz schön verrückt.»

Roy grinste.

«Gefällt es dir denn, Insekten zu töten?» fragte Colin unsicher.

«Manchmal.»

«Warum?»

«Weil es unheimlich stark ist.»

Alles, was Roy Spaß machte oder was er aufregend fand, nannte er «stark».

«Was soll einem daran schon gefallen?» fragte Colin.

«Das Geräusch beim Zerquetschen.»

«Och!»

«Hast du schon mal einer Gottesanbeterin die Beine ausgerissen und zugesehen, wie sie zu gehen versucht?» fragte Roy.

«Verrückt. Wirklich verrückt.»

Roy wandte sich der nie endenden Brandung zu, stemmte die Hände kämpferisch auf die Hüften, als wolle er es mit der hereinkommenden Flut aufnehmen. Für ihn war das eine ganz natürliche Haltung; er war zum Kämpfen geboren.

Colin war vierzehn, ebenso alt wie Roy, aber er forderte nie etwas heraus. Er rollte durch das Leben, ließ sich von ihm treiben, leistete keinen Widerstand. Schon vor langer Zeit hatte er gelernt, daß Widerstand Schmerzen bereitete. Colin saß auf dem Hügel im trockenen Gras. Er blickte bewundernd zu Roy auf.

Ohne sich vom Meer abzuwenden, fragte Roy: «Hast du schon mal was Größeres als Käfer getötet?»

«Nein.»

«Ich schon.»

«Ja?»

«Ach, oft.»

«Was denn?» fragte Colin.

«Mäuse.»

«Au ja», Colin erinnerte sich plötzlich wieder, «mein Vater hat mal eine Fledermaus erschlagen.»

Roy sah ihn von oben herab an. «Wann war das?»

«Vor zwei Jahren, in Los Angeles. Meine Eltern waren damals noch zusammen. Wir hatten ein Haus in Westwood.»

«Da hat er die Fledermaus getötet?»

«Ja. Sie werden wohl auf dem Dachboden gelebt haben, und eine ist ins Schlafzimmer meiner Eltern geraten. Es war in der Nacht. Ich wachte auf und hörte meine Mutter kreischen.»

«Die wird unheimlich Angst gehabt haben, was?»

«Irre vor Angst!»

«Mensch, das hätte ich gern gesehen.»

«Ich bin durch den Flur gerannt, um zu sehen, was los war. Die Fledermaus ist im Zimmer herumgeschwirrt.»

«War sie nackt?»

Colin riß die Augen auf. «Wer?»

«Deine Mutter.»

«Natürlich nicht.»

«Ich dachte, daß sie nackt schlief und du sie gesehen hast.»

«Nein.» Colin spürte, daß er einen roten Kopf bekam.

«Hatte sie ein Nachthemd an?»

«Weiß ich nicht.»

«Das *weißt* du nicht?»

«Ich erinnere mich nicht mehr», gestand Colin verlegen.

«Wenn ich sie gesehen hätte, würde ich mich verdammt genau erinnern», sagte Roy.

«Na, sie wird schon ein Nachthemd angehabt haben. Doch, ich erinnere mich jetzt wieder.» In Wirklichkeit wußte Colin nicht, ob sie einen Schlafanzug oder einen Pelzmantel getragen hatte, und er begriff auch nicht, warum Roy sich dafür interessierte.

«Konntest du durchsehen?»

«Durch was durchsehen?»

«Himmel, Colin! Ob das Nachthemd durchsichtig war?»

«Warum sollte ich durchsehen wollen?»

«Bist du schwachsinnig?»

«Warum sollte ich da rumstehen und durch das Nachthemd meiner *Mutter* sehen wollen?»

«Weil sie nicht schlecht gebaut ist.»

«Das kann doch nicht dein Ernst sein!»

«Hübsche Titten.»

«Roy, du spinnst ja.»

«Phantastische Beine.»

«Woher willst du das wissen?»

«Ich hab sie im Badeanzug gesehen. Sie ist Klasse.»

«Was ist sie?»

«Sexy.»

«Sie ist meine *Mutter*!»

«Na und?»

«Manchmal bist du ganz schön merkwürdig, Roy.»

«Und du bist hoffnungslos.»

«*Ich?* Genau.»

«Hoffnungslos.»

«Ich dachte, wir redeten von der Fledermaus.»

«Was war also mit der Fledermaus?»

«Mein Vater hat einen Besen geholt und sie aus der Luft geschlagen. Er hat so lange draufgehauen, bis sie aufhörte zu schreien. Mann, du hättest sie schreien hören sollen.» Colin schauderte. «Es war gräßlich.»

«Blut?»

«Wie?»

«War alles voller Blut?»

«Nein.»

Roy blickte wieder auf das Meer hinaus. Er schien von der Geschichte von der Fledermaus wenig beeindruckt zu sein. Der warme Wind zerzauste ihm die Haare. Er hatte die dichten goldenen Haare und das gesunde sommersprossige Gesicht, das beim Werbefernsehen auftauchte. Er war ein stämmiger Junge, kräftig für sein Alter und ein guter Sportler.

Colin hätte gern wie Roy ausgesehen.

Eines Tages, wenn ich reich bin, dachte Colin, gehe ich in die Praxis eines Schönheitschirurgen, mit vielleicht einer Million Piepen in bar und einem Foto von Roy. Ich laß mich völlig neu machen, völlig verändern. Der Arzt wird meine braunen Haare in Weizenblond umwandeln. Dann wird er sagen: *Sie wollen das magere blasse Gesicht nicht mehr, was? Kann ich gut verstehen. Wer will das schon? Wir werden es mal hübschmachen*. Meiner Ohren wird er sich auch annehmen. Wenn er fertig ist, werden sie nicht mehr so groß sein. Und die blöden Augen wird er auch in Ordnung bringen. Ich werde keine dicken Brillengläser mehr brauchen. Und dann wird er sagen: *Soll ich Ihnen ein paar Muskeln auf die Brust, die Arme und die Beine packen? Das ist ein Kinderspiel. Keine Bange*. Und dann werde ich nicht nur wie Roy *aussehen*, ich werde auch so stark sein wie er und vor nichts mehr Angst haben, vor nichts auf der Welt. Jawohl. Aber ich sollte besser *zwei* Millionen in diese Praxis mitnehmen.

Immer noch hinter dem Schiff auf dem Meer herblickend, sagte Roy: «Hast du auch was Größeres getötet?»

«Größer als Mäuse?»

«Klar.»

«Was denn?»

«Eine Katze.»

«Du hast eine Katze getötet?»

«Hab ich das nicht eben gesagt?»

«Warum hast du das gemacht?»

«Ich hab mich gelangweilt.»

«Das ist doch kein Grund.»

«Es war was zu tun.»

«Ach, Mann.»

Roy wandte sich vom Meer ab.

«Was für ein Bockmist», sagte Colin.

Roy ging vor Colin in die Hocke und starrte ihm in die Augen. «Es war Spitze, ganz große Spitze.»

«Spitze? Stark? Warum soll es Spaß machen, eine Katze zu töten?»

«Warum soll es *keinen* Spaß machen?» fragte Roy.

Colin war skeptisch. «Wie hast du sie getötet?»

«Erst hab ich sie in einen Käfig gesteckt.»

«In was für einen Käfig?»

«Einen großen alten Vogelkäfig.»

«Wie bist du denn daran gekommen?»

«Wir hatten ihm im Keller. Vor langer Zeit besaß meine Mutter mal einen Papagei. Als er starb, hat sie keinen anderen Vogel mehr angeschafft, aber den Käfig hat sie nicht fortgeworfen.»

«Gehörte die Katze dir?»

«Woher denn. Sie gehörte Leuten auf der Straße.»

«Wie hieß sie?»

Roy zog die Schultern hoch.

«Wenn es diese Katze wirklich gegeben hätte, wüßtest du den Namen noch.»

«Fluffy. Sie hieß Fluffy.»

«Das hört sich schon wahrscheinlicher an.»

«Es ist wahr. Ich hab sie in den Käfig gesteckt und mit den Stricknadeln meiner Mutter bearbeitet.»

«Bearbeitet?»

«Ich hab durch das Gitter auf sie eingestochen. Gott, du hättest sie hören sollen!»

«Nein danke.»

«Die hat sich vielleicht angestellt! Sie hat gespuckt und gekreischt und versucht, mich zu kratzen.»

«Du hast sie also mit den Stricknadeln umgebracht.»

«Nee. Die Nadeln brachten sie nur in Wut.»

«Kann ich mir gar nicht vorstellen.»

«Danach holte ich mir aus der Küche eine lange, zweizinkige Fleischgabel und tötete sie damit.»

«Und wo waren in der ganzen Zeit deine Alten?»

«Beide auf Arbeit. Ehe sie nach Hause gekommen sind, hab ich die Katze begraben und das Blut aufgewischt.»

Colin schüttelte seufzend den Kopf. «Mann, was du einen Mist verzapfst!»

«Glaubst du mir nicht?»

«Du hast im Leben keine Katze umgebracht.»

«Warum sollte ich so eine Geschichte erfinden?»

«Du willst bloß ausprobieren, ob du mir Schiß machen kannst. Du willst, daß mir flau wird.»

Roy grinste. «Ist dir flau?»

«Natürlich nicht.»

«Du siehst ziemlich blaß aus.»

«Gib es auf. Du schaffst es nicht, weil ich weiß, daß es nicht stimmt. Es hat die Katze nie gegeben.»

Roys Augen blickten scharf und drohend. Colin bildete sich ein, sie wie die Zinken der Fleischgabel zu spüren.

«Wie lange kennst du mich schon?» fragte Roy.

«Seit dem Tag, an dem Mom und ich hierhergezogen sind.»

«Wie lange ist das her?»

«Das weißt du doch. Seit dem ersten Juni, seit einem Monat.»

«Hab ich dich in der ganzen Zeit ein einziges Mal angelogen? Nein. Weil du mein Freund bist. Ich lüge keinen Freund an.»

«Das ist ja auch nicht richtig lügen. Du machst das wie ein Spiel.»

«Ich kann Spiele nicht leiden.»

«Aber du alberst gern.»

«Jetzt albere ich nicht.»

«Na klar. Du machst mir was vor. Sobald ich sage, daß ich dir das mit der Katze abnehme, wirst du mich auslachen. Ich laß mich nicht reinlegen.»

«Na gut», sagte Roy, «ich hab's mal probiert.»

«Ha! Du *wolltest* mich reinlegen!»

«Wenn du das glauben möchtest, soll's mir recht sein.»

Roy ging fort und blieb ein Stück von Colin entfernt stehen;

er drehte sich wieder dem Meer zu. Wie in Trance starrte er auf den dunstigen Horizont. Für Colin, der sehr viel von Sciencefiction hielt, sah es aus, als stünde Roy in telepathischer Verbindung mit etwas, das sich weit draußen im tiefen, dunklen, wogenden Wasser verbarg.

«Roy? Das mit der Katze war doch Spaß, nicht wahr?»

Roy drehte sich um, starrte ihn kühl einen Augenblick lang an und grinste dann.

Auch Colin grinste. «Ja, das wußte ich. Du wolltest mich für dumm verkaufen.»

2

Colin lag langausgestreckt auf dem Rücken, schloß die Augen und ließ sich eine Weile von der Sonne rösten. Er mußte ständig an die Katze denken. Er versuchte, freundliche Bilder heraufzubeschwören, aber sie verblichen und wurden von der Vision einer blutigen Katze in einem Vogelkäfig verdrängt. Er war sicher, daß die Katze darauf wartete, daß er näher kam, daß sie darauf lauerte, mit den rasiermesserscharfen Krallen nach ihm auszuholen.

Etwas stieß gegen seinen Fuß. Er fuhr erschrocken auf.

Roy stand über ihm. «Wie spät ist es?»

Colin blinzelte und sah auf die Armbanduhr. «Fast ein Uhr.»

«Dann komm schon. Steh auf.»

«Wohin willst du?»

«Meine alte Dame arbeitet nachmittags in dem Geschenkeladen», sagte Roy. «Wir haben das Haus für uns allein.»

«Was sollen wir denn bei dir machen?»

«Ich will dir was zeigen.»

Colin war aufgestanden und klopfte sich die Erde von den Jeans. «Willst du mir zeigen, wo du die Katze vergraben hast?»

«Ich dachte, du glaubtest mir die Katze nicht.»

«Tu ich auch nicht.»

«Dann vergiß sie. Ich will dir die Züge zeigen.»

«Was für Züge?»

«Du wirst schon sehen. Das ist wirklich stark.»

«Wer am schnellsten in der Stadt ist?» fragte Colin.

«Klar.»

Wie üblich war Roy zuerst bei seinem Rad. Er war schon fünfzig Yards weit, vom Rückenwind getrieben, bis Colin den Fuß aufs Pedal setzte.

Autos, Lieferwagen, Camper und gewaltige Wohnwagen kämpften um die Plätze auf der zweispurigen Asphaltstraße. Colin und Roy fuhren auf dem geteerten Randstreifen. Während des größten Teils des Jahres war auf der Seaview Road wenig Verkehr. Abgesehen von den Einheimischen benützten alle anderen die große Autobahn, die um Santa Leona herumführte.

Während der Ferienzeit war die Stadt überfüllt. Es wimmelte von Touristen, die zu schnell und zu leichtsinnig fuhren, als würden sie von Dämonen gejagt. Sie waren wild und hektisch darauf bedacht, sich zu erholen, zu erholen, zu erholen.

Colin fuhr den letzten Hügel hinunter in das Randgebiet von Santa Leona. Der Wind stach ihm ins Gesicht, zerzauste ihm die Haare und blies die Autoabgase von ihm fort.

Er grinste wider Willen vor sich in. Er war besser gelaunt als seit langer, langer Zeit. Es gab so viel zum Glücklichsein. Noch zwei Monate strahlenden kalifornischen Sommers lagen vor ihm, zwei Monate Freiheit, bevor die Schule begann. Und seit sein Vater nicht mehr da war, fürchtete er sich nicht mehr täglich vor dem Nachhausekommen.

Die Scheidung seiner Eltern machte ihm immer noch zu schaffen. Aber eine gescheiterte Ehe war besser als die lauten und bitteren Debatten, die mehrere Jahre lang zu einem nächtlichen Ritual geworden waren. Manchmal, in seinen Träumen, hörte Colin noch die herausgeschrienen Anklagen und die gar nicht zu ihr passende gewöhnliche Sprache, die seine Mutter in der Hitze des Gefechts verwendete; dann kam unvermeidlich das Geräusch von den Schlägen seines Vaters, dann das Weinen. Egal wie warm sein Schlafzimmer sein mochte, er fror immer, wenn er aus diesen Alpträumen aufwachte – kalt, fröstelnd und dennoch schweißgebadet.

Er stand seiner Mutter gar nicht so nahe, aber das Leben mit ihr war sehr viel angenehmer, als es mit seinem Vater gewesen wäre. Seine Mutter teilte weder, noch verstand sie seine Interessen – Science-fiction, Horror-Comics, Werwolf- und Vampirgeschichten, Gruselfilme –, aber sie verbot sie ihm wenigstens nicht, wie es sein Vater hatte tun wollen.

Aber die wichtigste Veränderung der letzten Monate, das, was ihn am glücklichsten machte, hatte nichts mit seinen Eltern zu tun. Es war Roy Borden. Zum erstenmal im Leben hatte Colin einen Freund.

Er war zu schüchtern, um leicht Freunde zu finden. Er wartete, daß andere auf ihn zukämen, obwohl er erkannte, daß sie sich wohl kaum für einen dünnen, linkischen, kurzsichtigen Bücherwurm interessieren würden, der sich schlecht einfügte, sich nichts aus Sport machte und selten vor dem Fernseher saß.

Roy Borden war selbstbewußt, entgegenkommend und beliebt. Colin beneidete und bewunderte ihn. Fast jeder Junge aus der Stadt wäre stolz gewesen, Roys bester Freund zu sein. Aus Gründen, die Colin nicht erfaßte, hatte Roy ihn ausgewählt. Mit jemandem wie Roy herumzuziehen, sich jemandem wie Roy anzuvertrauen und jemanden wie Roy zu haben, der sich ihm anvertraute, war für Colin eine neue Erfahrung. Er kam sich wie ein armseliger Bettler vor, dem auf wunderbare Weise die Gunst eines Prinzen zuteil wurde.

Colin hatte Angst, es könne so plötzlich zu Ende sein, wie es begonnen hatte. Der Gedanke machte ihm Herzklopfen und ließ ihm die Kehle trocken werden.

Ehe er Roy getroffen hatte, war er immer allein gewesen; darum konnte er die Einsamkeit ertragen. Jetzt aber, wo er die Freundschaft einmal erlebt hatte, würde die Rückkehr in die Einsamkeit ein schwerer Schlag sein.

Colin kam zum Fuß des langen Hügels. Eine Querstraße vor ihm bog Roy nach rechts ab.

Plötzlich dachte Colin, der andere könnte ihn alleinlassen, in einer Gasse verschwinden und sich für immer vor ihm verstekken. Es war ein verrückter Gedanke, aber er konnte ihn nicht loswerden. Er beugte sich über den Lenker. *Warte auf mich, Roy. Bitte, warte!* Er trat in die Pedale, versuchte aufzuholen. Als er um die Kurve fuhr, sah er erleichtert, daß der Freund nicht verschwunden war. Roy fuhr sogar langsamer und blickte über die Schulter. Colin winkte. Sie waren nur dreißig Schritt voneinander entfernt; sie fuhren auch kein Rennen mehr, weil beide wußten, wer gewinnen würde.

Roy bog in eine schmale Wohnstraße ein, die von Dattelpalmen gesäumt wurde. Colin folgte ihm durch das Schattenfiligran der vom Wind bewegten Palmblätter.

Das Gespräch mit Roy auf dem Hügel ging ihm nun durch den Kopf.

Du hast eine Katze getötet?

Hab ich das nicht eben gesagt?

Warum hast du das gemacht?

Ich hab mich gelangweilt.

Mindestens ein dutzendmal in der vergangenen Woche hatte Colin das Gefühl gehabt, von Roy geprüft zu werden. Er war sicher, daß die gruselige Geschichte von der Katze ein letzter Test gewesen war, konnte sich aber nicht vorstellen, was Roy von ihm erwartete. Hatte er bestanden oder war er durchgefallen?

Obwohl er nicht wußte, welche Antworten von ihm erwartet wurden, erkannte er instinktiv, *warum* er geprüft wurde. Roy hütete ein wunderbares – oder vielleicht schreckliches – Geheimnis, das er gern teilen wollte, aber er brauchte die Gewißheit, daß Colin dessen würdig war.

Roy hatte nie von einem Geheimnis gesprochen, mit keinem Wort, aber es stand in seinen Augen. Colin konnte es sehen, die vagen Umrisse zumindest, nicht aber die Einzelheiten, und nun rätselte er, was es sein mochte.

3

Ein Stück vor seinem Haus bog Roy Borden nach links in eine andere Straße ein, und einen Augenblick fürchtete Colin wiederum, daß er versuchen könnte, ihn loszuwerden. Aber Roy fuhr in der Mitte des Blocks in eine Einfahrt und stellte sein Fahrrad ab. Colin hielt neben ihm an.

Das Haus war gepflegt, weißgestrichen und hatte dunkelblaue Läden. Ein zwei Jahre alter Honda Accord war rückwärts in die Garage geparkt. Ein Mann beugte sich unter der geöffneten Motorhaube nach vorn und reparierte etwas. Er stand ein Stück von den Jungen entfernt und merkte anfangs nicht, daß er Besuch bekommen hatte.

«Was wollen wir hier?» fragte Colin.

«Ich möchte, daß du Trainer Molinoff kennenlernst», sagte Roy.

«Wen?»

«Er trainiert die Junioren-Footballmannschaft. Du sollst ihn kennenlernen.»

«Warum?»

«Das wirst du schon merken.»

Roy ging auf den Mann zu, der unter der Haube des Honda arbeitete. Colin folgte widerstrebend. Er war beim Kennenlernen von Leuten nicht besonders gut. Er wußte nie, was er sagen und wie er sich benehmen sollte. Er war überzeugt davon, immer einen schlechten ersten Eindruck zu erwecken und fürchtete sich vor Situationen wie dieser.

Trainer Molinoff richtete sich auf, als er die Jungen kommen hörte. Er war ein großer, breitschultriger, fahlblonder Mann mit graublauen Augen. Als er Roy sah, lächelte er.

«Na, was gibt es, Roy?»

«Mr. Molinoff, das ist Colin Jacobs. Er ist neu hergezogen, aus Los Angeles. Im Herbst kommt er in Central in die Schule. Er ist in derselben Klasse wie ich.»

Molinoff streckte die große schwielige Hand aus. «Freut mich, dich kennenzulernen.»

Colin ließ linkisch die Begrüßung über sich ergehen, seine Hand verschwand in der Bärentatzte des Trainers. Seine Finger waren leicht ölig.

Zu Roy sagte Molinoff: «Na, wie gefällt dir der Sommer?»

«Bisher war alles okay», antwortete Roy. «Aber eigentlich schlage ich nur die Zeit tot, bis Ende August das Training wieder anfängt.»

«Das nächste Jahr wird große Klasse», stellte der Trainer fest.

«Ich weiß.»

«Wenn du dich wieder so gut hältst wie im vorigen Jahr, Roy, läßt Trainer Pennemann dich am Ende der Saison ein paarmal mit der Mannschaft von der University spielen.»

«Glauben Sie wirklich?» fragte Roy.

«Nun sieh mich nicht so großäugig an», sagte Molinoff. «Du bist der beste Spieler bei den Junioren, und das weißt du auch. Falsche Bescheidenheit steht dir nicht, Mann.»

Roy und der Trainer begannen ein Gespräch über Football-Strategie. Colin hörte zu, ohne etwas zur Unterhaltung beitragen zu können. Er hatte sich nie besonders für Sport interessiert. Wenn man ihn danach fragte, antwortete er immer, daß Sport ihn langweile und er spannende Bücher und Filme viel aufregender fände. Wenn man es genau nahm, wünschte er sich, bei aller Freude an Büchern und Filmen, daß er einmal in jene besondere Art der Kameradschaft einbezogen sein könnte, wie sie unter den Sportlern so selbstverständlich schien. Für einen Außenseiter wie ihn hatte die Welt des Sports etwas Verlockendes und Glanzvolles. Dennoch vergeudete er keine Zeit mit Wunschträumen, weil ihm völlig klar war, daß ihm die Natur nicht das nötige Rüstzeug für eine erfolgreiche Karriere als Sportler mitgegeben hatte. Wegen seiner Kurzsichtigkeit, seiner mageren Beine und dünnen Arme würde er nie mehr mit Sport zu tun haben als gerade jetzt; er war ein Zuhörer und Zuschauer, nie ein Teilnehmer.

Molinoff und Roy redeten ein Weilchen über Football, dann fragte Roy: «Sir, was ist mit den Mannschaftswarten?»

«Was soll mit ihnen sein?»

«Letztes Jahr hatten Sie Bob Freemont und Jim Safinelli. Aber Jims Familie ist nach Seattle gezogen, und Bob kommt in der nächsten Saison zu einer der Universitymannschaften. Sie brauchen also zwei neue.»

«Denkst du an einen Bestimmten?» fragte Molinoff.

«Ja. Wie wär's, wenn Sie Colin eine Chance gäben?»

Colin blinzelte vor Staunen.

Der Trainer maß ihn schätzend. «Weißt du, um was es dabei geht, Colin?»

«Du bekommst den Mannschaftsdreß», erklärte Roy. «Du kommst bei jedem Spiel mit auf die Mannschaftsbank, und bei Auswärtsspielen fährst du immer mit uns im Bus.»

«Roy malt nur die Schokoladenseite», sagte der Trainer. «Das sind die Vorteile, aber du hast auch Pflichten. Du mußt das Sportzeug einsammeln und zur Wäscherei geben, dich um die Handtücher kümmern, und dann mußt du lernen, den Spielern Nacken und Schultern zu massieren. Für mich mußt du Botengänge erledigen. Lauter solche Sachen. Du wirst für sehr viel verantwortlich sein. Glaubst du, daß du das kannst?»

Plötzlich, zum erstenmal, konnte Colin sich im Mittelpunkt sehen, nicht am Rand, zwischen den beliebtesten Kindern aus der Schule. Im Inneren wußte er, daß ein Mannschaftswart nur ein aufgeputzter Botenjunge war, aber er verbannte alle derartigen Gedanken aus seinem Kopf. Das Wichtigste – das Unglaubliche – war, daß er in eine Welt gehören würde, die bisher weit außerhalb seiner Reichweite gewesen war. Er würde von den Spielern anerkannt werden, von einigen wenigstens; er würde dazugehören. Dazugehören! Sein Bild vom Leben eines Mannschaftswarts war strahlend, ungeheuer verlockend, denn in seinem ganzen Leben hatte er noch nie zu einer Kaste gehört. Er konnte kaum glauben, daß dies Wirklichkeit war.

«Na?» fragte der Trainer. «Glaubst du, du könntest ein guter Mannschaftswart werden?»

«Er würde sich prima eignen», sagte Roy.

«Ich würd's sehr gern versuchen.» Colin konnte kaum sprechen.

Molinoff starrte Colin an, die blaugrauen Augen schätzten, prüften, urteilten. Dann warf er Roy einen Blick zu. «Du würdest ja wohl kaum jemanden vorschlagen, der ein Versager wäre.»

«Colin ist genau der Richtige», sagte Roy. «Sehr zuverlässig.»

Molinoff sah abermals Colin an und nickte endlich. «Okay, du bist Mannschaftswart, junger Mann. Komm mit Roy zum ersten Training. Das ist am zwölften August. Und stell dich darauf ein, daß du viel Arbeit bekommst.»

«Ja, Sir. Vielen Dank, Sir.»

Als er mit Roy zu den Fahrrädern ging, kam er sich größer und stärker vor als noch vor ein paar Minuten. Er strahlte.

«Die Fahrten mit dem Mannschaftsbus werden dir gefallen», sagte Roy. «Das ist immer ein Mordsspaß.»

Als Colin aufs Rad stieg, sagte er: «Roy, ich – also – ich glaube, du bist der beste Freund, den ich mir denken kann.»

«Mensch, das hab ich ebensosehr für mich wie für dich gemacht. Die Fahrten zu Auswärtsspielen können ganz schön langweilig sein. Aber wenn wir beide zusammen im Bus sind, gibt's keine fade Minute mehr. Und nun komm. Wir fahren zu mir. Ich will dir die Eisenbahn zeigen.» Er fuhr voraus.

Als er Roy über die baumbeschattete, sonnengefleckte, gepflasterte Straße folgte, fragte sich der hochgestimmte und ein wenig verwirrte Colin, ob der Job des Mannschaftswarts das war, wofür Roy ihn getestet hatte. War das das Geheimnis, das Roy seit einer Woche mit sich herumtrug? Colin dachte eine Weile darüber nach, aber als er beim Haus der Bordens ankam, entschied er, daß Roy etwas anderes vor ihm verbergen mußte, etwas, das so wichtig war, daß er sich immer noch nicht als würdig erwiesen hatte, es zu erfahren.

4

Sie gingen durch die Küche ins Haus.

«Mom?» rief Roy. «Dad?»

«Hast du nicht gesagt, sie wären nicht zu Hause?»

«Nur zur Sicherheit. Wenn sie uns erwischten ...»

«Und wobei erwischten?»

«Ich soll mich nicht an der Eisenbahn zu schaffen machen.»

«Roy, ich möchte keinen Ärger mit deinen Leuten bekommen.»

«Bekommst du auch nicht. Warte mal.» Roy lief ins Wohnzimmer. «Jemand zu Hause?»

Colin war erst zweimal hier gewesen und war wie zuvor über die makellose Sauberkeit verwundert. Die Küche strahlte. Der Fußboden war frisch geschrubbt und eingewachst. Alle Stellflächen glänzten wie Spiegel. Kein schmutziges Geschirr stand herum, keine Krümel lagen auf der Tischplatte. Das Spülbecken glänzte fleckenlos. Nichts hing hier an Wandborden; alle Töpfe und Pfannen, Löffel und Kellen waren in Schubladen und staubdichten Schränken verborgen. Offenbar machte sich Mrs. Borden auch nichts aus Zierrat. Es gab nicht einen bunten Wandteller, keine gestickten Sprüche auf den Wänden, kein Gewürzregal, keinen Kalender, nichts, was herumstand. Und man hatte auch nicht das Gefühl, daß hier normale Menschen normales Essen kochten. Das Haus sah so aus, als verbrächte Mrs. Borden alle Zeit mit komplizierten Reinigungsoperationen – erst kratzen, dann schrubben, dann waschen, spülen, polieren und bohnern, fast wie ein Tischler, der immer feineres Sandpapier zum Glattschleifen von Holz nimmt.

Die Küche von Colins Mutter war keineswegs schmutzig. Ganz im Gegenteil. Sie hatten eine Putzfrau, die zweimal in der Woche kam und half, alles sauber zu halten. Aber bei ihnen sah es nicht so aus.

Laut Roy weigerte sich Mrs. Borden, an eine Putzfrau zu denken. Sie glaube nicht, daß irgend jemand ihren Maßstäben gerecht werden könne. Sie war nicht mit einem sauberen Haus zufrieden, sie wollte es steril haben.

Roy kam in die Küche zurück. «Keiner da. Gehen wir zur Eisenbahn, komm.»

«Wo ist die?»

«In der Garage.»

«Wem gehört sie denn?»

«Meinem Alten.»

«Und du darfst sie nicht anrühren?»

«Ach, Quatsch. Er merkt es ja nicht.»

«Ich möchte nicht, daß sie wütend auf mich werden.»

«Himmel, Colin! Wie sollen sie es denn merken?»

«Ist das das Geheimnis?»

Roy hatte sich schon abgewandt, er drehte sich nun wieder um. «Was für ein Geheimnis?»

«Du hast eins. Du platzt ja beinahe.»

«Woher weißt du das?»

«Das sehe ich – wie du dich benimmst. Du hast mich geprüft, um zu sehen, ob du es mir anvertrauen kannst.»

Roy schüttelte den Kopf. «Du bist ganz schön schlau.»

Colin zuckte verlegen die Achseln.

«Doch, das bist du. Als hättest du meine Gedanken gelesen ...»

«Dann hast du mich geprüft!»

«Ja.»

«Dieses dumme Zeug mit der Katze –»

«– war wahr.»

«Ja, bestimmt.»

«Das solltest du besser glauben.»

«Du prüfst mich immer noch!»

«Kann sein.»

«Dann gibt es ein Geheimnis?»
«Ein großes.»
«Die Eisenbahn?»
«Nee. Die ist nur ein winziger Teil davon.»
«Und der Rest?»
Roy grinste. Etwas an diesem Grinsen, etwas Fremdes in den hellen blauen Augen, flößte Colin das Verlangen ein, von dem anderen zurückzutreten. Aber er rührte sich nicht.
«Ich werde dir alles darüber erzählen», sagte Roy. «Aber erst, wenn ich soweit bin.»
«Wann wird das sein?»
«Bald.»
«Du kannst mir trauen.»
«Erst wenn ich soweit bin. Komm jetzt. Die Eisenbahn wird dir gefallen.»
Colin folgte ihm durch die Küche und eine weiße Tür. Hinter ihr kamen zwei Stufen, dann die Garage – und die Modell-Eisenbahn. «*Wow!*»
«Na, ist die nicht stark?»
«Wo parkt dein Vater den Wagen?»
«Immer auf der Auffahrt. Hier ist kein Platz.»
«Seit wann hat er das alles?»
«Er hat schon als Kind gesammelt und jedes Jahr mehr dazu angebaut. Die Anlage ist mehr als fünfzehntausend Dollar wert.»
«Fünfzehntausend! Wer zahlt soviel Geld für Spielzeug?»
«Leute, die in einer besseren Zeit gelebt haben sollten.»
Colin riß die Augen auf. «Wie?»
«Das behauptet mein Alter. Er sagt, Leute, die Modell-Eisenbahnen lieben, sind Leute, die in einer besseren, saubereren, schöneren und besser organisierten Welt als unserer hätten leben sollen.»
«Und was soll das bedeuten?»
«Keine Ahnung. Aber das sagt er. Er kann Stunden darüber labern, wieviel besser die Welt noch war, als es Züge, aber keine Flugzeuge gab. Er kann einem damit die Nerven langziehen.»
Die Anlage stand auf einem hüfthohen Podest, das die für drei Wagen bestimmte Garage fast ausfüllte. Auf drei Seiten konnte man gerade noch darum herumgehen. An der vierten Seite, an der die Hauptschaltanlage war, standen zwei Hocker, eine

schmale Werkbank und ein Werkzeugschrank. Auf dem Podest war eine wunderbar geplante, unglaublich genaue Miniaturwelt aufgebaut worden. Sie hatte Berge und Täler, Bäche und Flüsse und Seen, Wiesen mit winzigkleinen Wildblumen, Wälder, in denen Rehe aus dem Schatten der Bäume hervorlugten, Postkartendörfer, Bauernhöfe und Vorwerke, realistische kleine Menschen mit hunderterlei Dingen befaßt, maßstabgerechte Autos, Lastwagen, Busse, Motor- und Fahrräder, hübsche Häuser mit Gitterzäunen, vier glänzend ausgebaute Bahnhöfe – einer viktorianisch, einer schweizerisch, einer italienisch, einer spanisch – und Läden, Kirchen und Schulen. Überall liefen Schmalspurschienen, neben den Flußufern, durch die Städte, die Täler, um Berghänge, über Gitter- und Ziehbrücken, durch die Bahnhöfe, bergauf und bergab in graziösen Kurven, geradeaus und um scharfe Biegungen, durch Haarnadelkurven und Zickzackstrecken.

Colin wanderte langsam um die Anlage herum, sie mit unverhohlenem Staunen betrachtend. Auch durch eine genaue Prüfung wurde die Illusion nicht zerstört. Noch aus einem fingerbreiten Abstand sahen die Fichten echt aus. Jeder Baum war hervorragend gearbeitet. Auch die Häuser waren bis ins Detail genau, von den Regenrohren bis zu den zu öffnenden Fenstern; die Gehwege waren aus einzelnen Steinchen zusammengesetzt und die Antennen mit fadendünnem Draht bespannt. Die Autos, keine Spielzeugwagen, waren winzige, aber exakte Modelle wirklicher Wagen und bis auf die auf den Parkplätzen, saßen Fahrer und manchmal auch Mitfahrer in ihnen. Sogar Hunde oder Katzen saßen auf der Rückbank.

«Was hat dein Vater davon selber gebaut?» fragte Colin.

«Alles bis auf die Züge und ein paar der Modellautos.»

«Das ist unheimlich!»

«Er braucht eine Woche, um eins der kleinen Häuser zu bauen, manchmal sogar länger, wenn es kompliziert ist. Er hat an jedem der Bahnhöfe viele, viele Monate gebaut.»

«Wann ist er damit fertig geworden?»

«Er ist nicht fertig. Das wird nie fertig – bis er stirbt.»

«Aber größer kann's doch nicht werden», sagte Colin. «Er hat keinen Platz mehr.»

«Nicht größer, nur besser», sagte Roy in einem fremden, harten, fast eisigen Tonfall. Er hatte die Zähne zusammengebissen, lächelte aber immer noch. «Er verbessert dauernd daran herum. Wenn er nach Hause kommt, tut er nichts, als an diesem verdammten Ding herumzubasteln. Ich glaube, er nimmt sich nicht mal mehr die Zeit, meine alte Dame auf den Rücken zu legen.»

Solches Gerede machte Colin verlegen. Er gab keine Antwort. Er wußte, daß Roy ihm sehr überlegen war, und gab sich große Mühe, dazuzulernen, aber weder bei saftigen Kraftausdrücken noch bei Sex-Themen fühlte er sich wohl. Die brennende Röte und die zugeschnürte Kehle ließen sich nicht beherrschen. Er kam sich kindisch und dumm vor.

«Jede Nacht verkriecht er sich hier», sagte Roy immer noch mit der neuen, kalten Stimme. «Manchmal ißt er sogar hier. Er ist genauso verrückt wie sie.»

Colin las sehr viel, aber gerade über Psychologie hatte er kaum etwas gelesen. Während er weiter die Miniaturwelt bestaunte, erkannte er jedoch, daß diese verbiesterte Versenkung ins Detail dieselbe fanatische Ordnungsliebe ausdrückte wie Mrs. Bordens endloser Kampf um Sauberkeit, bis das Haus einem Operationssaal glich.

Er fragte sich, ob Roys Eltern wirklich nicht ganz dawären. Natürlich waren sie nicht knallverrückt und anstaltsreif. Sie saßen noch nicht in einer Ecke, hielten Selbstgespräche und aßen Fliegen. Ein bißchen verrückt. Vielleicht würden sie mit der Zeit schlimmer werden, verrückter und verrückter, bis sie dann in zehn oder fünfzehn Jahren tatsächlich Fliegen aßen. Darüber mußte er nachdenken.

Colin wollte, falls er und Roy lebenslange Freunde würden, nur noch so etwa zehn Jahre zu Roy nach Hause kommen. Danach würde er weiter mit Roy befreundet sein, aber Mr. und Mrs. Borden aus dem Weg gehen, damit sie, wenn sie komplett wahnsinnig wurden, ihn nicht in die Finger bekämen, ihn zwingen könnten, Fliegen zu essen oder, im schlimmsten Fall, mit einer Axt auf ihn losgehen könnten. Über wahnsinnige Mörder wußte er Bescheid. Er hatte sie in Filmen gesehen. *Psycho. Was geschah wirklich mit Baby Jane?* Und noch ein halbes Dutzend anderer, vielleicht auch hundert. Etwas hatte er daraus gelernt: Wahnsinnige bevorzugten Blut. Sie mordeten mit

Messern, Sicheln, Beilen und Äxten. Nie griff einer auf etwas so Unblutiges wie Gift, Gas oder ein zum Ersticken geeignetes Kissen zurück.

Roy saß auf einem der Hocker vor dem Schaltbrett. «Komm her, Colin. Von hier aus kannst du es am allerbesten sehen.»

«Wir sollten lieber nicht damit spielen, wenn dein Dad das nicht will.»

«Um Himmels willen, reg dich ab!»

In einer Mischung aus Widerstreben und neugieriger Erwartung setzte sich Colin auf den anderen Hocker. Roy drehte vorsichtig an einem Stellknopf, und die Deckenlampen der Garage wurden langsam dunkler.

«Das ist wie im Theater.»

«Nein», sagte Roy. «Es ist so, als ... wäre ich Gott.»

Colin lachte. «Ja. Weil du Tag und Nacht machen kannst, wann du willst.»

«Und noch viel mehr als das.»

«Mach mal.»

«Moment. Ich mach es nicht ganz dunkel. Nicht tiefe Nacht. Da sieht man zu wenig. Ich mache frühen Abend. Zwielicht.»

Roy legte vier Schalter um. Überall in der Miniaturwelt gingen die Lichter an. In jedem Dorf warfen die Straßenlaternen Lichttümpel auf das Pflaster. In den meisten Häusern belebte ein gelbes, warmes und heimeliges Licht die Fenster. Manche Häuser hatten sogar Außenlampen und kleine Laternen am Gartentor. Kirchen warfen die bunten Muster ihrer Fenster auf den Grund. An ein paar Kreuzungen wechselten die Ampeln von Rot zu Grün zu Gelb und wieder zu Rot. In einer Häusergruppe pulsierten viele bunte Lämpchen über einem Kinoplakat.

«Phantastisch!» Als Colin bewundernd um sich blickte, fiel ihm Roys eigenartige Haltung auf. Seine Augen waren zu Schlitzen zusammengezogen, die Lippen aufeinander gepreßt, die Schultern hochgezogen. Er war ausgesprochen nervös.

«Irgendwann mal», sagte er nun, «wird der Alte funktionierende Scheinwerfer in die Autos einbauen. Er entwickelt auch ein System von Pumpen, damit Wasser durch die Flußbetten fließt. Sogar einen Wasserfall plant er.»

«Dein Vater muß ein interessanter Mann sein.»

Roy antwortete nicht. Er starrte die kleine Welt vor sich an.

In der äußeren linken Ecke standen vier Züge abfahrbereit auf Abstellgleisen, zwei Güterzüge und zwei Personenzüge. Roy legte wieder einen Hebel um, und einer der Züge wurde lebendig. Er summte leise; in den Wagen gingen die Lichter an.

Colin beugte sich gespannt nach vorn.

Roy hantierte mit Hebeln. Der Zug fuhr an. Er fuhr auf die nächste Stadt zu, und rote Warnlampen leuchteten auf, als er sich einer Straßenkreuzung näherte, dann senkten sich schwarzweißgestreifte Schranken über die Straße. Der Zug bekam Tempo, pfiff laut, als er durch das Dorf fuhr und hinter einer Anhöhe in einem Tunnel verschwand. Er tauchte hinter dem Berg wieder auf, wurde schneller, überquerte eine Eisenbrücke, steigerte das Tempo, kam in eine Gerade, begann zu rasen, umrundete eine Kurve mit heftigem Klappern und pfeifenden Rädern, dann neigte er sich gefährlich zur Seite, als er in eine scharfe Kurve kam, und fuhr schneller und schneller.

«Laß ihn bloß nicht entgleisen!»

«Genau das will ich.»

«Dann merkt dein Vater, daß wir hier gewesen sind.»

«Nee. Mach dir darüber keine Sorgen.»

Der Zug raste ungebremst durch den Schweizer Bahnhof, schleuderte durch eine Kurve, raste durch einen Tunnel, geriet auf eine gerade Strecke und beschleunigte immer noch.

«Aber wenn der Zug kaputtgeht, merkt dein Vater ...»

«Er geht nicht kaputt. Fassung.»

Unmittelbar vor dem Zug ging eine Zugbrücke hoch. Colin biß die Zähne zusammen.

Der Zug erreichte den Fluß, schoß unter die hochgehende Brücke und stürzte von den Schienen. Die kleine Lokomotive und zwei Wagen landeten im Kanal, alle anderen Wagen entgleisten in einem Funkenregen.

«Auweia!» sagte Colin.

Roy stand vom Hocker auf und ging zum Unfallort. Er beugte sich vor und betrachtete den Schaden genau.

Colin stellte sich neben ihn. «Ist viel passiert?»

Roy antwortete nicht. Er blickte durch die winzigen Fenster in den Zug.

«Was willst du denn sehen?» fragte Colin.

«Leichen.»

«Was?»

«Tote Menschen.»

Colin sah die umgestürzten Wagen genau an. Es waren keine Menschen drin, das heißt keine Figürchen. Er blickte zu Roy auf. «Das verstehe ich nicht.»

«Was verstehst du nicht?»

«Ich sehe keine toten Menschen.»

Roy glitt von Wagen zu Wagen und starrte fast wie in Trance in das Innere. «Wenn dies ein richtiger Zug wäre, voller Leute, und er wäre entgleist, würden die Fahrgäste von den Sitzen geflogen sein. Sie hätten sich die Köpfe an den Fenstern und den Stangen eingeschlagen. Sie hätten alle in einem großen Haufen auf dem Boden gelegen. Gebrochene Arme, gebrochene Beine, ausgeschlagene Zähne, zerschlitzte Gesichter, herausquellende Augen, überall Blut... Aus einer Meile Entfernung hättest du sie schreien hören können. Einige wären auch tot gewesen.»

«Und?»

«Ich versuche mir vorzustellen, wie es da drin aussehen würde, wenn es echt wäre.»

«Warum?»

«Es interessiert mich.»

«Was?»

«Na, der Gedanke.»

«Der Gedanke an ein richtiges Zugunglück?»

«Ja.»

«Ist das nicht krankhaft?»

Roy blickte endlich auf. Seine Augen waren dumpf und kalt. «Hast du ‹krankhaft› gesagt?»

«Na ja», sagte Colin befangen, «ich meine... sich an den Leiden anderer Menschen zu erfreuen...»

«Hältst du das für ungewöhnlich?»

Colin zog die Schultern hoch. Er wollte keinen Streit.

«Anderswo auf der Welt», erklärte Roy, «gehen die Menschen zu Stierkämpfen. Im tiefsten Inneren hoffen die meisten von ihnen, daß der Matador aufgeschlitzt wird. Den Stier sehen sie immer leiden. Das begeistert sie. Und es gibt verdammt viele Leute, die nur wegen der schlimmen Unfälle zu Autorennen gehen.»

«Das ist was anderes.»

Roy grinste. «So? Ist es das? Wie?»

Colin dachte angestrengt nach, um ausdrücken zu können, was er intuitiv als wahr erkannte. «Also ... einmal weiß der Matador, daß er verletzt werden kann, wenn er in die Arena geht. Aber Menschen, die mit dem Zug nach Hause fahren ...die mit nichts rechnen ... nichts Böses wollen ... und denen das geschieht ...Das ist eine Tragödie.»

Roy lachte. «Weißt du, was ein Hypokrit ist?»

«Klar.»

«Na, ich sag das nicht gern, weil du mein Freund bist und ich dich mag. Aber in der Beziehung bist du ein Heuchler. Du meinst, ich wäre krank, weil mich der Gedanke an ein Zugunglück fesselt. Aber du gehst ewig in Horrorfilme oder siehst die im Fernsehen an oder liest Bücher über lebende Leichname und Werwölfe und Vampire und andere Monster.»

«Was hat das damit zu tun?»

«Da wimmelt es doch von Morden! Lauter Tote. Töten. Praktisch geht's um nichts anderes. Menschen werden gebissen, zerfleischt, zerrissen oder mit Äxten zerhackt. Und du liebst solche Geschichten!»

Colin zuckte bei der Erwähnung der Äxte zusammen.

Roy beugte sich weiter vor. Sein Atem roch nach Fruchtkaugummi. «Darum mag ich dich ja gerade, Colin. Wir passen zusammen; wir haben viel Gemeinsames. Darum wollte ich, daß du Mannschaftswart wirst. Wir können in der Saison zusammensein. Wir sind beide gescheiter als andere. Wir haben in der Schule den besten Notendurchschnitt, ohne uns groß anstrengen zu müssen. Jeder von uns hat einen IQ-Test gemacht, und jedem haben sie gesagt, er wäre hochbegabt. Wir durchschauen mehr als andere Schüler und sogar mehr als verdammt viele Erwachsene. Wir sind was Besonderes, was ganz Besonderes.»

Roy legte Colin die Hand auf die Schulter und sah ihm in die Augen. Er schien ihn nicht nur anzusehen, sondern tief in ihn hineinzublicken und endlich durch ihn hindurch. Colin konnte den Blick nicht abwenden.

«Wir interessieren uns für das, was wichtig ist», sagte Roy. «Schmerzen und Tod. Das zieht dich und mich an. Die meisten Menschen glauben, daß der Tod das Ende des Lebens ist, aber wir wissen es besser, nicht wahr? Tod ist nicht das Ende. Er ist der Mittelpunkt des Lebens. Alles dreht sich um ihn. Tod ist das Wichtigste vom Leben, das Interessanteste, das Geheimnisvollste, das Alleraufregendste im Leben.»

Colin räusperte sich nervös. «Ich glaube, ich weiß nicht, wovon du redest.»

«Wenn du dich nicht vor dem Tod fürchtest, brauchst du dich vor nichts mehr zu fürchten. Wenn du lernst, die größte Angst zu besiegen, besiegst du gleichzeitig alle kleineren Ängste. Stimmt das?»

«Ich ... ich glaube schon.»

Roy sprach des größeren Eindrucks wegen in einem Bühnenflüstern von erstaunlicher Eindringlichkeit: «Wenn ich keine Angst vor dem Tod habe, dann kann mir keiner mehr etwas anhaben. Niemand. Weder mein alter Herr noch meine alte Dame. Niemand. Nie wieder im Leben.»

Colin wußte nicht, was antworten.

«Fürchtest du dich vor dem Tod?» fragte Roy.

«Ja.»

«Dann mußt du lernen, dich nicht zu fürchten.»

Colin nickte. Der Mund war ihm trocken. Sein Herz klopfte wild, und ihm war ein wenig schwindlig.

«Weißt du, was du als erstes tun mußt, um über die Angst vor dem Sterben wegzukommen?» fragte Roy.

«Nein.»

«Mit dem Tod vertraut werden.»

«Wie?»

«Indem du tötest.»

«Das kann ich nicht.»

«Natürlich kannst du das.»

«Ich bin friedfertig.»

«Im tiefsten Innern ist jeder ein Mörder.»

«Ich nicht.»

«Scheiße.»

«Danke gleichfalls.»

«Ich kenne mich», sagte Roy. «Und ich kenne dich.»

«Du kennst mich besser, als ich mich kenne?»

«Jawohl.» Roy grinste.

Sie starrten sich an. Endlich fragte Colin: «Du meinst ... wir sollten eine Katze töten?»

«Für den Anfang.»

«Für den Anfang? Und was dann?»

Roys Hand umschloß Colins Schulter. «Dann nehmen wir uns was Größeres vor.»

Plötzlich begriff Colin, was vor sich ging, und entkrampfte sich. «Jetzt hättest du mich doch fast wieder reingelegt.»

«Fast?»

«Ich weiß, was du vorhast. Du prüfst mich wieder.»

«So, tu ich das?»

«Du legst es darauf an», sagte Colin. «Du willst sehen, ob ich mich blamiere.»

«Das ist nicht wahr.»

«Wenn ich gesagt hätte, ich wollte eine Katze umbringen, um dir was zu beweisen, hättest du mich ausgelacht.»

«Versuch's doch.»

«Ach was, ich weiß, was du spielst. Roy ließ seine Schulter los. «Es ist kein Spiel.»

«Du brauchst mich nicht zu prüfen. Du kannst mir trauen.»

«Bis zu einem gewissen Grad.»

«Nein, ganz», sagte Colin ernst. «Du bist der beste Freund, den ich je gehabt habe. Ich werde dich nicht enttäuschen. Ich werde ein guter Mannschaftswart. Du wirst es nicht bereuen, daß du mich dem Trainer empfohlen hast. Du kannst mir dabei vertrauen. Du kannst mir bei allem vertrauen. Was ist denn nun das große Geheimnis?»

«Noch nicht», sagte Roy.

«Wann?»

«Wenn du dazu reif bist.»

«Und wann soll das sein?»

«Wenn ich sage, daß du soweit bist.»

«Ach du meine Güte!»

5

Colins Mutter kam um halb sechs nach Hause.

Er wartete im kühlen Wohnzimmer auf sie. Die Möbel hatten verschiedene Brauntöne, die Wände waren mit Rupfen bespannt. Er hatte die Holzläden vor den Fenstern zugezogen. Das indirekte weiche Licht war eine Wohltat für die Augen. Das Zimmer strahlte Ruhe aus. Er saß auf dem großen Sofa und las die neueste Nummer eines Comic Hefts.

Sie lächelte ihn an, strich ihm durch die Haare und sagte: «Na, war der heutige Tag gut, Skipper?»

«Ganz gut.» Colin wußte, daß sie keine Einzelheiten wissen wollte und ihn sanft unterbrechen würde, wenn er seine Geschichte noch nicht zur Hälfte erzählt hatte. «Wie war's denn bei dir?»

«Ich bin erschossen. Bist du ein Engel und machst mir einen Wodka-Martini nach meinem Rezept?»

«Klar.»

«Mit einer Spur Zitrone.»

«Als ob ich das vergessen würde.» Er stand auf und ging ins Nebenzimmer, wo die wohlbestückte Bar mit Kühlschrank und Spülstein installiert war. Er mochte keine hochprozentigen Getränke, mixte ihr aber mit professionellem Geschick den Cocktail, denn das machte er immer.

Als er wieder ins Wohnzimmer kam, saß sie auf einem großen, schokoladebraunen Sessel im Schneidersitz, hatte den Kopf zurückgelegt und die Augen geschlossen. Sie hörte ihn nicht kommen. Er blieb unter der Tür stehen und betrachtete sie einen Augenblick eingehend.

Sie hieß Louise, aber alle nannten sie Weezy, was eigentlich ein Kindername war, aber sie sah auch wie ein Schulmädchen aus. Sie trug Jeans und einen kurzärmeligen blauen Pullover. Die nackten Arme waren braun und schlank. Das dunkle lange Haar glänzte und umrahmte ein Gesicht, das Colin plötzlich hübsch fand, sogar schön, obwohl manche Leute sagen könnten, der Mund wäre zu breit. Als er sie ansah, merkte er allmählich, daß dreiunddreißig nicht richtig alt war, wie er es immer angenommen hatte.

Zum erstenmal in seinem Leben wurde sich Colin ihres Körpers bewußt: volle Brüste, eine schmale Taille, runde Hüften, lange Beine. Roy hatte recht; sie hatte eine fabelhafte Figur.

Warum habe ich das nie zuvor bemerkt?

Er antwortete sich selbst sofort: Weil sie meine *Mutter* ist, um alles in der Welt!

Hitze blühte auf seinem Gesicht auf. Er fragte sich, ob er plötzlich abartige Neigungen entwickelte; dann zwang er sich, nicht länger auf die Rundungen unter dem Pullover zu blicken.

Er räusperte sich und ging zu ihr.

Sie öffnete die Augen, hob den Kopf, nahm den Martini und trank einen Schluck. «Mmm! Perfekt. Du bist ein Schatz.»

Er setzte sich aufs Sofa. Nach einer Weile sagte sie: «Als ich mich mit Paula zusammengetan habe, war mir nicht klar, daß ein Geschäftsinhaber mehr arbeiten muß als die Angestellten.»

«War heute in der Galerie viel Betrieb?» fragte Colin.

«Es ging zu wie auf der Hauptpost. Um diese Jahreszeit muß man mit vielen Leuten rechnen, die sich nur alles ansehen, mit Touristen, die sich einbilden, nur weil sie in Santa Leona Ferien machen, hätten sie das Recht, jedem Ladenbesitzer die Zeit zu stehlen.»

«Habt ihr viele Bilder verkauft?»

«Erstaunlicherweise eine ganze Menge. Genaugenommen war das unser bisher bester Tag.»

«Prima.»

«Aber es ist nur ein Tag. Wenn man überlegt, was Paula und ich für die Galerie bezahlt haben, brauchen wir viele solche Tage, um den Kopf über Wasser zu behalten.»

Colin wußte nicht, was er noch sagen könnte.

Sie nippte an ihrem Martini. Wenn sie schluckte, bewegte sich ihre Kehle. Sie sah so hübsch und graziös aus.

«Skipper, kannst du dir heute das Abendessen selber machen?»

«Ißt du denn nicht zu Hause?»

«Im Geschäft ist so viel los. Ich kann Paula heute abend nicht alleinlassen. Ich wollte mich nur ein bißchen frischmachen. So unangenehm mir das auch ist, aber in zwanzig Minuten muß ich wieder in die Tretmühle.»

«In der letzten Woche bist du nur einmal zum Abendessen zu Hause gewesen», sagte er.

«Ich weiß, Skipper, und es tut mir auch leid. Aber ich versuche, für unsere Zukunft zu sorgen, für meine und deine. Das verstehst du doch, nicht?»

«Ja, schon.»

«Dieses Leben ist eins der schwersten, Colin.»

«Ich bin noch nicht hungrig. Ich kann warten, bis du nach Geschäftsschluß zurückkommst.»

«Ach, ich komm nicht gleich nach Hause. Mark Thornberg hat mich danach zum Abendessen eingeladen.»

«Wer ist Mark Thornberg?»

«Ein Künstler. Wir stellen ihn seit gestern aus. Ein Drittel von dem, was wir verkaufen, sind seine Bilder. Ich möchte ihn überreden, nur über uns zu verkaufen.»

«Wohin geht ihr zum Essen?»

«Ich glaube zum *Little Italy*.»

«Au! Das ist schick!» Colin beugte sich auf dem Sofa vor. «Kann ich mitkommen? Ich werd euch nicht lästig. Ihr brauchtet mich nicht mal abzuholen. Ich komm mit dem Fahrrad hin.»

Sie runzelte die Stirn und wich seinem Blick aus. «Tut mir leid, Skipper. Das ist eine Erwachsenenangelegenheit. Wir reden nur über das Geschäft.»

«Das macht mir nichts aus.»

«Dir vielleicht nicht, aber uns. Warum gehst du nicht in Charlies Café und bestellst dir einen von deinen geliebten großen Cheeseburgern? Und noch so einen Milchmix, den man mit dem Löffel essen kann?»

Er sank auf dem Sofa zurück, als wäre er ein Ballon, dem plötzlich die Luft ausging.

«Nun maule nicht. Das steht dir nicht. Du bist zu erwachsen.»

«Ich maule nicht», sagte er. «Schon gut.»

«Charlies Café?» fragte sie.

«Ich glaub schon. Ja.»

Sie leerte das Glas und griff nach der Handtasche. «Ich gebe dir Geld.»

«Ich hab Geld.»

«Dann geb ich dir noch was dazu. Ich bin eine erfolgreiche Geschäftsinhaberin. Ich kann es mir leisten.»

Sie gab ihm einen Fünf-Dollar-Schein, und er sagte: «Zuviel.»

«Hau den Rest für Comics auf den Kopf.» Sie beugte sich vor, küßte ihn auf die Stirn und ging hinaus, um sich umzuziehen.

Einige Minuten lang blieb er still sitzen und starrte auf den Geldschein. Endlich seufzte er, zog die Brieftasche heraus und steckte den Schein ein.

6

Mr. und Mrs. Borden erlaubten Roy, mit Colin zum Essen zu gehen. Die Jungen aßen an der Theke von Charlies Café und nahmen das herrliche Aroma von brutzelndem Fett und Zwiebeln in sich auf. Colin bezahlte für beide.

Von dort gingen sie zum Pinball Pit, einem Spielsalon, der ein Treffpunkt für junge Leute aus Santa Leona war. Es war Freitagabend, und im Pit drängelten sich Jungen und Mädchen, die Münzen in die Spielautomaten steckten. Die Hälfte der Gäste kannte Roy. Sie riefen ihn an, er rief zurück. «He, Roy!» «He, Pete!» «Hallo, Roy!» «Na, Walt?» «Roy!» «Roy!» Sie forderten ihn zu Spielen auf, wollten ihm Witze erzählen oder sich einfach mit ihm unterhalten. Er blieb hier und dort für ein oder zwei Minuten stehen, wollte aber mit keinem anderen als Colin spielen. Sie wetteiferten an einem Zweier-Kugelspiel, das mit großbrüstigen, langbeinigen Mädchen in knappen Bikinis bemalt war. Roy zog diesen Automaten denen mit Piraten, Ungeheuern oder Raumfahrern vor, und Colin bemühte sich, nicht zu erröten.

Im allgemeinen hatte Colin für Spielsalons wie das Pit nichts übrig. Bei den paar Gelegenheiten, in denen er sich hineingewagt hatte, fand er den Lärm unerträglich. Die Geräusche der Computer-Punktzähler und der Roboterfeinde vermischten sich mit Gelächter, schrillem Gekreisch der Mädchen und halb gebrüllten Gesprächsfetzen. Unter dem Anprall des steten und überlauten Lärms bekam er eine Art Platzangst. Er kam sich wie ein Fremder vor, ein Wesen aus einer fernen Welt, gefangen auf einem primitiven Planeten und von einem Mob feindseliger, kreischender, schnatternder, barbarischer und widerwärtiger Eingeborener umzingelt.

Aber an diesem Abend war das anders. Er genoß jede Minute und kannte den Grund. Wegen Roy war er nicht länger ein verängstigter Gast aus dem Weltraum; er war jetzt einer der Eingeborenen.

Mit seinem dichten blonden Haar, den blauen Augen, den Muskeln und seinem gelassenen Selbstbewußtsein zog Roy die Mädchen an. Drei, Kathy, Laurie und Janet, standen um sie herum und sahen beim Spiel zu. Sie waren alle hübscher als der

Durchschnitt: schlanke, braune, lebhafte Teenager in knappen Oberteilen und Shorts, mit glänzendem Haar, kalifornischem Teint und knospenden Brüsten und schlanken Beinen.

Roy hielt am meisten von Laurie, aber Kathy und Janet interessierten sich offen für Colin. Er glaubte nicht, daß sie ihn um seiner selbst willen mochten; im Gegenteil, er war sich dessen gewiß. Er machte sich keine Illusionen. Ehe Mädchen für Jungen wie ihn schwärmten, würde die Sonne im Westen aufgehen, Säuglinge Bärte bekommen und ein ehrlicher Mann zum Präsidenten gewählt werden. Sie flirteten mit ihm, weil er Roys Freund war, oder sie waren auf Laurie eifersüchtig und wollten Roy eifersüchtig machen. Aber aus welchem Grund auch immer, sie rankten sich um Colin, stellten Fragen, lockerten ihn auf, lachten über seine Scherze und bewunderten ihn, wenn er ein Spiel gewann. Noch nie hatten Mädchen Zeit an ihn verschwendet. Er scherte sich nicht um ihre Gründe, sondern sonnte sich unter all der Beachtung und betete, daß es nie enden würde. Er wußte, daß er rot geworden war, aber das orange Licht im Salon gewährte ihm Schutz.

Vierzig Minuten nach ihrem Erscheinen im Pit begleitete sie ein Chor von Abschiedsgrüßen. «Bis bald, Roy.» «Mach's gut, Roy.» Roy schien sie alle loswerden zu wollen, auch Kathy, Laurie und Janet. Colin folgte ihm widerstrebend.

Draußen war die Luft weich, und die leise Brise brachte den Duft des Meers. Es war noch nicht völlig dunkel. Santa Leona lag in einem rauchigen gelben Zwielicht ähnlich dem, das Roy am Nachmittag für die Miniaturwelt in der Garage der Bordens geschaffen hatte.

Sie hatten die Fahrräder auf dem Parkplatz hinter dem Pit an einen Ständer angeschlossen. Als Roy gebückt sein Rad aufschloß, fragte er: «Gefällt dir das Pit?»

«Ja.»

«Das dachte ich mir.»

«Bist du oft dort?»

«Nein, nicht sehr oft.»

«Ich dachte, du wärst da Stammgast.»

Roy zog das Rad aus dem Ständer. «Ich geh nur ganz selten hin.»

«Aber alle kannten dich.»

«Ich kenne eben die Stammgäste. Aber ich bin kein Fan von solchen Spielen, wenigstens nicht von so leichten Spielen wie im Pit.»

Auch Colin hatte sein Rad aufgeschlossen. «Warum sind wir hingegangen, wenn es dir nicht gefällt?»

«Ich wußte, daß es dir Spaß machen würde.»

Colin runzelte die Stirn. «Ich will nichts machen, was dir nicht gefällt.»

«Mich hat's nicht gelangweilt. Ich mach gern mal ein, zwei Spiele. Und gegen die Chance, Laurie zu sehen, hab ich auch nichts. Die ist toll gebaut, was?»

«Ich glaub schon.»

«Du *glaubst*!»

«Ja, sicher ... sie ist toll gebaut.»

«Zwischen den hübschen Beinen könnte ich mich ein paar Monate niederlassen.»

«Du schienst sie nicht schnell genug loswerden zu können.»

«Nach einer Viertelstunde bin ich es pappleid, mit ihr zu reden», sagte Roy.

«Wie könntest du sie dann ein paar Monate ertragen?»

«Da würden wir nicht reden.» Roy grinste anzüglich.

«Hm.»

«Kathy, Janet, Laurie ... die machen dir nur was vor.»

«Was meinst du damit?»

«Die lassen einen nicht ran. Laurie wackelt mit dem Hintern, aber wenn man ihr mal die Hand in die Bluse steckte, würde sie schreien wie am Spieß.»

Colin wurde rot und schwitzte. «Na ja, aber schließlich ist sie doch erst vierzehn.»

«Alt genug.»

Colin gefiel die Richtung nicht, in die das Gespräch lief. Er versuchte, es wieder auf den alten Kurs zu bringen. «Ich wollte auf jeden Fall nur sagen, daß wir von jetzt an nichts unternehmen sollten, was dich langweilt.»

Roy legte ihm die Hand auf die Schulter und drückte leicht zu. «Colin, hör mal, bin ich dein Freund oder nicht?»

«Klar bist du das.»

«Ein guter Freund sollte mit dir zusammensein wollen, selbst wenn du was machst, was dir gefällt, ihm aber nicht. Ich meine, ich kann nicht erwarten, immer genau das zu tun, was mir gefällt, und ich kann nicht erwarten, daß du und ich immer dasselbe tun wollen.»

«Uns gefallen aber dieselben Dinge», sagte Colin. «Wir haben dieselben Interessen.» Er hatte Angst, Roy könnte plötzlich merken, wie verschieden sie waren; er könnte fortgehen und sich nie wieder blicken lassen.

«Du liebst Horrorfilme», sagte Roy. «Mich lassen sie kalt.»

«Das ist aber auch das einzige ...»

«Es gibt andere Unterschiede zwischen uns. Aber es geht darum, daß du, wenn du mein Freund bist, etwas mit mir unternimmst, das *mir* gefällt, auch wenn es *dir* überhaupt nicht liegt. Das funktioniert gegenseitig.»

«Nein», sagte Colin, «das tut es nicht, weil ich alles gern tue, was du vorschlägst.»

«Vorläufig. Aber es wird die Zeit kommen, wo du etwas nicht willst, obwohl es mir wichtig ist, aber dann wirst du es tun, weil wir Freunde sind.»

«Ich wüßte nicht, was», sagte Colin.

«Wart es ab. Früher oder später, lieber Freund, wird es soweit kommen.»

Das violette Licht der Neonreklame des Pit spiegelte sich in Roys Augen und gab ihnen einen fremdartigen, etwas beängstigenden Ausdruck. Colin dachte an die Augen eines Filmvampirs: glasig, rot, wild, zwei Fenster einer durch die Erfüllung unnatürlicher Wünsche verdorbenen Seele. (Andererseits dachte Colin das auch über die Augen von Mr. Atkin, und Mr. Atkin war nur der Besitzer des Lebensmittelladens an der Ecke. Der unnatürlichste Wunsch, den Mr. Atkin verspürte, war sein Verlangen nach Alkohol, und seine roten Augen zeugten von nichts anderem als einem ständigen Katzenjammer.) «Trotzdem», sagte er nun zu Roy, «gefällt mir der Gedanke nicht, daß ich dich langweilen –»

«Es hat mich nicht gelangweilt, hör doch auf damit. Ich geh gern ins Pit, wenn du das möchtest. Vergiß nur nicht, was ich über die Mädchen gesagt habe. Hin und wieder werden sie ganz zufällig ihre strammen kleinen Hintern an dir scheuern oder dich ganz zufällig mit ihren Titten am Arm berühren. Aber echt Spaß bekommst du mit denen nie. Unter einer klasse Nacht stellen die sich vor, daß sie sich auf den Parkplatz schleichen, sich im Schatten verstecken und Küßchen geben.»

Genau das stellte sich auch Colin unter einer klasse Nacht vor. Für ihn wäre das der Himmel auf Erden gewesen. Aber das sagte er Roy nicht.

Ehe Roy aufs Rad steigen und fortfahren konnte, sammelte Colin allen Mut und fragte: «Warum ich? Warum willst du mein Freund sein?»

«Warum sollte ich nicht mit dir befreundet sein?»

«Ich meine, mit einer Null wie mir?»

«Wieso redest du so über dich?»

«Egal. Ich frag mich schon seit einem Monat, warum du jemanden wie mich zum Freund haben willst.»

«Was meinst du damit? Wieso sollst du anders sein? Hast du Lepra?»

Colin wünschte, er hätte das Thema nie aufgebracht, aber nun konnte er nicht zurück und stolperte vorwärts. «Ach, weißt du, jemand, der nicht besonders gut ankommt, weißt du, der kein guter Sportler ist, weißt du, der eigentlich bei nichts gut ist und – na, du weißt schon.»

«Hör auf mit dem ‹weißt du›! Das kann ich nicht ausstehen. Einer der Gründe, warum ich mit dir befreundet sein will, ist der, daß du *reden* kannst. Die meisten Leute hier faseln den ganzen Tag und brauchen nicht mehr als zwanzig Wörter. Zwei davon sind ‹weißt du›.»

Colin blinzelte. «Du willst mein Freund sein, wegen meines Wortschatzes?»

«Ich will dein Freund sein, weil du genauso schlau bist wie ich. Fast alle anderen langweilen mich.»

«Aber du könntest mit jedem Jungen aus der ganzen Stadt befreundet sein, mit jedem in deinem Alter oder sogar mit älteren. Die meisten Jungen, die im Pit waren –»

«– sind Arschlöcher.»

«Sei doch mal ernst. Ein paar davon sind allgemein beliebt.»

«Glaub es mir, sie sind Arschlöcher.»

«Nicht alle.»

«Doch, *alle*, Colin! Die meisten wissen nichts Besseres mit sich anzufangen, als Hasch zu rauchen, Pillen zu schlucken oder sich so zu besaufen, daß sie sich selber vollkotzen. Der Rest möchte John Travolta oder Donny Osmond sein. Ach, Mensch!»

«Aber sie mögen dich.»

«Alle mögen mich», sagte Roy. «Dafür sorge ich schon.»

«Ich wüßte gern, wie man es macht, daß sie *mich* mögen.»

«Das ist leicht. Du mußt nur auf die richtige Tour mit ihnen umgehen.»

«Okay. Wie?»

«Halt dich lang genug an mich , dann lernst du es.»

Statt mit den Rädern fortzufahren, gingen sie nebeneinander durch die Straße und schoben die Räder. Es war beiden klar, daß sie noch mehr zu reden hatten.

Sie kamen an einer Oleanderhecke vorbei. Die Blüten sahen in der fortschreitenden Dämmerung fast phosphoreszierend aus. Colin atmete tief den Duft ein. Oleanderbeeren enthielten einen der tödlichsten Giftstoffe. Colin hatte einen alten Film gesehen, in dem ein Wahnsinniger ein Dutzend Menschen mit diesem Gift ermordete. Er konnte sich an den Titel des Films nicht mehr erinnern.

Als sie zur nächsten Querstraße kamen, fragte Colin: «Hast du schon mal Rauschgift genommen?»

«Einmal.»

«Was?»

«Hasch. Durch eine Wasserpfeife.»

«War es gut?»

«Einmal hat mir gereicht. Und du?»

«Nein. Drogen machen mir angst», gestand Colin.

«Weißt du, warum?»

«Weil man daran sterben kann.»

«Sterben macht dir keine angst.»

«Nein?»

«Nicht sehr.»

«Sterben macht mir große angst.»

«Nein», beharrte Roy. «Du bist wie ich, genau wie ich. Drogen machen dir angst, weil du, wenn du sie nähmst, nicht mehr Herr deiner selbst wärst. Du hast Angst, dich nicht mehr in der Gewalt zu haben.»

«Ja, schon, das kommt auch dazu.»

Roy senkte die Stimme, als hätte er Angst, jemand könne ihn

hören. Er sprach hastig und zog vor lauter Eile die Worte zusammen. «Du mußt wach bleiben, hellwach und aufmerksam. Wirf immer einen Blick über die Schulter. Sei auf der Hut. Zeig keine Blöße, nicht eine Sekunde lang. Es liegen immer welche auf der Lauer, um anzugreifen, sobald sie sehen, daß du nicht Herr der Lage bist. Die Welt ist voll solcher Menschen. Fast jeder, den du triffst, ist so. Wir sind Dschungeltiere und müssen kampfbereit sein, wenn wir überleben wollen.» Roy schob das Fahrrad mit vorgestrecktem Kopf, hochgezogenen Schultern und angespannten Halsmuskeln. Noch im rasch schwindenden, rotorangefarbenem Licht des Spätabends waren die Schweißtropfen auf seiner Stirn und der Oberlippe wie dunkel glänzende Edelsteine sichtbar. «Du kannst so gut wie keinem trauen, niemandem. Sogar Leute, die dich eigentlich gern haben sollten, können sich gegen dich wenden, schneller, als du glaubst. Sogar Freunde. Leute, die sagen, daß sie dich lieben, sind am schlimmsten, sie sind die Gefährlichsten, die am wenigsten Vertrauenswürdigen.» Er atmete schneller und sprach immer hastiger. «Leute, die sagen, daß sie dich lieben, überfallen dich bei der ersten Gelegenheit. Du mußt immer daran denken, daß sie nur darauf lauern, dich zu schnappen. Liebe ist ein Trick. Ein Hinterhalt. Eine Methode, dich hinterrücks zu kriegen. Sei immer auf der Hut. Immer.» Er warf einen Seitenblick auf Colin. Seine Augen loderten.

«Glaubst du etwa, ich stellte mich gegen dich, erzählte Lügen oder verpetzte dich bei deinen Eltern oder so etwas?»

«Tätest du das?» fragte Roy.

«Natürlich nicht.»

«Nicht mal, wenn es dir selber an den Kragen ginge, und du dich nur retten könntest, wenn du mich verpetztest?»

«Nicht mal dann.»

«Und wenn ich was Ungesetzliches machte und die Bullen hinter mir her wären und dich ausfragten?»

«Ich würde dich nicht verpfeifen.»

«Das hoffe ich.»

«Das brauchst du nicht zu hoffen. Das solltest du *wissen.*»

«Ich muß vorsichtig sein.»

«Sollte ich bei dir vorsichtig sein?»

«Möglich. Ja, vielleicht solltest du. Als ich sagte, wir wären alle wie Tiere, wie eine Horde egoistischer Tiere, meinte ich mich auch.»

In Roys Augen stand soviel Verfolgtsein, soviel Wissen um Schmerz, daß Colin den Blick abwenden mußte. Er wußte nicht, was Roys Ausbruch ausgelöst hatte, wollte aber nicht länger darüber reden. Er fürchtete, es könnte zu einem Streit führen und daß Roy ihn nie wieder sehen wollte. Und er wollte doch nichts anderes, als bis zum Ende des Lebens mit Roy befreundet bleiben. Wenn er diese Beziehung zerstörte, würde er keine zweite Chance bekommen, einen so großartigen besten Freund wie Roy zu finden. Er wußte das ganz genau. Wenn er dies verdarb, würde er wieder ein Einzelgänger sein müssen; und jetzt, wo er Zugehörigkeit, Freundschaft und Verbundenheit erfahren hatte, glaubte er nicht, das Alleinsein noch ertragen zu können.

Sie gingen eine Weile schweigend weiter. Allmählich verlor sich die krampfartige Spannung Roys, die ihn wie eine angriffsbereite Schlange hatte erscheinen lassen, und Colin fühlte sich sehr erleichtert. Roy hob den Kopf, ließ die Schultern fallen und hörte auf, wie ein Pferd am Ende eines langen Rennens zu atmen.

Mit Rennpferden kannte Colin sich ein wenig aus. Sein Vater hatte ihn mehrmals auf Rennplätze mitgenommen und erwartet, daß ihn die Stimmen des Totalisators und die schweißdampfende maskuline Atmosphäre des Rennsports beeindrukken würde. Statt dessen entzückte sich Colin an der Eleganz der Pferde und sprach von ihnen wie von Tänzern. Das hatte seinem Vater wenig gefallen, und er war von da an allein auf die Rennbahn gegangen.

Colin und Roy kamen zur nächsten Ecke, bogen links ab und schoben die Räder über einen von Efeuhecken eingefaßten Fußweg.

Endlich begann Roy zu sprechen. «Colin, erinnerst du dich, daß ich sagte, daß einer von zwei Freunden manchmal etwas tun muß, weil der andere das will, obwohl es ihm vielleicht gar nicht angenehm ist?»

«Ja, das weiß ich.»

«Das ist ein echter Prüfstein für eine Freundschaft. Stimmst du mir zu?»

«Ich denke schon.»

«Herr des Himmels, kannst du denn nicht wenigstens hin und wieder mal eine feste Meinung über etwas haben? Du sagst nie einfach ja oder nein, du ‹denkst› immer nur.»

Aufgebracht sagte Colin: «Also gut. Ich glaube, es ist ein wahrer Prüfstein für eine Freundschaft. Ja, ich stimme dir zu.»

«Was wäre, wenn ich sagte, ich wollte zum Spaß töten und du solltest mir dabei helfen?»

«Was? Eine Katze?»

«Ich hab schon eine Katze getötet.»

«Ach, das nehme ich dir nicht ab.»

«Warum sollte ich lügen?»

«Okay, okay», sagte Colin. «Laß uns nicht wieder von vorn damit anfangen. Tun wir so, als hätte ich deine Geschichte geschluckt – mit Haut und Haaren. Du hast eine Katze in einem Vogelkäfig getötet. Was soll jetzt drankommen – ein Hund?»

«Wenn ich einen Hund töten wollte, würdest du mir helfen?»

«Warum sollte ich das?»

«Es könnte stark sein.»

«Ach!»

«Würdest du mir dabei helfen?»

«Woher willst du den Hund nehmen? Glaubst du, der Tierschutzverein gibt sie Leuten, die sie quälen wollen?»

«Ich könnte den ersten Hund stehlen, der mir über den Weg läuft.»

«Wie würdest du ihn umbringen?»

«Ihn erschießen.»

«Ohne daß die Nachbarn es hören?»

«Wir würden ihn vorher rauf in die Berge bringen.»

«Du erwartest, daß er sich in Positur setzt und uns angrinst, während wir ihn abknallen?»

«Wir könnten ihn anbinden und ein Dutzend Kugeln abschießen.»

«Woher willst du eine Waffe nehmen?»

«Was ist mit deiner Mutter?» fragte Roy.

«Glaubst du, meine Mutter betriebe in ihrer Küche einen illegalen Waffenhandel?»

«Hat sie keinen Revolver?»

«Na klar. Millionen Revolver. Und einen Tank und eine Bazooka und eine Atomrakete.»

«Gib mir lieber eine Antwort.»

«Warum sollte sie einen Revolver haben?»

«Eine attraktive Frau, die allein lebt, hat meistens eine Waffe.»

«Aber sie lebt nicht allein», sagte Colin. «Hast du mich vergessen?»

«Wenn ein wahnsinniger Sexualverbrecher deine Mutter wollte, wärst du kein Hindernis für ihn.»

«Ich bin nicht so schwächlich, wie ich aussehe.» Colin wollte nicht zugeben, daß eine Waffe im Haus war. Er ahnte, daß er sich mit einer Lüge eine Menge Ärger ersparen könnte. Endlich sagte er dann doch: «Ja, sie hat eine Pistole.»

«Weißt du das genau?»

«Ja. Aber sie ist bestimmt nicht geladen. Meine Mutter könnte auf keinen schießen. Mein Vater ist ein Waffennarr; *ergo* haßt meine Mutter Waffen. Ich auch. Ich werde mir ihre Pistole nicht ausleihen, um so was Verrücktes zu machen, wie den Hund eurer Nachbarn zu erschießen.»

«Wir könnten ihn auch irgendwie anders töten.»

«Wie denn? Sollen wir ihn beißen?»

Ein Nachtvogel sang in den Zweigen über ihnen. Die Brise vom Meer war kühler als noch vor zehn Minuten. Colin war es leid, das Rad zu schieben, aber er spürte, daß Roy noch viel zu sagen hatte, es leise sagen wollte, was nicht ging, wenn sie auf den Rädern fuhren.

Roy sagte: «Wir könnten den Hund anbinden und mit einer Mistgabel erstechen.»

«Ach!»

«Das wäre stark.»

«Du ödest mich an.»

«Würdest du mir helfen?»

«Dazu brauchtest du keine Hilfe.»

«Es wäre ein Beweis, daß du in jeder Lage mein Freund bist.»

Nach einer langen Pause sagte Colin: «Vielleicht könnte ich, wenn es dir wirklich so wichtig ist, wenn du es tun oder sterben müßtest, dabei anwesend sein.»

«Was meinst du mit ‹anwesend›?»

«Ich ... ich glaube, ich könnte zusehen.»

«Und wenn ich wollte, daß du die Gabel nimmst und ein paarmal zustichst?»

«Manchmal bist du mir unheimlich, Roy.»

«Könntest du zustechen?»

«Nein.»

«Aber du könntest zusehen?»

«Wenn dir das ein für allemal bewiese, daß ich dein Freund bin und du mir vertrauen kannst ...»

Sie erreichten den Lichtkegel unter einer Straßenlaterne, und Roy blieb stehen. Er lächelte. «Du wirst immer besser. Gestern hättest du noch gesagt, du könntest nicht mal zusehen, wenn ein Hund getötet würde. Heute sagst du, du könntest zusehen, aber nicht mitmachen. Morgen oder übermorgen wirst du mir sagen, du könntest dich überwinden, die Mistgabel zu nehmen und den blöden Hund zu Hackfleisch zu verarbeiten.»

«Nein. Nie!»

«Heute in einer Woche wirst du dann schließlich zugeben, daß es dir Spaß macht, etwas zu töten.»

«Nein. Das ist nicht wahr. Du bist blöd.»

«Ich habe recht. Du bist genau wie ich.»

«Und du bist kein Mörder.»

«Das bin ich.»

«Nie im Leben.»

«Du kennst mich nicht.»

«Du bist Roy Borden.»

«Ich meine, wie ich innen drin bin. Das weißt du nicht, aber du wirst es erfahren.»

«In dir steckt kein Hunde- und Katzenmörder.»

«Ich habe schon was anderes als eine Katze getötet.»

«Was denn?»

«Menschen.»

«Ah ja, und dann hast du dir Größeres vorgenommen, zum Beispiel Elefanten.»

«Keine Elefanten, nur Menschen.»

Ein zweiter Nachtvogel schrie aus einem nahen Baum; in der Ferne heulten sich zwei einsame Hunde zu.

«Das ist lächerlich», sagte Colin.

«Nein, es ist wahr.»

«Du willst mir ernsthaft sagen, du hättest Menschen getötet?»

«Zweimal.»

«Warum nicht hundertmal?»

«Weil es nur zweimal war.»

«Als nächstes sagst du gleich, du bist in Wirklichkeit ein achtbeiniges, sechsäugiges Monstrum vom Mars.»

«Ich bin in Santa Leona geboren», erklärte Roy nüchtern. «Wir haben immer hier gewohnt, solange ich lebe. Ich war nie auf dem Mars.»

«Roy, das fängt an, langweilig zu werden.»

«Oh, das wird alles andere als langweilig. Ehe der Sommer vorbei ist, werden wir beide zusammen jemanden ermorden.»

Colin gab vor, darüber nachzudenken. «Vielleicht den Präsidenten der Vereinigten Staaten?»

«Einfach einen aus Santa Leona. Das wird stark, sage ich dir.»

«Roy, gib doch endlich auf. Ich glaube dir kein Wort.»

«Das wirst du. Du wirst es noch glauben.»

«Ach, das ist bloß ein Märchen, irgendeine Prüfung. Ich würde nur gern wissen, für was du mich prüfst.»

Als Roy nichts sagte, fuhr Colin fort: «Soweit ich es übersehe, habe ich die Prüfung bestanden. Ich habe dir bewiesen, daß du mich nicht reinlegen kannst. Ich nehme dir diese dumme Geschichte nicht ab. Hast du begriffen?»

Roy nickte lächelnd. Er sah auf die Uhr. «He, was möchtest du jetzt machen? Sollen wir raus zum Fairmont fahren und einen Film ansehen?»

Colin war durch den plötzlichen Themawechsel und Roys abrupt veränderte Art verwirrt. «Was ist Fairmont?»

«Das Fairmont-Autokino. Wenn wir wie der Teufel über die Ranch Road und dann zurück durch die Berge fahren, kommen wir über dem Fairmont auf dem Hang raus. Wir können da oben sitzen und den Film umsonst sehen.»

«Können wir auch was hören?»

«Nein, aber bei den Filmen, die sie im Fairmont spielen, brauchst du nichts zu hören.»

Ja, was spielen sie denn? Stummfilme?»

Roy war fassungslos. «Du wohnst hier schon einen Monat und willst nicht wissen, was das Fairmont ist?»

«Bei dir komme ich mir wie ein Halbidiot vor. Du sagtest, es ist ein Autokino.»

«Na, da wirst du eine Überraschung erleben.»

«Ich mag Überraschungen nicht.»

«Komm schon!»

Als sie auf der Ranch Road waren und nach Südosten fuhren, hörte die Straßenbeleuchtung auf. Sie schalteten das Licht an. Die letzten Spuren der Sonnenstrahlen beleuchteten nicht länger die westlichen Ränder der hochziehenden Wolken: Es war Nacht geworden. Ketten sanfter pechschwarzer Hügel erstreckten sich auf beiden Seiten und hoben sich vom grauschwarzen Himmel ab. Gelegentlich überholte sie ein Auto, aber die meiste Zeit hatten sie die Straße für sich.

Colins Verhältnis zur Dunkelheit war nicht gut. Er hatte nie die Kinderangst vor dem Alleinsein in der Nacht verloren, eine Schwäche, die manchmal seine Mutter verzweifeln ließ und seinen Vater jedesmal in Wut versetzte. Er schlief immer mit Licht. Eben jetzt hielt er sich dicht an Roy, von der echten Angst besessen, in große Gefahr zu geraten, wenn er zurückblieb. Etwas Gräßliches, etwas Nichtmenschliches, etwas, das sich in den dichten Schatten der Wegränder verbarg, würde nach ihm greifen, ihn mit gruseligen Klauen, so groß wie Sicheln, packen, vom Sattel zerren und ihn lebendig mit lautem Zermalmen der Knochen und Platschen des Bluts verschlingen. Er war ein gläubiger Adept von Horrorfilmen und Schauerromanen, nicht weil sie von farbigen Sagen handelten und mit Erregung und Spannung vollgestopft waren, sondern weil sie nach seiner Meinung in eine ernüchternde Wirklichkeit vordrangen, die die meisten Erwachsenen nicht ernst nehmen wollten. Werwölfe, Vampire, lebende Leichname, sich zersetzende Leichen, die nicht in ihren Gräbern bleiben wollten, und Hunderte anderer höllischer Gestalten existierten. Intellektuell konnte er sie als Ausgeburten der Phantasie von sich fortschieben, im tiefsten Innern aber kannte er die Wahrheit. Sie lauerten im Dunkel, warteten, verbargen sich, waren hungrig. Die Nacht war ein riesiger, feuchter Keller, die Behausung dessen, was kroch, glitt, schlich. Die Nacht hatte Augen und Ohren. Sie hatte eine schaurige, krächzende alte Stimme. Wenn man genau hinhörte, die Zweifel fortschob und unbeeinflußt blieb, konnte man die schreckliche Stimme der Nacht hören. Sie flüsterte von Gräbern, verwesendem Fleisch, von Dämonen, Geistern und Sumpfungetümen. Sie sprach von unaussprechlichen Dingen.

Ich muß unbedingt damit aufhören, sagte er sich selbst. Warum tue ich mir das immerzu an, um Himmels willen?

Er schob sich aus dem Sattel nach vorn, um die Hebelwirkung zu verstärken und stemmte die dünnen Beine fest auf die Pedale, wild entschlossen, sich dicht an Roy zu halten.

Seine Arme hatten sich mit einer Gänsehaut überzogen.

7

Von der Ranch Road bogen sie auf einen Feldweg ab, der im Mondschein kaum zu erkennen war. Roy fuhr voraus. Hinter dem ersten Hügel wurde der Weg zu einem Fußpfad. Nach einer Viertelmeile verließen sie ihn und arbeiteten sich durch hartes Gras und sandigen Boden weiter. Schon nach weniger als einer Minute erlosch Roys Fahrradlampe.

Colin hielt sofort an. Sein Herz klopfte wie das eines gefangenen Kaninchens. «Roy? Wo bist du? Was ist? Was ist, Roy?»

Roy trat aus der Dunkelheit in den schwachen Lichtkegel vor Colins Fahrrad. «Wir müssen noch über zwei Hügel, ehe wir zum Kino kommen. Es hat keinen Sinn, die Räder noch weiter mitzunehmen. Wir lassen sie hier und holen sie uns auf dem Rückweg.»

«Und wenn sie gestohlen werden?»

«Von wem?»

«Woher soll ich das wissen? Aber wenn sie einer stiehlt?»

«Ein internationaler Ring von Fahrraddieben mit geheimen Filialen in jeder Stadt?» Roy schüttelte den Kopf und gab sich keine Mühe, seine Verzweiflung zu verbergen. «Über was du dir alles Sorgen machst!»

«Wenn sie gestohlen würden, müßten wir zu Fuß bis nach Hause – fünf bis sechs Meilen, vielleicht mehr.»

«Herr des Himmels, Colin, es weiß doch keiner, daß die Räder hier sind. Niemand sieht sie, geschweige denn stiehlt sie.»

«Und was ist, wenn wir zurückkommen und sie in der Dunkelheit nicht finden können?» fragte Colin.

Roy verzog das Gesicht und sah nicht nur angewidert, sondern auch dämonisch aus. Es lag am Licht des Scheinwerfers, das nur die Kanten seiner Gesichtszüge beleuchtete und alle Flächen dunkel ließ, so daß er fratzenhaft und nicht mehr menschlich aussah.

«Ich kenne mich hier aus», sagte er ungeduldig. «Ich komme oft her. Verlaß dich auf mich. Kommst du jetzt endlich? Wir verpassen den Film.» Er drehte sich um und ging fort.

Colin zögerte, bis ihm aufging, daß er, wenn er das Fahrrad nicht zurückließ, Roy verlieren würde. Er wollte nicht mitten im Nichts alleinbleiben. Er legte das Rad auf die Seite und schaltete die Lampe aus. Die Dunkelheit umhüllte ihn. Plötzlich vernahm er tausend unheimliche Geräusche. Krötengequake? Nur Kröten? Vielleicht etwas viel Gefährlicheres. Die vielen fremden Stimmen der Nacht wurden zu einem kreischenden Chor. Angst stieg in ihm hoch. Seine Halsmuskeln krampften sich zusammen. Er konnte kaum mehr schlucken. Wenn Roy etwas gesagt hätte, hätte er nicht antworten können. Trotz des kühlen Windes begann er zu schwitzen.

Du bist kein Kind mehr, ermahnte er sich. Du benimmst dich wie ein Baby. Voller Verzweiflung wollte er sich vorbeugen und das Licht wieder anschalten, aber er durfte Roy nicht merken lassen, daß er sich vor der Dunkelheit fürchtete. Er wollte wie Roy sein, und Roy fürchtete sich vor nichts.

Zum Glück wurde Colin nicht ganz blind. Die Fahrradlampe war nicht sehr hell gewesen, und seine Augen paßten sich rasch an. Milchiges Mondlicht ergoß sich über die Hügel. Er konnte Roy vor sich den Hang hinauflaufen sehen. Er wollte sich bewegen, konnte es aber nicht. Seine Beine schienen viele Tonnen zu wiegen. Etwas zischte. Colin neigte den Kopf und horchte. Wieder das Zischen. Näher. Etwas glitt dicht neben seinem Fuß durch das Gras. Colin stob davon. Es mochte nur eine harmlose Kröte gewesen sein, aber sie verlieh ihm die Kraft, sich in Bewegung zu setzen. Er holte Roy ein, und nach ein paar Minuten erreichten sie den Hang hinter und oberhalb des Fairmont. Sie stiegen den halben Hügel hinab und setzten sich nebeneinander auf die Erde. Unter ihnen waren auf dem Rund des Autokinos alle Wagen in westlicher Richtung geparkt. Die Leinwand war ihnen zugekehrt, und hinter ihr verlief die Autostraße nach Santa Leona.

Auf der riesigen Bildfläche gingen ein Mann und eine Frau bei

Sonnenuntergang am Strand entlang. Obwohl sie den Lautsprecher nicht hörten, sah Colin bei den Großaufnahmen, daß die Schauspieler lebhaft redeten. Nach einer Weile sagte er: «Das war keine sehr gute Idee, den ganzen Weg nach hier zu machen, um einen Film zu sehen, bei dem wir nichts hören können.»

«Bei dem brauchst du nichts zu hören», antwortete Roy.

«Wie sollen wir wissen, um was es geht, wenn wir nichts hören können?»

«Niemand geht wegen der Handlung zum Fairmont. Sie wollen nur Titten und Hintern sehen.»

Colin starrte Roy an. «Wovon redest du?»

«Das Fairmont liegt günstig. Keine Häuser in der Nähe. Von der Straße aus sieht man die Leinwand nicht. Darum spielen sie Pornos.»

«Was spielen sie?»

«Porno. Weißt du nicht, was das ist?»

«Nein.»

«Du hast noch eine Menge zu lernen, guter Freund. Zum Glück hast du einen guten Lehrer, nämlich mich. Es ist Pornographie. Schmutzige Leinwand.»

«Du – meinst, wir sehen Leute, die ... es machen?»

Roy grinste. Seine Augen und Zähne blitzten im Mondschein. «Das würden wir sehen, wenn es harter Porno wäre. Aber dies ist die sanfte Welle.»

«Oh», sagte Colin. Er hatte keine Ahnung, was Roy meinte.

«Alles, was wir zu sehen kriegen», erklärte der, «sind nackte Leute, die so tun als ob.»

«Sind sie – richtig nackt?»

«Klar.»

«Aber nicht die Mädchen?»

«Gerade die Mädchen. Und jetzt sieh dir den Film an, Dummkopf.»

Das Paar am Strand küßte sich. Dann trat der Mann zurück, und die Frau lächelte, dann streichelte sie sich, forderte den Mann heraus, griff nach hinten und hakte das Bikinioberteil auf und ließ es langsam an den Armen herabgleiten, und plötzlich sprangen ihre Brüste ins Bild, groß und fest, nach oben gehend, herrlich wippend, und der Mann berührte sie –

«Ja, gib's ihr. Gib's ihr gut», sagte Roy.

– und der Mann streichelte ihre Brüste, quetschte sie, und die Frau schloß die Augen und schien zu seufzen, und der Mann strich sanft mit dem Daumen über die geschwollenen Brustwarzen.

Colin war im Leben noch nicht so verlegen gewesen.

«Was die für ein Paar hat», sagte Roy hingerissen.

Colin wünschte sich, sie wären woanders, irgendwo anders. Sogar wieder bei den Fahrrädern, allein, in der Dunkelheit.

«Hat die nicht einen tollen Satz?»

Colin wollte sich in einer Höhle verkriechen.

«Gefallen sie dir?»

Er brachte keinen Ton heraus.

«Möchtest du an denen lutschen?»

Er wünschte, Roy würde den Mund halten.

Auf der Leinwand beugte sich der Mann vor und saugte an den Brüsten der Frau.

«Möchtest du dich zwischen denen ersticken?»

Obwohl der Film Colin erschreckt und peinlich berührt hatte, konnte er keinen Blick abwenden.

«Na, was meinst du?»

«Von was?»

«Von der Ausstattung.»

Der Mann und die Frau rannten über den Strand zu einem grasigen Flecken, wo sie sich hinlegen konnten. Ihre Brüste hüpften und pendelten.

«Colin? Hast du das Reden verlernt?»

«Warum willst du darüber reden?»

«Das macht mehr Spaß. Wir haben hier keinen Lautsprecher und können nicht hören, was *die* darüber sagen.»

Das Paar lag auf dem Gras, und der Mann küßte wieder ihre Brüste.

«Gefallen dir die Titten?»

«Ich glaub schon.»

«Du glaubst?»

«Ja, sicher, sie sind gut.»

«Wem sollten die schon nicht gefallen?»

Colin gab keine Antwort.

«Vielleicht würde ein Schwuler sie nicht mögen», sagte Roy.

«Mir gefallen sie», sagte Colin schwächlich.

«Was gefällt dir? Ich möchte es dich sagen hören.»

«Hab ich doch. Sie gefallen mir.»

«Was gefällt dir?» beharrte Roy.

Auf der Leinwand: steife Brustwarzen.

«Was tickt bei dir nicht richtig?» fragte Colin.

«Bei *mir* stimmt alles.»

«Du bist schon merkwürdig, Roy.»

«Nein, du hast Angst, es zu sagen. Wie heißen sie?»

«Okay, okay. Wenn du dann endlich den Mund hältst, werde ich es sagen. Ich mag ihre Dinger. Bist du jetzt zufrieden?» Colin war feuerrot geworden. Er war froh, daß es dunkel war.

«Nenn mir einen anderen Namen.»

«Kannst du dann endlich Ruhe geben?»

Auf der Leinwand: vom Speichel nasse Brüste.

Roy legte ihm die Hand um den Arm und drückte zu; es tat Colin weh. «Einen anderen Namen!»

«Sag du's doch. Du scheinst alle Namen zu kennen.»

«Und du sollst sie lernen.»

«Warum soll es so spannend sein, ordinär zu reden?»

«Hat der kleine Colin Angst, seine Mammi könnte ihn hören und ihm den Mund mit Seife auswaschen?»

«Du bist ja bescheuert.»

«Na, wenn du keine Angst vor Mammi hast, sag mir ein anderes Wort. Sieh doch auf die Leinwand und sag mir, was dir gefällt.»

Colin räusperte sich nervös. «Also ... ihre Brüste gefallen mir.»

«Brüste? Mensch, Colin! Hühner haben Brüste!»

«Die von einer Frau nennt man auch so.» Colin verteidigte sich.

«Ja, vielleicht tun das Ärzte.»

«Alle.»

Roy umspannte Colins Arm fester und grub seine scharfen Nägel in die Haut.

«Verdammt, laß los! Du tust mir weh.» Er versuchte freizukommen, aber es gelang ihm nicht. Roy war sehr stark.

Im weißlichen Mondschein war Roys Gesicht nur zum Teil zu sehen, aber das wenige, das Colin sehen konnte, gefiel ihm wenig. Die Augen waren weit offen, stechend, fiebrig; Colin stellte sich vor, daß sie Hitze ausstrahlten. Roy hatte die Lippen zu einem bösen Grinsen hochgezogen, als würde er gleich wie ein angreifender Hund zu knurren beginnen.

Weil in den Augen etwas Ungewöhnliches, etwas Schauriges und Kraftvolles, aber nicht zu Definierendes stand, und weil der Freund so eindringlich sprach, erkannte Colin, daß das bizarre Gespräch für Roy von ungeheurer Wichtigkeit war. Er machte sich nicht einfach über ihn lustig; er forderte ihn heraus. Dies war ein Messen der Kräfte, und in irgendeiner Weise, die Colin nicht erfassen konnte, würde der Ausgang ihre gemeinsame Zukunft bestimmen. Er fühlte auch, ohne zu wissen warum, daß er, wenn er diesen Wettstreit nicht gewann, schwer darunter zu leiden haben würde.

Roy drückte fester zu.

Colin stöhnte. «Au! Mensch, laß doch los! Was soll das?»

«Sag mir ein anderes Wort.»

«Roy, du tust mir weh.»

«Sag ein anderes Wort, dann lasse ich los.»

«Ich dachte, du wärst mein Freund.»

«Einen besseren Freund als mich wirst du nie haben.»

«Wenn du mein Freund wärst, würdest du mir nicht weh tun», sagte Colin durch die zusammengebissenen Zähne.

«Wenn du mein Freund wärst, würdest du das Wort sagen. Was ist denn so schwer daran, es zu sagen?»

«Und was ist für dich schwer, wenn ich es nicht sage?»

«Ich dachte, du hättest gesagt, ich könnte dir trauen, du würdest alles tun, was ich möchte. Jetzt willst du nicht mal mit mir über diesen Mistfilm reden.»

«Okay, okay», sagte Colin, der wirklich beinahe ein schlechtes Gewissen hatte, weil Roy nur so wenig von ihm wollte.

«Sag: ‹Titten›!»

«Titten», sagte Colin.

«Sag: ‹Euter›.»

«Euter», sagte Colin.

«Sag mir, daß du ihre Titten magst.»

«Ich mag ihre Titten.»

Roy ließ ihn los. «Was ist daran so schwierig?»

Colin rieb sich vorsichtig den Arm. «Du hast mich blutig gekratzt.»

«Heulsuse. Ich hab nur ein bißchen zugedrückt. Mann! Da, die Leinwand.»

Der Mann hatte dem Mädchen den Bikinislip heruntergezogen. Er streichelte ihr nacktes Hinterteil, das blaß gegen die gebräunten Rücken und die Schenkel abstach.

«Von dem Arsch könnte ich zehn Pfund zum Frühstück essen», sagte Roy.

Der Mann auf der Leinwand war auch nackt. Er legte sich auf den Rücken und das Mädchen setzte sich mit gespreizten Beinen auf ihn.

«Das Beste zeigen sie uns nicht», stellte Roy fest. «Nicht im Fairmont. Die zeigen nicht, wie er es macht.»

Die Kamera zeigte ihre hüpfenden Brüste und ihr schönes Gesicht, das in vorgetäuschter Extase verzerrt war.

«Hast du einen Ständer?»

«Was?»

«Ob er dir steht?»

«Du bist ja pervers.»

«Hast du vor dem Wort auch Angst?»

«Ach, Mensch!»

«Sag es!»

«Ständer.»

«Hast du einen?»

Colin wurde es vor Verlegenheit fast schlecht.

«Na, ist er steif, guter Freund?»

«Ja.»

«Weißt du, wie man ihn nennt?»

«Zebedäus.»

Roy lachte. «Das war gut. Und schnell. Das gefällt mir.»

Das Lob wirkte lindernd. Colins Angst legte sich ein wenig.

«Weißt du, wie er wirklich heißt?»

«Penis.»

«Das ist genauso schlimm wie Brust.»

Colin schwieg.

«Sag mir zuliebe ‹Schwanz›.»

Colin sagte es.

«Gut. Sehr gut. Ehe der Film zu Ende ist, wirst du alle Wörter kennen, und du wirst dich mit ihnen ebenso wohl fühlen wie ich. Halt dich an mich, Kleiner. Ich werde dich schon richtig erziehen. He! Sieh mal! Siehst du, was er jetzt mit ihr macht? Schau hin, Colin! Das ist stark! Mensch!»

Colin kam sich wie auf einem Skateboard vor, auf dem er einen langen und steilen Berg hinunterraste, ohne noch lenken zu können. Aber er starrte auf die Leinwand.

8

Um Viertel vor elf kamen sie nach Santa Leona zurück und hielten bei einer Tankstelle am Broadway an. Sie war über Nacht geschlossen; nur der Getränkeautomat war noch beleuchtet.

Roy suchte in seiner Tasche nach Münzen. «Was möchtest du? Ich bezahle.»

«Ich hab Geld.»

«Du hast schon das Abendessen bezahlt.»

«Na, dann gut. Ich nehme Traubensaft.»

Sie schwiegen einige Zeit und befaßten sich mit ihren Saftflaschen. Endlich sagte Roy: «Das war ein prima Abend, was?»

«Ja.»

«Soviel Spaß hab ich lange nicht mehr gehabt. Und weißt du auch, warum?»

«Warum?»

«Weil du da bist», sagte Roy.

«Klar.» Colin war voller Selbstironie. «Ohne mich ist alles nur halb so schön.»

«Ich meine es ernst. Einen besseren Freund als dich gibt es nicht, Colin.»

Diesmal wurde Colin ebensosehr aus Stolz als aus Befangenheit rot.

«Du bist wirklich der einzige Freund, den ich habe», sagte Roy, «und der einzige, den ich brauche.»

«Du hast Hunderte von Freunden.»

«Das sind bloß Leute, die ich kenne. Zwischen Freunden und Bekannten ist ein großer Unterschied. Bevor du hierher gezogen bist, hab ich lange keinen Freund mehr gehabt.»

Colin wußte nicht, ob Roy die Wahrheit sagte oder sich über ihn lustig machte. Ihm fehlte die Erfahrung, das beurteilen zu können, weil noch niemand so mit ihm gesprochen hatte wie jetzt gerade Roy.

Roy setzte die halb geleerte Colaflasche ab und zog sein Taschenmesser heraus. «Ich finde, daß dafür jetzt die Zeit gekommen ist.»

«Wofür?»

Im schwachen Licht des Getränkeautomaten öffnete Roy das Messer, setzte die Spitze an den Handballen und drückte so fest zu, daß es blutete: ein einziger dicker Bluttropfen, der einer Perle glich. Er drückte an der winzigen Wunde, bis mehr Blut herausdrang und über seine Hand tropfte.

Colin war sprachlos. «Was – was soll das?»

«Streck deine Hand aus.»

«Bist du wahnsinnig?»

«Wir machen es genau wie die Indianer.»

«Was?»

«Wir schließen Blutsbrüderschaft.»

«Wir sind doch schon Freunde.»

«Blutsbrüder zu sein ist noch viel besser.»

«Ja? Warum?»

«Wenn unser Blut sich vermischt hat, sind wir ein einziger Mensch. In Zukunft werden Freunde, die ich finde, auch deine Freunde sein. Deine Freunde werden meine sein. Wir werden immer zusammenhalten. Die Feinde des einen werden auch die Feinde des anderen sein, und darum werden wir doppelt so stark und doppelt so klug sein wie alle anderen. Wir werden nie allein kämpfen. Du und ich, wir werden gegen die ganze verdammte Welt stehen. Und die Welt soll ganz schön vorsichtig sein.»

«Und das alles wegen eines blutigen Händedrucks?» fragte Colin.

«Wichtig ist nur das, wofür der Händedruck steht. Er steht für Freundschaft, Liebe und Vertrauen.»

Colin konnte keinen Blick von dem blutroten Faden wenden, der über Roys Handfläche und Handgelenk lief.

«Gib mir deine Hand.»

Colin fand es aufregend, Roys Blutsbruder zu sein, aber er war auch wehleidig. «Dein Messer sieht nicht sauber aus.»

«Ist es aber.»

«Von einem schmutzigen Schnitt kann man eine Blutvergiftung bekommen.»

«Hätte ich mich zuerst geschnitten, wenn die Gefahr bestünde?»

Colin zögerte.

«Um Himmels willen! Die Wunde wird nicht mehr sein als ein Nadelstich. Jetzt gib schon deine Hand her.»

Widerstrebend hielt Colin die rechte Hand hin. Er zitterte. Roy griff fest zu und setzte die Messerspitze auf den Handballen.

«Das spürst du nur eine Sekunde», sagte er beruhigend.

Colin wagte nicht, zu sprechen. Er fürchtete, seine Stimme könnte umkippen. Der Schmerz kam plötzlich, war stark, dauerte aber nur kurz. Colin biß sich auf die Lippen, um nicht laut aufzuschreien. Roy klappte das Messer zu und steckte es ein. Mit zitternden Fingern drückte Colin auf die Wunde, bis sie richtig blutete.

Roy gab Colin die blutende Hand. Er drückte sie fest.

Colin erwiderte den Druck, so stark er konnte. Ihre feuchten Hände machten beim Händedruck ein kaum vernehmbares, schmatzendes Geräusch.

Sie standen vor der geschlossenen Tankstelle in der kühlen, benzingetränkten Luft, starrten einander in die Augen, atmeten den Atem des anderen, fühlten sich stark, einzigartig und kühn.

«Mein Bruder», sagte Roy.

«Mein Bruder.»

«Für immer», sagte Roy.

«Für immer.»

Colin dachte angespannt an die kleine Wunde in seiner Hand und versuchte, den Augenblick zu spüren, in dem Roys Blut in seine Venen einzudringen begann.

9

Nach dieser so unvorbereiteten Zeremonie wischte Roy die klebrige Hand an seinen Jeans ab und griff nach der noch nicht geleerten Flasche. «Was möchtest du jetzt noch machen?»

«Es ist schon nach elf Uhr», sagte Colin.

«Verwandelst du dich jetzt in einer Stunde in einen Kürbis?»

«Ich sollte nach Hause fahren.»

«Es ist noch früh.»

«Wenn meine Mutter heimkommt, und ich bin nicht da, macht sie sich Sorgen.»

«Nach allem, was du mir erzählt hast, hört sie sich nicht wie die Sorte Mütter an, die sich groß über ein Kind aufregt.»

«Ich möchte keinen Ärger bekommen.»

«Ich dachte, sie wäre mit diesem Knaben Thornberg zum Essen gegangen.»

«Das war um neun Uhr», sagte Colin. «Sie könnte bald nach Hause kommen.»

«Mensch, bist du naiv!»

Colin sah ihn argwöhnisch an. «Was soll das nun wieder heißen?»

«Sie bleibt noch Stunden weg.»

«Woher weißt du?»

«Jetzt etwa», erklärte Roy, «sind sie mit dem Essen fertig und haben Cognac getrunken, und der alte Thornberg hat sie in seiner Wohnung gerade im Bett.»

«Du weißt nicht, was du redest.» Colin fühlte sich unbehaglich. Er erinnerte sich, wie seine Mutter ausgesehen hatte, als sie fortging: frisch, anziehend und schön in ihrem eng anliegenden, tief ausgeschnittenen Kleid.

Roy zwinkerte ihm zu und grinste spöttisch. «Glaubst du, deine Mutter wäre eine Jungfrau?»

«Natürlich nicht.»

«Dann ist sie wohl plötzlich eine Nonne oder so was geworden?»

«Ach, Mensch.»

«Find dich damit ab, guter Freund, deine Mutter treibt es ebenso wie alle anderen auch.»

«Ich will darüber nicht reden.»

«Ich ginge sehr gern mal mit ihr ins Bett.»

«Hör auf!»

«Empfindlich, was?»

«Sind wir Blutsbrüder oder nicht?» fragte Colin.

Roy trank den letzten Schluck aus seiner Flasche. «Was hat das damit zu tun?»

«Wenn du mein Blutsbruder bist, solltest du Respekt vor meiner Mutter haben, ebensoviel wie vor deiner.»

Roy stellte die leere Flasche in den Korb neben dem Automaten. Er räusperte sich und spuckte aufs Pflaster. «Mann, ich hab gar keinen Respekt vor meiner Mutter. Sie ist gemein, richtig gemein. Und warum soll ich deine alte Dame wie eine Göttin behandeln, wenn du sie auch nicht achtest?»

«Wer sagt, daß ich das tue?»

«Ich!»

«Hältst du dich für einen Gedankenleser oder was?»

«Hast du etwa nicht gesagt, sie wäre mehr mit ihren Freundinnen zusammen als mit dir? War sie jemals da, wenn du sie brauchtest?»

«Jeder hat Freunde», wich Colin schwächlich aus.

«Hast du Freunde gehabt, bevor du mich getroffen hast?»

Colin zog die Schultern hoch. «Ich hatte immer meine Hobbies.»

«Hast du mir nicht erzählt, daß sie, als sie noch mit deinem Vater verheiratet war, mindestens einmal im Monat fortgegangen ist?»

«Nein, so oft nicht.»

«Daß sie ein paar Tage oder sogar eine Woche oder mehr fort war?»

«Doch nur, weil er sie geschlagen hat.»

«Hat sie dich mitgenommen, wenn sie fortgelaufen ist?»

«Normalerweise nicht.»

«Sie hat dich mit *ihm* alleingelassen.»

«Er ist schließlich mein Vater.»

«Mir kommt er ziemlich gefährlich vor.»

«Mich hat er nie angerührt. Nur sie.»

«Aber er hätte dich prügeln können. Sie konnte nicht wissen, was passieren würde, wenn sie dich mit ihm alleinließ.»

«Es ist doch alles in Ordnung gekommen. Nur das ist wichtig.»

«Und jetzt hat sie nur noch Zeit für die Kunstgalerie. Sie arbeitet dort jeden Tag und die meisten Abende», sagte Roy.

«Sie sorgt für unsere gemeinsame Zukunft.»

Roy verzog säuerlich das Gesicht. «Entschuldigt sie sich damit? Sagt sie dir das?»

«Ich glaube, daß es wahr ist.»

«Wie rührend. Eine gemeinsame Zukunft. Die arme, schwer arbeitende Weezy Jacobs. Es bricht mir das Herz, Colin. Wirklich. Ach, Quatsch. An den meisten Abenden geht sie mit jemand wie diesem Thornberg aus –»

«Das ist geschäftlich.»

«– und hat immer noch keine Zeit für dich.»

«Und?»

«Und darum sollst du dir über das Nachhausekommen nicht den Kopf zerbrechen. Kein Mensch kümmert sich darum, ob du da bist oder nicht. Laß uns lieber was Gutes unternehmen.»

Colin stellte seine Flasche fort. «Was sollen wir machen?»

«Warte – oh, ich weiß. Das Kingman-Haus. Das wird dir gefallen. Bist du schon dort gewesen?»

«Was ist mit dem Kingman-Haus?» fragte Colin.

«Es ist eins der ältesten Häuser der Stadt.»

«Ich bin nicht hinter Sehenswürdigkeiten her, Roy.»

«Es ist das große Gebäude am Ende vom Hawk Drive.»

«Das unheimliche alte Haus oben auf dem Hügel?»

«Ja. Seit zwanzig Jahren wohnt niemand mehr dort.»

«Was ist an einem leeren Haus so spannend?»

Roy beugte sich vor, kicherte gespenstisch, verzerrte grotesk das Gesicht, rollte mit den Augen und flüsterte: «Es spukt dort!»

«Soll das ein Scherz sein?»

«Kein Scherz. Es heißt, daß es dort spukt.»

«Wer sagte das?»

«Alle.» Roy verdrehte die Augen wie Boris Karloff. «Im Kingman-Haus haben Menschen die seltsamsten Dinge erlebt.»

«Was denn?»

«Jetzt nicht.» Roy sprach nicht mehr wie Boris Karloff. «Ich erzählte es dir, wenn wir dort sind.»

Als Roy sein Rad von der Mauer fortzog, sagte Colin: «Warte mal einen Moment. Ist das wirklich dein Ernst? In dem Haus soll es wirklich spuken?»

«Die Leute sagen, sie hätten lauter verrückte Dinge in dem Haus erlebt und gesehen. Seit damals, seit die Kingman-Familie dort gestorben ist.»

«Gestorben?»

«Sie sind alle getötet worden.»

«Eine ganze Familie?»

«Alle sieben.»

«Wann war das?»

«Vor zwanzig Jahren.»

«Wer ist es gewesen?»

«Der Vater. Mr. Kingman. Er ist eines Nachts wahnsinnig geworden und hat sie alle im Schlaf zerhackt.»

Colin schluckte schwer. «Er hat sie zerhackt?»

«Mit einer Axt.»

Schon wieder Äxte, dachte Colin. Einen Moment lang schien sein Magen sich selbständig zu machen und nicht mehr zu ihm zu gehören. Er rutschte und wand sich hin und her, als versuchte er, aus ihm herauszukriechen.

«Ich erzähl es dir, wenn wir da sind», sagt Roy. «Komm!»

«Warte noch mal», sagte Colin beunruhigt. Er wollte Zeit gewinnen. «Meine Brillengläser sind trüb.»

Er nahm die Brille ab, zog ein Taschentuch heraus und polierte sorgfältig die dick geschliffenen Gläser. Er konnte Roy recht gut sehen, aber alles, was mehr als fünf Fuß von ihm entfernt war, verschwamm zu Schatten.

«Beeil dich, Colin.»

«Vielleicht sollten wir das bis morgen verschieben.»

«Brauchst du so lange, um deine blöde Brille zu putzen?»

«Ich meine nur, daß wir bei Tageslicht mehr von dem Haus sehen können.»

«Also ich finde es besser, ein Spukhaus bei Nacht zu besichtigen.»

«Nachts kann man nicht viel sehen.»

Roy maß ihn einige Sekunden lang stumm. Dann: «Hast du Angst?»

«Vor was?»

«Geistern.»

«Natürlich nicht.»

«Es hört sich so an.»

«Ach, es ... kommt mir ziemlich doof vor, in der Dunkelheit in so einem Haus herumzukriechen. Mitten in der Nacht, weißt du.»

«Nein, ich weiß es nicht.»

«Ich rede nicht von Geistern. Ich meine, einer von uns kann

sich zu leicht verletzen, wenn wir mitten in der Nacht in einem abbruchreifen Haus rumklettern.»

«Du *hast* Angst.»

«Quatsch!»

«Dann beweise es!»

«Warum soll ich was beweisen?»

«Willst du, daß dein Blutsbruder dich für feige hält?»

Colin schwieg. Er trat von einem Bein aufs andere.

Roy stieg auf das Rad. «Komm endlich!» Dann fuhr er aus der Tankstelle und auf dem Broadway nach Norden. Er drehte sich keinmal um.

Colin stand neben dem Getränkeautomaten. Allein. Er war ungern allein. Besonders in der Nacht. Roy war schon einen Häuserblock weiter und entfernte sich immer mehr.

«Verdammt!» sagte Colin. Er rief: «Warte auf mich», dann stieg er aufs Rad.

10

Das letzte steile Stück Weg zu dem über ihnen aufragenden, verkommenen alten Haus schoben sie die Räder. Mit jedem Schritt wuchsen Colins bange Vorahnungen. Es sieht wirklich gespenstisch aus, dachte er.

Das Kingman-Haus lag noch im Stadtbezirk von Santa Leona, war aber so von der übrigen Stadt abgesondert, als hätten alle Angst, in seiner Nähe zu bauen. Es stand oben auf einem Berg auf einem fünf bis sechs Morgen großen Grundstück. Wenigstens die Hälfte dieser Fläche war früher ein gut gepflegter Garten gewesen, jetzt aber schon lange verwildert. Die nördliche Weggabelung des Hawk Drive endete in einem großen Wendekreis vor dem Kingman-Grundstück. Die Straßenlaternen endeten schon vorher, so daß das alte Gebäude und der unkrautüberwachsene Garten in tiefe Schatten getaucht waren und nur vom Mond beschienen wurden. Die unteren zwei Drittel des Bergs, beide Seiten der Straße, waren mit Ranchhäusern in kalifornischem Stil bebaut, die an den Abhängen klebten und mit ausdauernder Geduld auf einen Erdrutsch oder die nächste

Druckwelle aus dem San-Andreas-Graben zu warten schienen. Nur das Kingman-Haus lag auf dem oberen Bergdrittel und schien auf etwas zu warten, das viel erschreckender und sehr viel übler war als ein Erdbeben.

Die Front des Hauses war dem tieferliegenden Stadtzentrum und dem in der Nacht nicht sichtbaren Meer zugekehrt. Es war ein großes, ausladendes Bauwerk, nachgemacht viktorianisch, mit zu vielen verzierten Kaminen und Giebeln und zuviel Zierrat an den Schrägen und Fenstern. Stürme hatten Schindeln von den Dächern gerissen, Schnitzwerk war zerbrochen und an manchen Stellen heruntergefallen. Wo es noch Läden gab, hingen sie schief nur noch an einer Angel. Die weiße Farbe war abgeblättert. Die Stufen zur Veranda waren durchgetreten, und Teile des Geländers fehlten. Die Hälfte der Fenster war schlampig mit Brettern vernagelt, die anderen ungeschützt und mit eingeschlagenen Scheiben. Der Mondschein zeigte zackige Scherben wie durchsichtige Zähne, die in die leere Schwärze bissen, wo immer Steine hineingeworfen worden waren. Trotz aller Schäbigkeit aber wirkte das Kingman-Haus nicht wie eine Ruine; irgendwie schien es zu leben, lebendig – beängstigend lebendig. Wenn man von einem Haus sagen konnte, daß es menschlich war und Gefühle ausstrahlte, dann war dieses Haus zornig, sehr zornig. Von Wut besessen.

Sie ließen die Räder am Gartentor. Es war ein großes, rostiges Gittertor mit einem Sonnenemblem in der Mitte.

«Na, ist das ein Haus?» fragte Roy.

«Ja.»

«Komm.»

«Willst du reingehen?»

«Na, klar.»

«Wir haben keine Taschenlampe.»

«Laß uns wenigstens auf die Veranda gehen.»

«Warum?» fragte Colin zittrig.

«Wir können in die Fenster sehen.»

Roy ging durch das offene Tor und dann über die zerbrochenen Steinplatten des Wegs und durch dichtes Unkraut auf das Haus zu.

Colin folgte ein paar Schritte, blieb dann stehen und sagte: «Roy, warte. Warte mal eine Sekunde.»

Roy drehte sich um. «Was ist denn?»
«Bist du früher schon hier gewesen? Drinnen?»
«Ja, einmal.»
«Hast du Geister gesehen?»
«Nee. Ich glaub nicht an Geister.»
«Aber du hast gesagt, es spukte.»
«Ich sagte, andere hätten gesagt, daß es da drin spukte. Ich halte die für bescheuert. Aber ich wußte, daß dir das Spaß machen würde, wo du doch so ein begeisterter Fan von Horrorfilmen bist.»
Roy ging weiter den Pfad hinauf. Nach ein paar Schritten rief Colin: «Warte!»
Roy drehte sich grinsend um. «Angst?»
«Nein.»
«Ha!»
«Ich muß dich noch was fragen.»
«Dann beeil dich und frag.»
«Du sagtest, hier wären viele Leute ermordet worden.»
«Sieben. Sechs Morde und ein Selbstmord.»
«Erzähle!»
«Im Lauf der vergangenen zwanzig Jahre war aus der echten Tragödie der Kingman-Morde eine wild aufgeputzte, grausige Santa-Leona-Sage geworden, die aus Märchen und Wahrheit bestand, mehr aus dem ersteren als aus dem letzteren, je nachdem, wer sie erzählte. Die Tatsachen waren jedoch ganz klar, und als Roy die Geschichte erzählte, hielt er sich an sie.
Die Kingmans waren reich gewesen. Robert Kingman war der einzige Sohn von Judith und Big Jim Kingman, da Judith bei Roberts Geburt gestorben war. Big Jim war schon damals reich gewesen, wurde aber im Laufe der Jahre stetig reicher. Er machte mit Grundstücksgeschäften Millionen, handelte mit Öl und Wasserrechten. Er war ein großer, massiver Mann, der gern damit prahlte, daß keiner westlich des Mississippi mehr Steaks essen, mehr Whisky trinken oder mehr Geld machen könnte als er. Als Robert noch nicht ganz einundzwanzig Jahre alt war, erbte er den gesamten Besitz, weil Big Jim, der zuviel Whisky getrunken hatte, an einem großen, zu schlecht gekautem Brocken Filet mignon erstickte. Er verlor dieses Wettessen gegen einen Mann, der noch keine Million Dollar mit Klemp-

nerzubehör verdient hatte, sich aber wenigstens damit brüsten konnte, die Fresserei lebend überstanden zu haben. Robert teilte seines Vaters Neigung zu Wettbewerben in bezug auf Essen und Trinken nicht, hatte jedoch den Geschäftssinn seines alten Herrn geerbt. Obwohl er noch recht jung war, verdiente er mit dem ihm hinterlassenen Erbe womöglich noch mehr.

Als er fünfundzwanig war, heiratete er eine Frau namens Alana Lee, baute das viktorianische Haus auf Hawk Hill und begann, eine neue Generation Kingmans zu zeugen. Alana kam aus keiner reichen Familie, galt aber als das schönste Mädchen des Bezirks mit dem besten Charakter im ganzen Staat. Die Kinder kamen schnell, fünf in acht Jahren – drei Jungen und zwei Mädchen. Ihre Familie war die angesehenste in der Stadt, beneidet, aber auch beliebt und bewundert. Die Kingmans waren Kirchgänger, freundlich, trotz ihres Reichtums Menschen wie du und ich, mildtätig und um das Gemeinwohl besorgt. Robert liebte Alana offensichtlich und jeder konnte sehen, daß sie ihn anbetete. Auch die Kinder erwiderten die zärtliche Liebe der Eltern.

An einem Abend im August, ein paar Tage vor dem zwölften Hochzeitstag der Kingmans, zermahlte Robert heimlich zwei Dutzend Schlaftabletten, die der Arzt Alana verschrieben hatte, und streute das Pulver in das Essen und die Getränke, die von der Familie vor dem Schlafengehen eingenommen wurden; auch in die Speisen des Hausmädchens, der Köchin und des Butlers praktizierte er das Schlafmittel. Er selbst nahm nichts davon zu sich. Als seine Frau, die Kinder und Dienstboten fest schliefen, ging er in die Garage und holte eine Axt, die zum Holzhacken für die neun Feuerstellen des Hauses benützt wurde. Er verschonte das Personal, sonst aber niemanden. Zuerst tötete er Alana, dann die zwei kleinen Töchter, dann die drei Söhne. Jedes Familienmitglied wurde auf dieselbe gräßliche Art umgebracht: mit zwei mächtigen Axthieben in Form eines Kreuzes, entweder in den Rücken oder in die Brust, je nachdem, wie der Schläfer gerade lag. Als das getan war, kehrte Robert ein zweites Mal zu seinen Opfern zurück und enthauptete sie alle. Er trug die tropfenden Köpfe nach unten und reihte sie auf dem langen Kaminsims des Wohnzimmers auf. Es war ein fürchterliches Tableau: sechs leblose, blutbespritzte Gesichter, die ihn beobachteten, als wären sie Schöffen oder Richter eines höllischen Gerichts. Während seine toten Lieben ihm zusahen, schrieb Robert Kingman einen kurzen Brief an die, die ihn und sein blutiges Handwerk am nächsten Morgen finden würden. «Mein Vater hat immer gesagt, ich wäre in einem Fluß aus Blut auf die Welt gekommen, im Blut meiner sterbenden Mutter. Nun werde ich die Welt in Kürze wiederum in einem Fluß aus Blut verlassen.» Als er diesen seltsamen Abschiedsgruß geschrieben hatte, lud er einen 38er Colt-Revoler, steckte den Lauf in den Mund, drehte sich zu den Gesichtern seiner totenstarren Familie um und drückte ab.

Als Roy die Erzählung beendete, war Colin bis ins Mark starr vor Kälte. Er umschlang sich mit den Armen und zitterte heftig.

«Die Köchin wachte zuerst auf», sagte Roy. «Sie sah das Blut auf der Treppe und der Diele, folgte der Spur bis ins Wohnzimmer und sah die Köpfe auf dem Kaminsims. Sie rannte aus dem Haus und den Berg hinunter und schrie sich die Lunge aus dem Hals. Sie ist eine Meile gerannt, ehe sie jemand aufhielt. Es heißt, sie hätte beinahe darüber den Verstand verloren.»

Die Nacht wirkte dunkler als zu Beginn von Roys Erzählung. Der Mond schien kleiner und weiter entfernt als zuvor. Auf einer entfernten Straße wechselte ein schwerer Lastwagen den Gang und beschleunigte. Es klang wie der Schrei eines prähistorischen Tiers.

Colins Mund war staubtrocken. Er sammelte genügend Speichel, um sprechen zu können, aber seine Stimme war dünn. «Um Gottes willen, *warum*? Warum hat er sie getötet?»

Roy zuckte die Achseln. «Kein Grund.»

«Es mußte einen Grund geben!»

«Wenn es einen gab, hat ihn nie jemand herausbekommen.»

«Vielleicht hat er sein Geld falsch angelegt und alles verloren.»

«Nein. Er hat ein Vermögen hinterlassen.»

«Vielleicht wollte seine Frau ihn verlassen.»

«Alle ihre Freundinnen sagten, sie wäre sehr glücklich verheiratet gewesen.»

Ein Hund bellte. Ein Zug pfiff. Der Wind wisperte in den Bäumen. Die verstohlenen Bewegungen der unsichtbaren Wesen. Um ihn herum sprach die Nacht.

«Ein Gehirntumor», sagte Colin.

«Das haben viele Leute angenommen.»

«Ich wette, daß es das war. Ich wette, Kingman hatte einen Gehirntumor oder so etwas, was ihn in den Wahnsinn trieb.»

«Damals war das die Lieblingstheorie aller, aber bei der Obduktion wurde nichts entdeckt, was auf eine Gehirnkrankheit hinwies.»

Colin runzelte die Stirn. «Du scheinst jede Einzelheit des Falls genau zu kennen.»

«Ich kenne ihn fast so gut, als wäre ich beteiligt gewesen.»

«Aber woher weißt du, was bei der Obduktion entdeckt wurde?»

«Das hab ich gelesen. In der Bücherei haben sie alle früheren Ausgaben des Santa Leona *News Register* auf Mikrofilm», sagte Roy. «Solche Fälle interessieren mich sehr. Erinnerst du dich? Tod. Der Tod fasziniert mich. Sobald ich die Kingman-Geschichte gehört hatte, wollte ich mehr darüber wissen. Viel mehr. Ich wollte alles haarklein wissen. Begreifst du das? Ich meine, wäre es nicht toll gewesen, in der Nacht in dem Haus zu sein, in der Nacht, in der es geschah, nur so als Beobachter, in einer Ecke versteckt, in *der* Nacht, versteckt und ihn beobachtend, als er das mit den anderen machte und dann mit sich selbst! Stell dir das vor! Überall Blut. Verdammt, soviel Blut hast du in deinem ganzen Leben noch nicht gesehen! Blut an den Wänden, eingesickert und geronnen im Bettzeug, dicke Blutpfützen auf dem Fußboden, Blut auf den Treppenstufen und Blutzspritzer auf den Möbeln ... Und dann die sechs Köpfe auf dem Kaminsims! Heiland, was für ein Ding! Muß das stark gewesen sein!»

«Du bist schon wieder merkwürdig», sagte Colin.

«Wärst du gern dabeigewesen?»

«Nein danke. Und du auch nicht.»

«Und ob ich das gewollt hätte!»

«Sobald du das viele Blut sähst, würdest zu kotzen.»

«Ich nicht.»

«Du willst mich nur wieder reinlegen.»

«Stimmt nicht.» Roy ging auf das Haus zu.

«Warte noch», rief Colin.

Diesmal drehte Roy sich nicht um. Er stieg die schiefen Stufen hinauf und betrat die Veranda.

Colin, der nicht allein bleiben wollte, folgte ihm. «Erzähl mir von den Geistern.»

«In manchen Nächten sind seltsame Lichter im Haus. Und Leute, die weiter unten am Hang wohnen, sagen, daß sie gelegentlich die Kingman-Kinder vor Entsetzen schreien und um Hilfe rufen hören.»

«Sie hören die *toten* Kinder?» Colin merkte plötzlich, daß er einem der zerbrochenen Hochparterrefenster den Rücken zukehrte. Er trat zur Seite.

Roy fügte düster hinzu: «Manche Leute sagen, sie hätten im Dunkeln leuchtende Gespenster gesehen, wahnwitzige Gebilde, Kinder ohne Köpfe, die hier auf die Veranda kommen und hin und her rennen, als würden sie von jemandem gejagt.»

«Mann!»

Roy lachte. «Wahrscheinlich haben sie eine Horde Kinder gesehen, die sie anführen wollen.»

«Vielleicht auch nicht.»

«Was denn dann?»

«Vielleicht haben sie genau das gesehen, was sie beschrieben haben.»

«Du glaubst ja wirklich an Geister.»

«Ich versuche, vorurteilslos zu sein», sagte Colin.

«Dann paß auf, daß nicht einer vorher über dich urteilt.»

«Was bist du schlau.»

«Ja, das sagen alle.»

«Und bescheiden.»

«Das sagen sie auch alle.»

Roy trat an das offene Fenster und starrte hindurch.

«Was siehst du?»

«Sieh selber nach.»

Colin trat neben ihn und spähte in das Haus. Muffiger, unangenehmer Gestank drang heraus.

«Das ist das Zimmer, in dem er die Köpfe auf dem Sims aufgereiht hat», erklärte Roy.

«Wo ist der Sims? Da drin ist alles pechschwarz.»

«In ein paar Minuten werden sich unsere Augen anpassen.»

Im Wohnzimmer bewegte sich etwas. Es kam ein leises Rascheln, ein plötzliches Scheppern und dann das Geräusch, daß etwas auf das Fenster zukam. Colin sprang zurück, stolperte über die eigenen Beine und fiel der Länge nach hin.

Roy sah ihm zu und lachte schallend auf.

«Roy, da drinnen ist was!»

«Ratten, nur Ratten.»

«In dem Haus sind Ratten?»

«Na klar, ein verkommener alter Kasten wie der. Oder es war eine streunende Katze. Vielleicht beides – eine Katze, die eine Ratte jagt. Ich kann dir nur eins garantieren: Es war kein Gespenst oder Geist. Nun hör endlich auf, dich so aufzuregen!»

Roy drehte sich wieder zum Fenster um, beugte sich hinein, neigte horchend den Kopf und beobachtete.

Colin, dessen Stolz mehr verletzt war als sein Körper, stand rasch auf, kehrte aber nicht zum Fenster zurück. Er stand am baufälligen Geländer und blickte nach Westen auf die Stadt, dann nach Süden, den Hawk Drive entlang. Nach einiger Zeit fragte er: «Warum haben sie das Haus nicht abgerissen? Warum haben sie hier oben keine neuen Häuser gebaut? Das muß doch ein sehr teures Grundstück sein.»

Ohne sich vom Fenster abzuwenden, antwortete Roy: «Das ganze Kingman-Vermögen und aller Grundbesitz ist an den Staat gefallen. Es gab in beiden Familien keine Verwandten mehr, die hätten erben können.»

«Und was wird der Staat mit dem Haus anfangen?»

«In zwanzig Jahren ist es ihm gelungen, absolut nichts zu tun. Überhaupt nichts. Eine Zeitlang ist davon geredet worden, das Land und das Haus öffentlich zu versteigern. Dann hieß es, sie wollten einen Park daraus machen. Das Gerücht von dem Park hört man manchmal noch, aber es geschieht nichts. Und jetzt sei bitte mal einen Moment still. Ich glaube, meine Augen passen sich endlich an. Ich muß mich konzentrieren.»

«Warum? Was ist daran so wichtig?»

«Ich versuche, den Kaminsims zu sehen.»

«Du warst doch schon hier», sagte Colin. «Du hast ihn schon gesehen.»

«Ich will so tun, als wäre es die Nacht, die, in der Kingman Amok gelaufen ist. Ich versuche mir vorzustellen, wie es gewesen sein muß. Das Geräusch der Axt ... Ich kann es fast hören ... *wusch-tschup, wuusch-tschup* ... vielleicht ein paar kurze Aufschreie ... seine Schritte, die die Treppe herunterkommen ... schwere Schritte ... das Blut ... all das Blut ...» Roys Stimme verebbte allmählich, als hätte er sich selber in Trance versetzt.

Colin ging zum äußersten Ende der Veranda. Die Bretter quietschten unter seinen Füßen. Er lehnte sich gegen das wakkelige Geländer und reckte den Hals vor, um an der Seite des Hauses entlangsehen zu können. Er sah nur den überwucherten Garten in Schattierungen von Grau, Schwarz und Mondsilber: kniehohes Gras, struppige Hecken, Orangen- und Zitronenbäume, die vom Gewicht der eigenen ungetrimmten Äste auf die Erde gezogen worden waren; verwilderte Rosenbüsche, blasse Blumen, gelb oder weiß, die in der Dunkelheit wie kleine Rauchpilze aussahen. Hunderte anderer Pflanzen, die vom Webstuhl der Nacht zu einem einzigen verfilzten Teppich zusammengefügt worden waren.

Er hatte das Gefühl, daß ihn etwas aus der Tiefe des Gartens beobachtete. Etwas Nicht-Menschliches.

Sei doch nicht kindisch, redete er sich zu. Nichts ist dort draußen. Dies ist kein Horrorfilm. Dies ist Realität. Er bemühte sich, nicht nachzugeben, aber die Möglichkeit, daß er beobachtet wurde, verwandelte sich in Gewißheit, zumindest in seinen Gedanken. Er wußte, daß er, wenn er hier länger stünde, von einem Wesen mit riesigen Klauen gepackt und ins dichte Gebüsch geschleppt werden würde, um dort in aller Ruhe von dem Biest gefressen zu werden. Er wandte sich vom Garten ab und kehrte zu Roy zurück.

«Bist du soweit, daß wir gehen können?» fragte er.

«Ich kann das gesamte Zimmer sehen.»

«Im Dunkeln?»

«Ja, ich sehe den Kaminsims, auf dem er die Köpfe aufgestellt hat.»

Als würde er von einem Magneten, der stärker als sein Wille war, angezogen, trat Colin neben Roy, beugte sich vor und starrte in das Kingman-Haus. Drinnen herrschte tiefste Dunkelheit, er konnte aber dennoch ein wenig mehr erkennen als noch vor einer Weile: fremdartige Umrisse, vielleicht Stapel zerbrochener Möbel oder anderes Gerümpel; Schatten, die sich zu bewegen schienen, sich natürlich aber nicht bewegten; dann den weißen Marmorfries über der gewaltigen Feuerstelle, den Opferaltar, auf dem Robert Kingman seine Familie dargebracht hatte.

Plötzlich wußte Colin, daß er sofort von hier fort mußte und nie wieder zurückkehren durfte. Es war ein rein animalischer Instinkt, und – als wäre er ein Tier – sträubten sich seine Nakkenhaare, und er zischte wider Willen durch die gefletschten Zähne.

«Wuuuusch-tschup»! sagte Roy.

11

Mitternacht. Sie fuhren den Hawk Drive hinab und folgten dann dem Broadway, bis er bei Palisades Lane endete. Sie hielten oben bei der Holztreppe an, die zum öffentlichen Badestrand hinabführte. Auf der anderen Straßenseite standen elegante, alte spanische Häuser mit der Front zum Meer. Die Nacht war still. Es fuhren keine Autos mehr. Das einzige Geräusch war das stete Donnern der Brandung tief unter ihnen. Von hier aus trennten sich ihre Wege. Roys Haus lag ein Stück weiter im Norden, Colins im Süden.

«Wann treffen wir uns?» fragte Roy.

«Das tun wir nicht. Ich meine, es geht nicht», sagte Colin unglücklich. «Mein Dad kommt aus Los Angeles. Er will mich zu einer Angeltour mit seinen Freunden mitnehmen.»

«Angelst du gern?»

«Ich find's schrecklich.»

«Kannst du dich nicht rausreden?»

«Geht nicht. Er hat mich zwei Samstage im Monat, und daraus macht er jedesmal eine Arie. Ich weiß nicht warum, aber wahrscheinlich ist es ihm wichtig. Wenn ich kneife, geht die Hölle los.»

«Hat er jemals zwei Tage im Monat mit dir verbracht, als du noch mit ihm zusammen warst?»

«Nein.»

«Dann sag ihm, er soll sich seine Angelrute an den Hut oder sonstwohin stecken. Sag ihm, du gehst nicht mit.»

Colin schüttelte den Kopf. «Es geht nicht, Roy. Das kann ich nicht. Er glaubt sonst, meine Mutter steckt dahinter, und dann kriegen sie wieder furchtbaren Stunk.»

«Was kümmert dich das?»

«Ich stecke mittendrin.»

«Dann treffen wir uns eben morgen abend.»

«Geht auch nicht. Ich bin nicht vor zehn Uhr zurück. Aber komm am Sonntagmorgen gegen elf. Dann können wir vor dem Lunch noch schwimmen, und danach können wir machen, was wir wollen.»

«Das hört sich schon besser an.»

«Also ... dann bis bald.»

«Wart mal einen Moment.»

«Ja?»

«Bald mal, wenn ich es für uns beide arrangieren kann, hast du Lust auf eine Mieze?»

Colin war verlegen. «Wo? Ich meine, wen?»

«Erinnerst du dich an die, die wir heute abend gesehen haben?»

«Im Pit?»

«Nein. Das sind kleine Kinder. An die kommt man nicht ran, das hab ich dir doch gesagt. Ich rede von richtigen Mädchen, von denen, die im Kino waren.»

«Was ist mit denen?»

«Ich glaube, ich weiß, wo ich was Genausogutes für uns finden kann.»

«Hast du was getrunken?»

«Es ist mein Ernst.»

«Und mein August.»

«Sie hat ein schönes Gesicht und richtig große Puddings.»

«Richtig groß?»

«Ja.»

«So große wie Raquel Welch?»

«Größer.»

«Wie Wetterballons?»

«Es ist mir ernst. Und sie hat zwei fabelhafte Beine.»

«Gut», sagte Colin. «Ich stehe nicht auf einbeinigen Mädchen.»

«Jetzt hör doch auf! Ich sag dir, daß sie Klasse ist.»

«Wie alt ist sie?»

«Fünfundzwanzig oder sechsundzwanzig.»

«Dann mußt du dir als erstes einen falschen Schnurrbart zulegen. Dann kannst du auf meinen Schultern stehen, und wir ziehen einen Anzug an, einen für uns beide, damit sie nicht merkt, daß wir nur zwei Jungen sind. Sie glaubt dann, wir wären ein großer, dunkler, gutaussehender Mann.»

Roy starrte ihn böse an. «Es ist mein Ernst!»

«Das sagst du andauernd, aber für mich hört es sich nicht sehr ernst an.»

«Sie heißt Sarah.»

«Ein schönes fünfundzwanzigjähriges Mädchen interessiert sich nicht für dich und mich.»

«Vielleicht nicht von Anfang an.»

«Nicht in einer Million Jahre.»

«Man muß sie ein bißchen überreden. Wir beide zusammen sollten das schaffen.» Colin starrte ihn fassungslos an. «Bist du bereit, es zu versuchen?» fragte Roy.

«Sprichst du von – Vergewaltigung? Willst du ins Gefängnis?»

«Sie ist eine Wucht. Sie lohnt das Risiko.»

«Niemand lohnt das Risiko, ins Gefängnis zu kommen.»

«Du hast sie nicht gesehen.»

«Und im übrigen tut man das nicht.»

«Du hörst dich wie ein Pfarrer an.»

«Das tut man einfach nicht.»

«Doch, wenn es gut ist.»

«Sie wird es nicht so gut finden.»

«Wenn ich mit ihr fertig bin, wird sie mich lieben.»

Colin wurde feuerrot. «Du bist ein Spinner.»

«Warte ab, bis du Sarah siehst.»

«Ich will sie nicht sehen. – Das ist doch alles Quatsch.»

Ein cremefarbener Lieferwagen fuhr über die Palisades Lane. Auf der Seitenwand war ein Bild einer Wüstenlandschaft, von grinsenden Totenköpfen umrahmt. Sie hörten laute Rock-Musik und das hohe, süße Lachen eines Mädchens.

«Denk darüber nach», sagte Roy.

«Das brauche ich nicht.»

«Schöne große Titten.»

«Das ist genau wie die Geschichte von der Katze», sagte Colin. «Du würdest nie eine Katze töten und ebensowenig jemanden vergewaltigen.»

«Wenn ich wüßte, daß ich ungestraft davonkäme, würd ich mir diese Sarah vornehmen, und das solltest du glauben!»

«Tu ich aber nicht.»

«Zu zweit *könnten* wir es schaffen. Leicht sogar. Willst du nicht wenigstens mal darüber nachdenken?»

«Gib es auf, Roy. Ich weiß, du machst dich über mich lustig.»

«Nein, ich bin ernst.»

Colin seufzte, schüttelte den Kopf und sah auf die Uhr. «Ich kann mir den Bockmist nicht länger anhören. Es ist spät.»

Roy lächelte. Das merkwürdig metallische Licht spielte ihm seltsam mit. Es verwandelte seine Zähne in ein Raubtiergebiß, färbte sie blauweiß und verdunkelte und unterstrich die schmalen Zwischenräume, bis die Zähne uneben und spitz wurden. Für Colin sah es so aus, als trüge er eins jener häßlichen Wachsgebisse, die man in Kostümgeschäften kaufen konnte.

«Ich muß jetzt nach Hause», sagte Colin. «Sehe ich dich am Sonntag um elf?»

«Klar.»

«Vergiß deine Badehose nicht.»

«Viel Spaß beim Angeln!»

«Das wird ein Spaß werden.»

Colin stieg aufs Rad und raste die Palisades Lane hinunter. Als der Wind über ihn hinwegfegte, als das Donnern der Brandung rechts von ihm widerhallte und als seine Furcht vor dem Alleinsein bei der Nacht zurückkehrte, hörte er Roy laut hinter sich rufen: «*Denk darüber nach!*»

12

Um halb zwölf, als Colin zu Hause ankam, war seine Mutter noch nicht von der Verabredung mit Mark Thornberg zurück. Ihr Wagen stand nicht in der Garage. Das Haus war dunkel und unheimlich.

Er wollte allein nicht hineingehen. Er starrte auf die leeren Fenster, die pulsierende Schwärze hinter den Scheiben, und rechnete damit, daß da drinnen etwas lauerte, ihn erwartete, ein Alptraumwesen, das ihn lebendig verschlingen wollte.

Hör auf! Hör auf! Hör auf! sagte er sich zornig. Nichts wartet da drinnen auf dich. Nichts. Sei nicht so verdammt dumm. Werde endlich erwachsen! Du willst wie Roy sein, dann tu auch genau das, was Roy tun würde, wenn er hier wäre. Hüpf mir nichts, dir nichts ins Haus. Mach schon. Jetzt. Los!

Er zog den Schlüssel aus einem Rotholz-Blumenkübel neben dem Gartenweg. Seine Hand zitterte. Er steckte den Schlüssel ins Schloß, zögerte, sammelte dann die Kraft, die Tür zu öffnen. Er griff hinein und knipste das Licht an, trat aber nicht über die Schwelle.

Das vordere Zimmer war leer. Kein Ungeheuer.

Er ging zur Hausecke, trat in den Schutz von Büschen und ließ Wasser. Er wollte nicht ins Bad müssen, wenn er im Haus war. Etwas könnte dort auf der Lauer liegen, hinter der Tür, hinter dem Duschvorhang warten, vielleicht sogar im Wäschekorb, etwas Dunkles, sehr Schnelles, mit wilden Augen, vielen Zähnen und rasiermesserscharfen Klauen.

Hör auf, so was zu denken! sagte er sich. Es ist verrückt. Du mußt aufhören. Erwachsene fürchten sich nicht in der Dunkelheit. Wenn ich die Angst nicht bald überwinde, lande ich in der Klapskiste. Jawohl.

Er legte den Schlüssel wieder in den Kübel und ging ins Haus. Er versuchte zu schlendern, wie Roy es gemacht hätte. Aber, als wäre er eine riesige Marionette, brauchte er Taue des Muts, die ihn in einer Heldenpositur aufrecht hielten, fand aber in sich nichts als ein dünnes Fädchen Tapferkeit. Er schloß die Tür und lehnte sich mit dem Rücken dagegen. Er stand ganz still, hielt den Atem an, horchte.

Es tickte. Eine alte Kaminuhr.

Es jaulte. Der Wind drückte gegen die Fenster.

Nichts sonst.

Er schloß die Tür hinter sich. Hielt inne. Horchte. Schweigen.

Plötzlich raste er durch das Wohnzimmer, wich Möbeln aus, kam in die untere Diele, hieb auf den Lichtschalter, rannte die Treppe hinauf, schaltete das Licht in der oberen Diele an, stürmte in sein Schlafzimmer, machte auch dort Licht – und fühlte sich ein klein wenig besser, daß er immer noch allein war. Dann riß er die Schranktür auf, fand keine zwischen den Kleidern lauernden Werwölfe und Vampire, machte die Schlafzimmertür zu, verriegelte sie, stellte einen Stuhl unter den Türgriff, zog an beiden Fenstern die Vorhänge zu, damit nichts von draußen zu ihm hereinschauen konnte, und sank endlich japsend auf die Matratze. Er brauchte nicht unter dem Bett nachzusehen. Es war wie ein Podest gebaut. Bis zum Morgen war er in Sicherheit – falls natürlich nicht etwas die Tür einbrach, trotz des Stuhls!

Hör auf! Er stand auf, zog sich aus, zog einen blauen Schlafanzug an und stellte den Wecker auf halb sieben, damit er fertig war, wenn sein Vater kam. Er glitt unter die Decke und schüttelte das Kissen zurecht. Als er die Brille abnahm, verschwammen die Konturen der hinteren Ecken, aber er hatte das Territorium abgesichert und brauchte keine hundertprozentige Wachsamkeit mehr. Er streckte sich auf dem Rücken aus und horchte lange Zeit auf das Haus.

Klick! Krrrch! . . . Ein leises Krächzen, ein kurzes Klappern, ein kaum hörbares Quietschen. Die Alltagsgeräusche eines Hauses. Nichts anderes als das.

Sogar wenn seine Mutter zu Hause war, schlief Colin beim Licht der Nachttischlampe. Aber heute, falls sie nicht zurückkam, bevor er einschlief, würde er *alle* Lampen brennen lassen. Das Zimmer war so hell wie ein Operationssaal vor einer Operation.

Der Anblick seiner Besitztümer lieferte ein wenig Trost. Fünfhundert Taschenbücher füllten zwei hohe Regale. An den Wänden hingen Poster: Bela Lugosi in *Dracula*; Christopher Lee in *The Horror of Dracula*; das Ungeheuer aus *The Creature from the Black Lagoon*; Lon Chaney, Jr. als der Wolfsmann; das Monstrum aus Ridley Scotts *Der Fremde*; und das gespenstische Poster der nächtlichen Autobahn aus *Close Encounters of the Third Kind*. Seine Monster-Modelle, die er aus Modellkästen selber gebaut hatte, standen auf einem Tisch neben seinem Schreibpult. Ein Plastik-Leichenschänder schlurfte für alle Ewigkeit durch einen handbemalten Friedhof. Frankensteins Homunkulus hielt mit haßverzerrtem Gesicht die Arme ausgestreckt. Insgesamt hatte er ein Dutzend Modelle. Die vielen Stunden, die er mit ihrem Bau verbracht hatte, waren Stunden, in denen es ihm gelungen war, seine Furcht vor der Nacht und sein Bewußtsein ihrer unheimlichen Stimme zu verdrängen; denn solange er diese Plastiksymbole des Bösen in Händen gehalten hatte, kam er sich wie ihr Beherrscher vor, und – merkwürdigerweise – fühlte er sich auch den wirklichen Ungeheuern, die sie darstellten, durchaus überlegen.

Klick! Krrrch!

Nach einer Weile gewöhnte er sich an die Geräusche des Hauses und hörte sie beinahe nicht mehr. Statt dessen hörte er die Stimme der Nacht, die offenbar kein anderer hören konnte. Aber sie war da, von Sonnenuntergang bis Sonnenaufgang, eine stets gräßliche Gegenwart, ein übernatürliches Phänomen, die Stimme der Toten, die aus ihren Gräbern kommen wollten, die Stimme des Teufels. Mit Grabesstimme sprach sie von der feuchten, luftlosen Gruft, von den wandernden Toten, von wurmzerfressenem Fleisch. Für alle Welt war es eine sublime Stimme, nur dem Unterbewußten hörbar; aber Colin hörte sie immer. Ein Geflüster. Manchmal ein Schrei. Ein lautes Kreischen.

Ein Uhr. Wo, zum Teufel, war seine Mutter? *Tap. Tap-tap!* Etwas am Fenster. *Tap. Tap-tap. Tap-tap-tap-tap. Tap.* Ein großer Nachtfalter, der gegen die Scheibe stieß. Das war es. Das mußte es sein. Nur ein Nachtfalter.

Halb zwei. Er war fast jede Nacht allein gewesen. Es machte ihm nichts aus, allein zu Abend zu essen. Sie mußte viel arbeiten, und sie hatte jedes Recht, dann und wann mit einem Mann auszugehen, jetzt, wo sie wieder allein war. Aber mußte sie ihn jeden Abend zur Bettgehzeit allein lassen?

Tap-tap. Wieder ein Falter. *Tap-tap-tap.*

Er versuchte, den Nachtfalter zu verdrängen und an Roy zu

denken. Was war Roy für ein Kerl. Was für ein Freund. Was für ein wirklich toller Freund. Blutsbrüder. Er konnte den kleinen Einschnitt in der Hand noch fühlen. Roy stand an seiner Seite, bereit, ihm zu helfen, jetzt und immerdar oder wenigstens, bis einer von ihnen starb. Das bedeutete Blutsbrüderschaft. Roy würde ihn schützen. Er dachte an seinen besten Freund, überdeckte die Bilder der Ungeheuer mit Roy Borden, verdrängte die Stimme der Nacht mit Roys Stimme und schlief endlich ein.

13

Der Wecker weckte ihn um halb sieben. Er stieg aus dem Bett und zog die Vorhänge auf. Ein, zwei Minuten lang badete er im blassen Sonnenschein des frühen Morgens, der keine Stimme hatte und nicht bedrohlich war.

Zwanzig Minuten später hatte er geduscht und sich angezogen. Er ging über die Diele zum Zimmer seiner Mutter, dessen Tür offenstand. Er klopfte leise an, aber sie reagierte nicht. Er stieß die Tür weiter auf und sah sie. Sie lag auf dem Bauch, schlief tief und fest und hielt ihm das Gesicht zugekehrt. Die Fingerknöchel ihrer linken Hand berührten den halbgeöffneten Mund. Die Augenlider bewegten sich; sie schien zu träumen. Ihr Atem ging flach und rhythmisch. In der Nacht war die Decke halb heruntergerutscht. Sie schien unter der dünnen Zudecke fast nackt zu sein. Ihr Rücken war frei, und Colin sah ein Stückchen ihrer linken Brust, eine erregende Ahnung von Fülle, dort, wo sie sich gegen die Matratze drückte. Er starrte auf die glatte Wölbung und hoffte, sie würde sich im Schlaf herumdrehen und den ganzen weichen, hellen Halbmond darbieten.

Sie ist deine *Mutter*! *Aber wie sie aussieht!* Mach die Tür zu. *Vielleicht dreht sie sich um.* Du willst das doch gar nicht sehen. *Und ob ich will! Dreh dich herum!* Mach die Tür zu. *Ich will ihre Brüste sehen.* Das ist widerwärtig. *Ihre Titten.* Herr des Himmels! *Ich würde sie gern berühren, ja!* Bist du denn wahnsinnig? *Schleich dich hinein, berühre sie, ohne sie zu wecken.*

Du bist ja pervers. Du solltest dich schämen!

Er wurde rot und schloß leise die Tür. Seine Hände waren vom Schweiß klamm und feucht.

Er ging nach unten und frühstückte: zwei Plätzchen und ein Glas Orangensaft.

Obwohl er versuchte, sich die Gedanken aus dem Kopf zu schlagen, konnte er an nichts anderes denken als an Weezys nackten Rücken und die rundliche Kontur ihrer Brust.

«Was ist bloß mit mir los?» sagte er laut.

14

Sein Vater fuhr um sieben Uhr fünf in einem weißen Cadillac vor, und Colin erwartete ihn am Bordstein vor dem Haus.

Der Alte hieb ihm auf die Schulter und sagte: «Wie geht's, wie steht's, Junior?»

«Okay», sagte Colin.

«Hast du's auf große Fische abgesehen?»

«Ich glaub schon.»

«Heute werden sie gut beißen.»

«So?»

«Das ist die Parole.»

«Von wem?»

«Von denen, die es wissen sollten.»

«Von den Fischen?»

Sein Vater warf ihm einen Blick zu. «Was?»

«Wer sind die, die so etwas wissen?»

«Charlie und Irv.»

«Wer sind die?»

«Die Männer vom Bootsverleih.»

Manchmal fiel es Colin schwer zu glauben, daß Frank Jacobs wirklich sein Vater war. Sie waren sich überhaupt nicht ähnlich. Frank war ein großer, breitschultriger, grobschlächtiger Mann, über einsachtzig groß und von mehr als neunzig Kilo Gewicht. Er hatte lange Arme und große, verarbeitete Hände. Er war ein ausgezeichneter Fischer, ein Jäger mit vielen Trophäen und ein erstklassiger Bogenschütze. Er spielte Poker, liebte Parties, trank viel, ohne ein Trinker zu sein, war extravertiert und ein echter Mann. Colin bewunderte einige Eigenschaften seines Vaters, aber es gab viele, die er nur erduldete, und einige davon erregten in ihm Ärger, Furcht, ja sogar Abscheu. Zum Beispiel weigerte Frank sich konstant, Fehler einzugestehen, selbst dann, wenn sie offen auf der Hand lagen. Bei den seltenen Gelegenheiten, bei denen er erkannte, daß er nicht umhinkam, sie einzugestehen, schmollte er wie ein verzogenes Kind, als wäre es im höchsten Grade ungerecht, daß er für die Auswirkungen seiner Fehler zur Rechenschaft gezogen würde. Er las nie ein Buch oder eine Zeitschrift, von Sportlektüre abgesehen, war aber dennoch der festen Überzeugung, über alles urteilen zu können, von der Lage im Nahen Osten bis zum amerikanischen Ballett; und er verteidigte starr und beredt seine uninformierten Ansichten, ohne jemals zu merken, daß er sich blamierte. Am schlimmsten war, daß er beim geringsten Anlaß aus der Haut fuhr, aber nur mit größter Mühe die Selbstbeherrschung wiedererlangte. Wenn er sehr wütend war, benahm er sich wie ein Tobsüchtiger: Er schrie aberwitzige Beschuldigungen, kreischte, schlug um sich, zerstörte Gegenstände. Er war oft in Prügeleien geraten. Und er schlug seine Frau.

Er fuhr auch viel zu schnell und rücksichtslos. Während der Fahrt von vierzig Minuten bis nach Ventura im Süden saß Colin starr und steif mit zu Fäusten geballten Händen, zu ängstlich, auf die Straße zu sehen, aber auch zu ängstlich, es nicht zu tun. Es wunderte ihn, daß sie heil zum Hafen kamen.

Das Boot hieß *Erica Lynn*. Es war groß, weiß und gut in Stand, aber an Bord roch es unangenehm. Nur Colin schien die Mischung aus Dieselabgasen und dem Gestank toter Fische wahrzunehmen.

Die Chartergruppe bestand aus Colin, seinem Vater und neun seiner Freunde. Sie waren alle groß, braungebrannt und kräftig gebaut, genau wie Frank, und sie hatten Namen wie Jack und Rex und Pete und Mike.

Als die *Erica Lynn* ablegte und auf die offene See fuhr, gab es an Deck hinter dem Steuerhaus eine Art Frühstück. Sie hatten Thermosflaschen mit Bloody Mary's, zwei Sorten geräucherter Fische, gehackte grüne Zwiebeln, Melonenscheiben und Brötchen.

Colin aß nichts, weil ihn wie gewöhnlich eine leichte Form von Seekrankheit überfiel, sobald das Boot ablegte. Aus Erfahrung wußte er, daß es ihm in etwa einer Stunde bessergehen würde. Aber bevor er sich nicht an das Schaukeln gewöhnt hatte, aß er lieber nichts. Er bedauerte sogar, daß er gefrühstückt hatte, obwohl das schon vor einer Stunde gewesen war.

Mittags aßen die Männer Würstchen und tranken Bier. Colin knabberte an einem Brötchen, trank Pepsi und bemühte sich, allen aus dem Weg zu gehen. Zu der Zeit wußten alle, daß Charlie und Irv sich geirrt hatten. Die Fische bissen nicht an.

Sie hatten es am Morgen im flachen Wasser probiert, nur wenige Meilen von der Küste entfernt, aber die Gründe waren verlassen, als wäre jeder Meeresbewohner aus der Nachbarschaft zu großen Ferien aufgebrochen. Um halb elf waren sie weiter hinaus, ins tiefere Wasser gefahren, wo sie sich auf größere Beute vorbereiteten. Aber die Fische gingen nicht darauf ein.

Die Kombination aus Energieaufwand, Langweile, Enttäuschung und zuviel Alkohol schuf eine explosive Stimmung. Colin spürte den nahenden Ärger, lange bevor die Männer zu ihren gefährlichen, gewalttätigen und blutigen Spielen übergingen. Nach dem Lunch kreuzten sie im Zickzack. Sie begannen zehn Meilen von der Küste entfernt und fuhren immer weiter hinaus. Sie verfluchten die nicht vorhandenen Fische und die vorhandene Hitze. Sie zogen Hemden und Hosen aus, zogen die mitgebrachten Badehosen an und ließen die Sonne ihre schon braune Haut noch dunkler färben. Sie erzählten anrüchige Witze und sprachen über Frauen, als verglichen sie die Vor- und Nachteile von Sportwagen. Allmählich tranken sie mehr, als daß sie ihre Angelleinen im Auge behielten, tranken kurze Whiskeys und lange, kalte Coors.

Der kobaltblaue Ozean war ungewöhnlich ruhig. Die Wellen mußten mit Öl gezähmt worden sein; sie rollten glatt, fast zähflüssig unter der *Erica Lynn*. Der wolkenlose Sommerhimmel war so blau wie eine Gasflamme.

Whiskey und Bier. Whiskey und Bier.

Colin lächelte viel, sobald er angesprochen wurde, versuchte aber meistens, unsichtbar zu bleiben.

Um fünf Uhr tauchten die Haie auf, und danach wurde der Tag häßlich.

Zehn Minuten zuvor hatte Irv wieder Köder ausgeworfen; er kippte Eimer voller zerhacktem, stinkenden Köder ins Kielwasser, um große Fische anzulocken. Das hatte er schon ein halbes dutzendmal gemacht, aber jedesmal ohne Erfolg.

Charlie war der erste, der sie von seinem Platz auf der Brükke aus entdeckte. Er rief durch den Lautsprecher: «Haie achtern, Gentlemen! Schätzungsweise hundertfünfzig Yards zurück.»

Die Männer drängten sich an der Reling; Colin fand Platz zwischen seinem Vater und Mike. Er kniff die Augen zusammen und suchte die wäßrige Landschaft ab, konnte die Haie aber nicht finden. Die Sonne schimmerte auf dem Wasser. Millionen und Abermillionen von Lebewesen schienen sich über die Meeresoberfläche zu bewegen, aber die meisten waren nur Lichttupfen, die auf den Wellen tanzten.

«Achtzig Yards!»

Ein Schrei wurde laut, als mehrere der Männer die Haie im selben Augenblick sahen.

Gleich darauf erblickte Colin eine Finne, dann noch eine, dann mehr, mindestens ein Dutzend.

Plötzlich schoß eine der Leinen von der Spule.

«Einer hat angebissen!» sagte Pete.

Rex sprang auf den an Deck verschraubten Stuhl hinter der sich biegenden und zuckenden Angel. Als Irv ihn festschnallte, zog Rex die schwere Angel aus der Stahlhalterung, die sie bisher gehalten hatte.

«Mist, Haie taugen nichts», sagte Jack verächtlich.

«Für einen Hai gibt es keine Trophäen, wie groß das Biest auch sein mag», stimmte Pete zu.

«Ich weiß», sagte Rex. «Ich will ihn auch nicht essen, aber der Mistkerl entkommt mir nicht!»

Etwas schnappte den Köder an der zweiten Leine und riß sie mit. Mike übernahm den Stuhl. Am Anfang war es für Colin aufregender als alles, was er bisher gesehen hatte. Obwohl er nicht zum erstenmal auf einem Charterboot mitfuhr, beobachtete er fast ehrfürchtig, wie die Männer mit ihrer Beute kämpften. Sie riefen laut und fluchten, und die anderen feuerten sie an. Muskeln schwollen in den dicken Armen an. Adern sprangen auf den Stirnen und Nacken vor. Sie stöhnten, zuckten und hielten fest, zogen und rollten Leine auf. Der Schweiß floß in Strömen, und Irv wischte mit einem weißen Lappen ihre Gesichter ab, damit ihnen der Schweiß nicht in die Augen ging. «Halt die Leine gespannt!» – «Paß auf, sonst reißt der Haken ab!» – «Gib ein bißchen nach!» – «Mach ihn müde!» – «Der ist schon müde.» – «Paßt auf, damit sie die Leinen nicht verwickeln.» – «Das geht jetzt schon fünfzehn Minuten.» – «Mensch, Mike, inzwischen hätte ihn eine kleine alte Dame längsseits gehabt!»

«Meine *Mutter* hätte ihn an Bord!»

«Deine Mutter hat die Statur von Arnold Schwarzenegger.»

«Ist der groß! Sechs Fuß oder mehr!»

«Da ist der andere!»

«Was, zum Teufel, sollen wir mit zwei Haien anfangen?»

«Wir werden sie losschneiden müssen.»

«Erst töten wir sie», sagte Colins Vater. «Einen Hai wirft man nie lebend wieder ins Wasser. Stimmt's, Irv?»

«Jawohl.»

«Hol schon mal die Waffe, Irv», sagte Frank. Irv nickte und ging schnell fort.

«Was für eine Waffe?» fragte Colin. Waffen waren ihm unheimlich.

«Sie haben einen .38er Revolver an Bord. Für Haie.»

Irv kam mit dem Revolver zurück, den er Colins Vater gab. «Er ist geladen.»

Colin hätte sich gern die Ohren zugehalten, wagte es aber nicht. Die Männer würden ihn auslachen und sein Vater sich über ihn ärgern.

«Ich kann noch keins von den Biestern sehen», stellte Frank fest. Die harten Körper der Angler glänzten vom Schweiß. Die beiden Angeln waren stark gebogen und schienen jeden Augenblick zu brechen drohen. Es sah aus, als würden sie nur vom eisernen Willen des Mannes zusammengehalten, der sie hielt. Plötzlich rief Frank: «Deiner ist beinahe da, Rex! Ich sehe ihn.»

«Was für ein Scheusal das ist», sagte Pete.

Jemand sagte: «Er sieht wie Pete aus.»

«Er ist an der Oberfläche. Die Leine ist zu kurz, als daß er wieder tauchen könnte. Er ist am Ende seiner Kräfte.»

«Ich auch», sagte Rex. «Frank, so erschieß das Biest doch um Himmels willen!»

«Bring ihn näher ran.»

«Was, zum Teufel, willst du? Willst du, daß ich ihn an eine Wand stelle und ihm die Augen verbinde?»

Alle lachten. Colin sah den glatten, torpedoförmigen Fisch nahe beim Heck. Er schwamm dicht unter den Wellen, die dunkle Finne war über der Oberfläche. Einen Moment war er ganz ruhig, dann begann er zu stoßen, sich hin und her zu werfen und sich wild aufzubäumen, um den Angelhaken loszuwerden. «O Gott, der kugelt mir noch die Arme aus!» Rex stöhnte.

Als der Hai trotz allen wilden Wehrens näher gezogen wurde, rollte er von einer Seite auf die andere, am Haken zerrend, bereit, sich das Maul aufzureißen, nur um den Haken loszuwerden, den er sich statt dessen immer tiefer in den Kiefer grub. Der flache, bösartig aussehende Kopf hob sich beim Rollen aus dem Wasser, und einen Augenblick starrte Colin in ein helles, fremdartiges Auge, in dem ein wildes, inneres Licht stand, das lodernde Wut ausstrahlte.

Frank Jacobs schoß den Revolver ab. Colin sah das sich öffnende Loch eine Handbreit hinter dem Kopf. Blut und Fleisch spritzen über das Wasser. Alle stießen begeisterte Schreie aus. Frank schoß zum zweitenmal. Der zweite Schuß schlug dicht hinter dem ersten ein. Der Hai hätte tot sein müssen, schien aber durch die Kugeln neues Leben zu bekommen.

«Schau bloß, wie der tobt!»

«Das Blei gefällt ihm gar nicht.»

«Schieß noch mal, Frank.»

«Schieß in den Kopf!» – «Zwischen die Augen, Frank!» – «Bring ihn um, Frank!» – «Du sollst ihn killen, Frank!»

Der Schaum, den der Fisch aufwirbelte, war weiß gewesen. Nun war er rosa. Colins Vater drückte zweimal auf den Abzug. Der schwere Revolver zuckte in seinen Händen. Ein Schuß ging daneben, aber der andere traf ihn mitten in den Kopf. Der Hai sprang in einem Muskelkrampf hoch, als versuche er, auf das Deck zu kommen. Alle auf der *Erica Lynn* schrien überrascht auf. Aber dann sank er ins Wasser zurück und regte sich nicht mehr.

Sekunden danach brachte Mike seine Beute in Schußweite an

die Wasseroberfläche, und Frank zielte. Diesmal traf er genau in den Kopf, und er erledigte den Hai mit dem ersten Schuß. Der Schaum war leuchtend rot. Irv rannte mit einem Messer nach vorn und kappte beide Angelleinen. Rex und Mike sanken auf den Stühlen in sich zusammen, erleichtert, aber mit schmerzenden Muskeln.

Colin sah die toten Fische mit den Bäuchen nach oben auf den Wellen treiben. Und dann, ohne jede Warnung, begann das Meer zu kochen, als wäre unter ihm ein riesiges Feuer entfacht worden. Überall tauchten Rückenflossen auf und sammelten sich auf einem kleinen Stück Oberfläche direkt hinter der *Erica Lynn*. Ein Dutzend, zwei Dutzend ... fünfzig Haie oder noch mehr. Sie fielen über ihre toten Artgenossen her, rissen Fleischbrocken heraus, stießen zusammen, kämpften um jeden Bissen, tauchten auf, tauchten unter und schossen in einem mörderischen Freßdrang umher.

Frank schoß den Revolver leer. Er mußte wenigstens noch einen Hai getötet haben, denn der Aufruhr wurde noch wilder als zuvor.

Colin wollte den Blick von diesem Schlachten abwenden. Aber er brachte es nicht fertig. Etwas zwang ihn, zuzusehen.

«Sie sind Kannibalen», sagte einer der Männer.

«Haie fressen alles.»

«In den Mägen von Haien hat man schon die seltsamsten Dinge gefunden.»

«Ja, ich kenne einen Mann, der hat 'ne Armbanduhr gefunden.» «Ich hab von einem Ehering gehört.» – «Ja, und falsche Zähne.» – «Und ich von einer Münze, die ein kleines Vermögen wert war.» – «Alles Unverdauliche, was das Opfer an sich trägt, bleibt einfach im Magen des Hais zurück.»

«Warum holen wir nicht einen von denen da an Bord und sehen nach, was er im Magen hat?»

«Mann, das könnte interessant werden!»

«Wir schneiden ihn gleich hier an Deck auf.»

«Vielleicht finden wir eine seltene Münze und werden reich.»

«Ach, vermutlich finden wir nichts als gerade gefressenes Haifleisch.»

«Wenigstens haben wir dann was zu tun.»

«Du hast recht, das war ein mieser Tag bisher.»

«Irv, mach mal eine von den Angeln wieder fertig.»

Sie tranken wieder Whiskey und Bier. Colin sah zu. Jack setzte sich diesmal auf den Stuhl, und zwei Minuten danach biß einer an. Als er den Hai herangeholt hatte, war auch weiter draußen die Freßschlacht zu Ende und der Schwarm war weitergezogen. Aber die sinnlose Erregung an Bord der *Erica Lynn* hatte gerade erst begonnen.

Colins Vater lud den Revolver und beugte sich über die Reling. Er jagte zwei Kugeln in den großen Fisch.

«Genau in den Kopf!»

«Hab sein Gehirn ein bißchen herumgestreut.»

«Haie haben ein Gehirn so groß wie eine Erbse.»

«Genauso groß wie deins?»

«Ist er tot?» – «Er bewegt sich nicht mehr.» – «Holen wir ihn rauf.» – «Wollen ihn mal von innen besehen.» – «Wegen der seltenen Münze.» – «Oder den falschen Zähnen.»

Whiskey und Bier.

Jack rollte die Leine so weit auf, wie es ging. Der tote Hai stieß gegen die Bootswand. «Das verdammte Vieh ist zehn Fuß lang!»

«Sie haben einen Flaschenzug.»

«Das wird eine schmierige Angelegenheit.»

«Wenn wir die Münze finden, lohnt es sich.»

«Eher finden wir noch eine Münze in deinem Magen.»

Mit fünf Mann, zwei Tauen, drei Fischhaken und einer Motorwinde hievten sie den Hai aus dem Wasser und über die Heckreling, und dann verloren sie eine Sekunde zu früh die Kontrolle. Der Hai schlug auf dem Deck auf und kam völlig unerwartet zu Leben, oder wenigstens wurde er wieder halb lebendig, denn die Revolverkugeln hatten ihn verletzt und bewußtlos gemacht, aber nicht getötet. Der Fisch zuckte auf dem Deck, alle sprangen zurück. Pete griff nach einem Fischhaken, holte aus und schlug ihn in den Kopf des Hais, besprühte mehere Männer mit Blut; dann schnappten die gewaltigen Kiefer nach Pete. Ein anderer Mann stürzte mit dem nächsten Fischhaken herbei und grub das lange Ende in das Auge des Hais. Ein dritter Haken drang in eine der Schußwunden ein, und überall war Blut, so daß Colin an die Kingman-Morde dachte. Alle Männer, die nur Badehosen trugen, waren vom Blut befleckt und gestreift, und Colins Vater schrie, alle sollten zurücktreten, und obwohl Irv warnte, gegen das Deck zu schießen, schoß er noch eine Runde in den Kopf des Hais, der sich endlich nicht mehr bewegte. Aber alle waren in wilder Erregung, redeten und schrien gleichzeitig, knieten sich in das Blut, rollten den Hai herum und schnitten mit ihren Anglermessern in den Unterleib. Einen Augenblick widerstand die weiße Haut, aber dann drang durch einen langen Schlitz eine stinkende, schleimige Masse aus Därmen und halbverdauten Fischen. Die, die in der Nähe standen, feuerten an, während die, die auf den Knien lagen, in dem widerwärtigen Geschmier herumwühlten und nach der mythischen Münze, dem Ehering oder den falschen Zähnen suchten. Sie lachten und scherzten und warfen sogar mit einer Handvoll Schleim aufeinander.

Plötzlich konnte Colin sich wieder bewegen. Er rannte zum Bug des Boots, rutschte auf dem Blut aus, stolperte, fiel fast und gewann das Gleichgewicht wieder. Als er soweit wie möglich von den begeisterten Männern fort und so weit vorn war, wie es eben ging, beugte er sich durch die Stäbe der Reling und erbrach sich.

Als er fertig war, stand sein Vater hoch über ihm, das Bild eines Wilden mit blutbemalter Haut, vom Blut starren Haaren und brennenden Augen. Er sprach leise, aber eindringlich. «Was ist mit dir los?»

«Mir war schlecht», murmelte Colin. «Nur schlecht. Jetzt ist es vorbei.»

«Was, zum Teufel, stimmt mit dir nicht?»

«Ich bin jetzt okay.»

«*Versuchst* du, mich zu blamieren?»

«Wie?»

«Damit? Vor meinen Freunden?»

Colin starrte ihn an und verstand gar nichts.

«Sie machen sich über dich lustig.»

«Ich ...»

«Sie lachen dich aus.»

Colin fühlte sich schwindelig.

«Manchmal begreife ich dich nicht», sagte sein Vater.

«Ich mußte mich einfach übergeben. Ich konnte es nicht unterdrücken.»

«Manchmal frage ich mich, ob du mein Sohn bist.»
«Natürlich bin ich das.»
Sein Vater beugte sich vor und betrachtete ihn eingehend, als suche er nach den verräterischen Zügen eines alten Freundes oder des Milchmanns. Sein Atem roch übel.
Whiskey und Bier. Und Blut.
«Manchmal benimmst du dich gar nicht wie ein Junge. Manchmal siehst du so aus, als würde aus dir nie ein Mann.»
«Ich gebe mir Mühe.»
«Wirklich?»
«Ja, wirklich», sagte Colin am Rande der Verzweiflung.
«Manchmal kommst du mir wie ein Waschlappen vor.»
«Das tut mir leid.»
«Manchmal benimmst du dich wie ein Schwuler.»
«Ich wollte dich wirklich nicht blamieren.»
«Willst du dich zusammenreißen? Kannst du das?»
«Ja. Ich kann.»
«Kannst du es wirklich?»
«Sicher kann ich.»
«Dann tu's!»
«Ich brauche ein, zwei Minuten ...»
«Jetzt! Tu's jetzt!»
«Okay.»
«Reiß dich zusammen.»
«Okay. Es geht wieder.»
«Du zitterst. Kommst du mit mir zurück?»
«Ja.»
«Zeig ihnen, wessen Sohn du bist. Beweis es ihnen, Junior.»
«Ich bin dein Sohn.»
«Das mußt du beweisen, Junior.»
«Das werde ich.»
«Ich will einen Beweis haben.»
«Kann ich ein Bier trinken?»
«Was?»
«Ich denke mir, daß das vielleicht helfen könnte.»
«Bei was helfen?»
«Vielleicht fühle ich mich danach besser.»
«Du willst ein Bier haben?»
«Ja doch.»

«Na, das hört sich besser an.»

Frank Jacobs grinste und zerstrubbelte das Haar seines Sohns mit einer blutigen Hand.

15

Colin saß auf einer Bank neben der Kabinenwand, trank in kleinen Schlucken das kalte Bier und überlegte, was als nächstes geschehen würde. Nachdem sie nichts Interessantes im Magen des Hais gefunden hatten, hievten sie ihn über Bord. Er trieb einen Augenblick auf dem Wasser, versank dann plötzlich oder wurde von einem hungrigen Artgenossen unter Wasser gezogen.

Die blutverschmierten Männer stellten sich an der Steuerbordreling in einer Reihe auf, und Irv spritzte sie mit dem Schlauch mit Meerwasser ab. Sie zogen die Badehosen aus, seiften sich mit Stücken gelber, grober Seife ab und witzelten unablässig über die Genitalien der anderen. Jeder bekam einen Eimer frisches Wasser zum Abspülen. Als sie nach unten kletterten, um sich zu trocknen und ihre Straßenanzüge anzuziehen, spritzte Irv das Deck ab und schwemmte die letzten Spuren des Bluts in die Speigatten.

Später dann schossen sie auf Tontauben. Charlie und Irv nahmen immer zwei Schrotflinten und das Wurfgerät mit, um Kunden zu unterhalten, wenn die Fische nicht bissen. Die Männer tranken Whiskey und Bier, schossen auf die wirbelnden Scheiben und sprachen nicht mehr vom Angeln. Anfangs zuckte Colin bei jedem Schuß zusammen, aber bald machten ihm die Explosionen nichts mehr aus. Noch später, als den Männern das Tontaubenschießen zu langweilig wurde, nahmen sie die Möwen aufs Ziel, die in der Nähe der *Erica Lynn* nach kleinen Fischen tauchten. Die Vögel ließen sich vom Lärm der Schrotflinten nicht irritieren; sie fischten weiter, stießen ihre merkwürdigen schrillen Schreie aus und schienen nicht wahrzunehmen, daß ihre Zahl immer kleiner wurde.

Früher hätte dieses Schlachten Colin krank gemacht, und jetzt gefiel es ihm auch nicht. Er empfand nur nichts, als er zusah, wie die Vögel zerfetzt wurden, und war erstaunt über sein Unvermögen, darauf zu reagieren. Er blieb kühl und völlig ruhig. Die Schüsse fielen, die Möwen zerplatzten im Himmel. Tausende winziger Blutströpfchen versprühten wie Perlen geschmolzenen Kupfers in der goldenen Luft.

Um halb acht verabschiedeten sie sich von Charlie und Irv und gingen ins Hafenrestaurant und aßen das Steak-und-Hummer-Menü. Colin war halb verhungert. Er aß gierig seinen Teller leer, ohne einmal an den ausgeweideten Hai oder die Möwen zu denken.

Spät nach dem Sonnenuntergang brachte sein Vater ihn nach Hause. Wie immer fuhr Frank zu schnell und ohne jede Rücksicht auf andere Autofahrer. Zehn Minuten vor Santa Leona lenkte Frank Jacobs das Gespräch von den Tagesereignissen fort und persönlichen Angelegenheiten zu. «Bist du glücklich bei deiner Mutter?»

Die Frage trieb Colin in die Enge. Er wollte keinen Streit. «Ich glaub schon», sagte er achselzuckend.

«Das ist keine Antwort.»

«Ich meine, ich bin schon glücklich.»

«Du weißt es nicht?»

«Ich bin glücklich, ja doch.»

«Sorgt sie gut für dich?»

«Klar.»

«Ißt du genug? Du bist immer noch so dürr.»

«Ich esse sehr viel.»

«Sie ist keine gute Köchin. – Bekommst du genug Taschengeld? Ich könnte dir jede Woche was schicken.»

«Das brauche ich nicht.»

«Wie wäre es, wenn ich dir jede Woche zehn Dollar schickte?»

«Das brauchst du nicht. Ich hab reichlich Geld. Ich würde es nur rauswerfen.»

«Bist du gern in Santa Leona?»

«Es ist okay.»

«Nur okay?»

«Nein, ich bin gern da.»

«Vermißt du deine Freunde aus Westwood?»

«Da hatte ich keine Freunde.»

«Aber sicher. Ich hab sie sogar gesehen. Den Rothaarigen –»

«Die kannte ich nur aus der Schule.»

Sie bogen auf die linke Spur ab, überholten einen Lastwagen, der schon schneller fuhr, als es erlaubt war, und scherten dann viel zu früh wieder nach rechts ein. Hinter ihnen hupte der Fahrer verärgert.

«Was beißt den denn? Hab ich ihm nicht genug Platz gelassen?»

Colin sagte nichts.

Frank ging vom Gaspedal. Der Wagen ging von fünfundsechzig auf fünfundfünfzig Meilen in der Stunde. Der Lastwagen hupte abermals. Frank drückte auf die Hupe des Cadillac, hupte mindestens eine Minute lang, um dem Lastwagenfahrer zu zeigen, daß er sich nicht einschüchtern ließ. Colin dreht sich ängstlich um. Der schwere Laster war keine zwei Schritte hinter ihnen und blendete die Scheinwerfer auf. «Blöder Hund!» zischte Frank. «Was glaubt der denn, wer er ist?» Er ging auf vierzig Meilen in der Stunde herunter.

Der Lastwagen setzte zum Überholen an. Frank riß den Cadillac nach links vor den Lastwagen, blockierte ihn und blieb bei vierzig Meilen.

«Ha! Das wird ihn lehren, den Idioten! Was?»

Der Lastwagenfahrer hupte wieder.

Colin schwitzte.

Sein Vater saß nach vorn gebeugt, die Hände hielten das Steuer wie Vogelkrallen. Er hatte die Zähne gebleckt, und seine Augen glitten weit aufgerissen von der Straße zum Rückspiegel. Er atmete schwer, beinahe schnarchend. Der Lastwagen ging wieder auf die rechte Spur. Frank schnitt ihn sofort wieder. Endlich mußte der Fahrer wohl einsehen, daß er es mit einem Betrunkenen oder Wahnsinnigen zu tun hatte und äußerste Vorsicht geboten sei. Er ging auf dreißig Meilen herunter und blieb zurück.

«Das wird dem Scheißkerl eine Lehre sein. Glaubt, ihm gehöre die Straße allein!» Nach der gewonnenen Schlacht fuhr Frank wieder siebzig, und sie schossen in die Nacht hinein.

Colin schloß die Augen. Sie fuhren schweigend, dann sagte Frank:

«Wo du all die Freunde in Westwood hast, wie würde es dir gefallen, zurückzukommen und mit mir zu leben?»

«Meinst du ständig?»

«Warum nicht?»

«Na ... ich glaube, das wäre okay.» Colin sagte es, weil er wußte, daß es unmöglich war.

«Mal sehen, was sich machen läßt, Junior.»

Colin sah ihn erschrocken an. «Aber der Richter hat doch Mom das Sorgerecht gegeben. Du hast nur die Besuchsrechte.»

«Vielleicht kann man das ändern.»

«Wie denn?»

«Man müßte da einige Dinge in die Wege leiten. Manches wäre nicht gerade angenehm.»

«Was denn?»

«Einmal müßtest du bereit sein, vor Gericht auszusagen, daß du bei ihr nicht glücklich bist.»

«Das müßte ich, ehe sie alles umändern?»

«Ja, ich bin ziemlich sicher.»

«Du wirst schon recht haben.» Colins Stimme verriet nichts. Er beruhigte sich wieder, weil er nicht die Absicht hatte, dem Gericht etwas in diesem Sinne zu erzählen.

«Soviel Mumm hast du doch, was?»

«Na klar.» Und weil es hilfreich sein könnte, die Strategie des Feindes zu kennen, sagte er: «Was müßten wir sonst noch tun?»

«Hm. Wir müßten beweisen, daß sie keine gute Mutter ist.»

«Aber das stimmt doch nicht.»

«Ach, ich weiß nicht. Ich hab so eine Ahnung, wir könnten ihr einen lockeren Lebenswandel nachweisen. So was beeindruckt Richter.»

«Was?»

«Diese Künstlerclique», murmelte Frank verdrossen. «Diese Leute, mit denen sie herumhängt.»

«Was ist mit denen?»

«Diese Künstler haben andere Werte als die normalen Menschen. Sie sind auch noch stolz drauf.»

«Ich verstehe dich nicht.»

«Na ... politische Wirrköpfe, Atheisten, Drogen – Orgien. Sie schlafen alle herum.»

«Du glaubst, Mom –?»

«Gern sage ich das nicht.»

«Dann laß es doch.»

«Deinetwegen muß ich die Möglichkeit in Betracht ziehen.»

«Sie – sie lebt nicht so», sagte Colin, obwohl er es nicht genau wußte.

«Du kannst den Tatsachen nicht aus dem Weg gehen, Junior. Sie ist auch nur ein Mensch. Sie könnte dich überraschen. Und bestimmt ist sie keine Heilige.»

«Ich kann mir nicht vorstellen, daß wir über so was reden!»

«Es lohnt sich, darüber nachzudenken und sich die Situation anzusehen, wenn du damit zu mir zurückkommen kannst. Ein Junge hat seinen Vater nötig, wenn er erwachsen wird. Er braucht einen Mann, der ihm zeigt, wie man ein Mann wird.»

«Aber wie willst du jemals beweisen, daß sie ... so was tut?»

«Privatdetektive.»

«Du würdest wirklich solche Schnüffler anstellen, um sie auf Schritt und Tritt zu verfolgen?»

«Das möchte ich nicht. Aber es könnte notwendig sein. Es wäre die schnellste und einfachste Methode, herauszufinden, was sie wirklich macht.»

«Laß es bleiben.»

«Ich würde es nur für dich tun.»

«Dann nicht.»

«Ich möchte, daß du glücklich bist.»

«Das bin ich.»

«In Westwood wärst du glücklicher.»

«Bitte, Dad, ich wäre nicht glücklich, wenn du ihr so ein Pack auf den Hals hetzt.»

Sein Vater wurde mürrisch. «Pack? Wer redet von einem Pack? Solche Detektive sind Profis, verstehst du? Es sind keine Gangster. Sie würden ihr nichts tun. Sie würde nicht mal wissen, daß sie sie beobachten.»

«Bitte, mach das nicht.»

«Ich hoffe, daß es nicht nötig ist.» Mehr bekam er aus seinem Vater nicht heraus.

Colin dachte an die Rückkehr nach Westwood, an das Leben mit seinem Vater, und das war wie ein Alptraum, ohne daß er schlief.

16

Um elf Uhr am Sonntagmorgen kam Roy mit seiner in ein Handtuch gewickelten Badehose. «Wo ist deine Mutter?»

«In der Galerie.»

«Am Sonntag?»

«Sieben Tage in der Woche.»

«Ich dachte, ich bekäme sie in einem Bikini zu sehen.»

Das Haus war etwas, was die Makler «Spitzenangebot» nannten. Es hatte unter anderem einen tiefliegenden Wohnraum mit einem riesigen Steinkamin, drei große Badezimmer, eine Gourmet-Küche und ein Vierzig-Fuß-Schwimmbecken. Seit sie eingezogen waren, hatten sie in der Woche keine zwei Stunden im Wohnzimmer verbracht, weil sie nie Besuch einluden. Sie hatten auch keine Hausgäste gehabt und brauchten das dritte Bad nie. In der Luxusküche benützten sie nur den Kühlschrank und zwei Platten des Herdes. Nur das Schwimmbecken war die Miete wert.

Colin und Roy schwammen um die Wette, spielten mit den Unterwasserdüsen und dem Plastikfloß, tauchten nach Münzen, spritzten und plantschten und legten sich endlich auf den Betonstreifen am Rand in die Sonne. Es war das erste Mal, daß Colin und Roy zusammen schwammen, das erste Mal, daß Colin ihn ohne Hemd sah – und das erste Mal, daß er die grausigen Narben entdeckte, die Roys Rücken entstellten. Zerfranste Streifen von Narbengewebe reichten von seiner rechten Schulter zur linken Hüfte. Colin versuchte zu zählen – sechs, sieben, acht, vielleicht sogar zehn. Es war schwer, weil sie an einigen Stellen zusammenschmolzen. Wo zwischen den häßlichen Linien gesunde Haut war, war sie gebräunt, aber die Narben nahmen keine Farbe an; sie waren blaß, glänzend glatt und an anderen Stellen aufgeworfen.

«Was ist dir da passiert?» fragte Colin.

«Wie?»

«Was ist mit deinem Rücken?»

«Nichts.»

«Ich meine diese Narben.»

«Nichts.»

«So bist du doch nicht auf die Welt gekommen.»

«Ein Unfall.»
«War es ein Autounfall?»
«Ich will nicht drüber reden.»
«Warum nicht?»
Roy funkelte ihn an. «Ich sagte, ich will, verdammt noch mal, nicht über diese Scheißnarben reden!»
«Okay.»
«Ich brauch dir keine Gründe anzugeben.»
«Ich wollte dich nicht ausquetschen.»
«Das hast du aber gemacht.»
«Tut mir leid.»
«Ja», Roy seufzte. «Mir auch.» Er stand auf und ging ans Ende des Beckens. Dort blieb er stehen, kehrte Colin den Rücken zu und starrte auf die Erde. Colin fühlte sich dumm und unbehaglich; er ließ sich rasch ins Wasser gleiten, als wollte er sich dort verstecken. Er schwamm, so schnell er konnte, um einen plötzlichen Überschuß nervöser Energie abzuarbeiten.

Fünf Minuten später, als Colin wieder aus dem Becken kletterte, war Roy immer noch am Rand des Betonstreifens, hatte sich jetzt aber niedergekauert und spielte mit etwas im Gras.

«Was hast du da gefunden?» fragte Colin.

Roy war so vertieft, daß er die Frage überhörte. Colin ging neben ihm in die Hocke. «Ameisen», sagte Roy.

Am Rand des Betons war ein kleiner Hügel aus Staub, so groß wie ein Tassenkopf. Winzige rote Ameisen wimmelten um ihn herum und liefen über ihn.

Breit grinsend quetschte Roy die Insekten in den Beton. Ein Dutzend. Zwei Dutzend. Während er sie tötete, kamen andere Ameisen aus dem Hügel und rannten in den Schatten, als hätten sie plötzlich gemerkt, daß es nicht ihr Schicksal war, in ihrem Staat aufzugehen, sondern daß sie ein Opfertod durch die Hände eines millionenmal größeren Ungeheuers erwartete.

Roy hielt hin und wieder inne, um die fettigen, rostroten Überbleibsel an seinen Fingern zu betrachten. «Keine Knochen», sagte er. «Beim Zerquetschen bleibt nichts zurück, nur ein kleiner Safttropfen. Sie haben eben keine Knochen.»

Colin sah zu.

17

Nachdem Roy sehr viele Ameisen zerquetscht und ihren Hügel zertreten hatte, spielten sie mit einem blaugrünen großen Ball Wasser-Polo. Roy gewann.

Um drei Uhr hatten sie das Schwimmbecken satt. Sie zogen sich an, setzten sich in die Küche, aßen Schokoladenplätzchen und tranken Limonade.

Colin leerte sein Glas, kaute auf einem Eisstückchen und sagte: «Traust du mir?»

«Klar.»

«Habe ich die Prüfung bestanden?»

«Wir sind Blutsbrüder, oder etwa nicht?»

«Dann sag mir endlich das große Geheimnis.»

«Das hab ich dir schon erzählt.»

«Wieso?»

«Ich hab es dir am Freitagabend erzählt, als wir vom Pit fortgingen. Ehe wir zum Fairmont gefahren sind, um den Pornofilm zu sehen.»

Colin schüttelte den Kopf. «Wenn du das hast, hab ich es nicht gehört.»

«Du hast es gehört, wolltest es aber nicht.»

«Was sollen die Wortspiele? Sag es mir noch mal. Diesmal will ich es hören.»

Roy klimperte mit dem Eis in seinem Glas. «Ich töte Menschen.»

«Ach ja. Das ist also dein großes Geheimnis?»

«Mir kommt es sehr groß vor.»

«Aber das ist doch nicht wahr.»

«Bin ich dein Blutsbruder?»

«Ja.»

«Lügen Blutsbrüder sich an?»

«Das sollen sie nicht», gab Colin zu. «Okay. Wenn du Menschen getötet hast, müssen sie Namen gehabt haben. Wie hießen sie?»

«Stephen Rose und Philip Pacino.»

«Wer waren sie?»

«Zwei Jungen.»

«Warum hast du sie getötet?»

«Sie wollten mit mir nicht Blutsbrüderschaft schließen. Darum konnte ich ihnen nicht mehr trauen.»

«Soll das heißen, du hättest mich getötet, wenn ich nicht dein Blutsbruder hätte werden wollen?»

«Vielleicht.»

«Bockmist!»

«Wenn du das glauben möchtest, bitte.»

«Wo hast du sie getötet?»

«Hier, in Santa Leona.»

«Wann?»

«Phil hab ich im letzten Sommer, am ersten August, einen Tag nach seinem Geburtstag geschafft, und Steve Rose hat im Sommer davor dran glauben müssen.»

«Wie?»

Roy lächelte verträumt und schloß die Augen, als ließe er die Taten in Gedanken Revue passieren. «Ich habe Steve über die Klippen am Sandman's Cove gestoßen. Er ist unten auf die Felsen aufgeschlagen. Du hättest ihn aufklatschen sehen sollen. Als sie ihn am nächsten Tag geholt haben, war er so zugerichtet, daß nicht mal sein Alter ihn noch richtig identifizieren konnte.»

«Und der andere – Phil Pacino?»

«Wir waren bei ihm zu Hause und bauten ein Modellflugzeug. Seine Eltern waren nicht da. Er hatte keine Geschwister. Niemand wußte, daß ich zu ihm gegangen war. Es war *die* Gelegenheit; ich hab Feuerzeugbenzin auf ihn gesprüht und ihn angezündet.»

«Mensch!»

«Als ich sicher war, daß er tot war, bin ich sofort abgehauen. Das ganze Haus ist abgebrannt. Mann, war das stark! Ein paar Tage danach hat der Brandkommissar entschieden, Phil hätte den Brand ausgelöst, weil er mit Streichhölzern gespielt hätte.»

«Du bist wirklich ein guter Geschichtenerzähler», sagte Colin.

Roy öffnete die Augen, sagte aber nichts.

Colin trug ihre Teller und Gläser zum Spülstein, wusch sie ab und stellte sie auf den Ständer. Währenddessen sagte er: «Weißt du, Roy, mit deiner Phantasie solltest du später mal Horrorstorys schreiben. Damit könntest du reich werden.»

Roy machte keine Anstalten, Colin zu helfen. «Meinst du, du glaubst immer noch, daß ich mit dir eine Art Spiel spiele?»

«Ja, du erfindest ein paar Namen –»

«Steve Rose und Phil Pacino haben wirklich gelebt. Das kannst du leicht nachprüfen. Geh doch in die Bibliothek und sieh in den alten Nummern vom *News Register* nach. Du kannst genau lesen, wie sie gestorben sind.»

«Das mach ich vielleicht.»

«Vielleicht solltest du es.»

«Aber selbst wenn dieser Steve Rose über die Klippe beim Sandman's Cove gefallen und Phil Pacino in seinem Haus verbrannt ist – beweist das doch gar nichts. Nichts. Beide Male kann es ein Unfall gewesen sein.»

«Warum sollte ich das auf meine Kappe nehmen?»

«Um deine Geschichte, daß du ein Mörder bist, realistischer zu machen. Damit ich sie glaube.»

«Du kannst ganz schön stur sein!»

«Du auch.»

«Wie soll ich dir nur die Wahrheit beibringen?»

«Die kenne ich schon», sagte Colin, der sich die Hände an einem karierten Küchentuch abtrocknete.

«Ich glaube, dich kann ich nur überzeugen, wenn ich jemand umbringe.» Roy stand am Fenster und starrte auf das Wasser im Becken.

«Ja», bestätigte Colin. «Warum machst du das nicht?»

Roy drehte sich zu ihm um. Die Sonne schien ins Fenster, malte eine Seite seines Gesichts an, ließ die andere im Schatten und färbte eins seiner Augen leuchtender blau als das andere. «Forderst du mich heraus, jemand zu töten?»

«Ja.»

«Gut. Aber dann trägst du die halbe Verantwortung.»

«Okay.»

«Einfach so?»

«Einfach so.»

«Macht es dir nichts aus, daß du im Gefängnis landen kannst?»

«Nein. Weil du es nicht tun wirst.»

«Gibt es jemand Bestimmten? Jemand, den ich für dich aus der Welt schaffen soll?»

Colin grinste, denn nun war er sicher, daß es ein Spiel war. «Keinen Besonderen. Such ihn dir selber aus. Vielleicht aus dem Telefonbuch.»

Roy drehte sich wieder zum Fenster um. Colin lehnte am Spülbecken und wartete. Nach einer Weile sah Roy auf die Uhr.

«Ich muß heim. Meine Eltern gehen zum Essen zu meinem Onkel Marlon. Er ist ein Arschloch. Aber ich muß mitgehen.»

«Jetzt warte aber mal!» sagte Colin. «So leicht kommst du davon nicht los. Du kannst nicht einfach abhauen. Wir haben darüber gesprochen, wen du töten wirst.»

«Ich wollte nicht kneifen», sagte Roy.

«Also?»

«Darüber muß ich erst mal nachdenken.»

«Ja. So ungefähr fünfzig Jahre lang.»

«Nein. Morgen werde ich dir sagen, wer es sein soll.»

«Ich werde dafür sorgen, daß du es nicht vergißt.»

Roy nickte mit finsterem Gesicht. «Und wenn ich einmal in Aktion bin, wirst du mich nicht aufhalten können.»

18

Weezy Jacobs hatte am Sonntagabend eine wichtige Verabredung zum Dinner. Sie gab Colin Geld für Charlies Café und eine kurze Vorlesung über die Wichtigkeit, etwas Nahrhafteres zu bestellen als einen fettigen Cheeseburger und Pommes. Auf dem Weg zu Charlie machte Colin bei Rhinehart, einem Drugstore mit großer Taschenbuchabteilung, Station. Er wühlte in den Drahtkörben nach interessanten Science-fiction-Büchern und Romanen über das Übernatürliche.

Nach einiger Zeit bemerkte er, daß ein hübsches, etwa gleichaltriges Mädchen vor den Regalen dicht neben ihm stand. Über den Drahtkörben waren zwei Regalfächer, in denen die Bücher nebeneinander standen, statt wie in den Körben mit dem Titel nach oben; sie sah die Regale durch und hielt den Kopf seitwärts geneigt, um die Aufschriften auf den Buchrükken lesen zu können. Sie trug Shorts. Einen Moment starrte er auf ihre schönen schlanken Beine. Sie hatte einen hübschen Hals und goldblonde Haare.

Sie merkte, daß er sie anstarrte, blickte auf und lächelte. «Hi!»

Er lächelte ebenfalls. «Hi.»

«Du bist ein Freund von Roy Borden, nicht wahr?»

«Woher weißt du das?»

Sie neigte wieder den Kopf zur Seite, als wäre er ein Buch im Regal, dessen Titel sie lesen wolle. «Ihr beide seid ja fast wie siamesische Zwillinge. Ich sehe selten einen von euch ohne den anderen.»

«Du siehst mich jetzt», sagte er.

«Du bist neu in der Stadt.»

«Ja, seit dem ersten Juni.»

«Wie heißt du?»

«Colin Jacobs. Und du?»

«Heather.»

«Das ist hübsch. Heather wie?»

«Versprich mir, daß du nicht lachst.»

«Wieso?»

«Versprich mir, daß du nicht über meinen Namen lachst.»

«Warum sollte ich das?»

«Ich heiße Heather Lipshitz.»

«Nein.»

«Doch. Es wäre schon schlimm, wenn ich Zelda Lipshitz hieße oder Sadie. Aber Heather Lipshitz ist schlimmer, weil die Namen nicht zusammenpassen und der Vorname auf den Nachnamen aufmerksam macht. Du hast nicht gelacht!»

«Natürlich nicht.»

«Die meisten tun das.»

«Die meisten sind blöd.»

«Du liest gern?» fragte sie. «Was?»

«Science-fiction. Und du?»

«Ach, eigentlich alles. Auch Science-fiction. *Fremder in einem fremden Land.*»

«Das ist ein tolles Buch.»

«Hast du den *Krieg der Sterne* gesehen?» fragte sie.

«Viermal. Und *Begegnungen* sechsmal.»

«Hast du *Der Fremde* gesehen?»

«Klar. Hast du Spaß an solchen Filmen?»

«Ja. Wenn im Fernsehen ein alter Christopher Lee-Film läuft, kriegst du mich nicht vom Apparat weg.»

Er war ganz platt. «Du magst wirklich Horrorfilme?»

«Je gruseliger, desto besser.» Sie sah auf die Uhr. «Ich muß jetzt zum Abendessen nach Hause. Hat mir Spaß gemacht, mit dir zu reden, Colin.»

Als sie sich abwandte, sagte er: «Äh ... wart mal eben.» Sie sah ihn wieder an, und er trat verlegen von einem Fuß auf den anderen. «Hm ... in dieser Woche kommt ein neuer Gruselfilm ins *Baronet.*»

«Ich hab die Voranzeige gesehen.»

«Hast du den Eindruck, daß er gut ist?»

«Könnte sein.»

«Würdest du – also, ich meine – glaubst du ...»

Sie lächelte. «Ja, sehr gern.»

«Ja, dann ... soll ich dich anrufen oder was?»

«Ruf mich an. Wir stehen im Telefonbuch. Ob du's glaubst oder nicht, wir sind die einzigen in der Stadt, die Lipshitz heißen.»

Er strahlte. «Ich ruf dich morgen an.»

«Okay.»

«Dann Wiedersehen.»

«Wiedersehen, Colin.»

Er sah hinter ihr her, als sie aus dem Laden ging. Sein Herz klopfte wie wild. So was! Mit ihm passierte wirklich was Merkwürdiges. Ja, weiß der Himmel. Nie zuvor hatte er so mit einem Mädchen oder mit einem solchen Mädchen reden können. Meistens bekam er gleich am Anfang kein Wort heraus, und die ganze Unterhaltung ging in den Eimer. Aber nicht diesmal. Er war gut gewesen. Lieber Himmel, er hatte sich sogar mit ihr verabredet! Seine erste Verabredung. Mit ihm passierte wirklich was. – Aber was? – Und warum?

Einige Stunden später, als er im Bett lag und im Radio einen Sender aus Los Angeles hörte, weil er nicht einschlafen konnte, dachte er an all die wunderbaren neuen Ereignisse in seinem Leben. Mit einem fabelhaften Freund wie Roy, mit einem wichtigen Job wie Mannschaftswart und mit einem so hübschen und netten Mädchen wie Heather – was blieb ihm noch zu wünschen übrig?

Er war noch nie so zufrieden gewesen.

Roy war natürlich der wichtigste Bestandteil dieses neuen Lebens. Ohne Roy wäre er nie an den Trainer Molinoff herangekommen und hätte nie den Posten als Mannschaftswart bekommen. Und ohne Roys befreienden Einfluß hätte er höchstwahrscheinlich nie den Mut aufgebracht, sich mit Heather zu verabreden. Nein, mehr noch – sie hätte ihn sicher nie begrüßt, wenn er nicht Roys Freund gewesen wäre. War das nicht das erste gewesen, was sie zu ihm gesagt hatte? *Du bist ein Freund von Roy Borden, nicht wahr?* Wäre er nicht Roys Freund gewesen, hätte sie ihn sicher keines Blicks gewürdigt.

Aber sie hatte ihn angesehen. – Und sie hatte sich mit ihm verabredet.

Das Leben war gut.

Er dachte an Roys merkwürdige Geschichten. Die Katze im Vogelkäfig. Der mit Feuerzeugbenzin angezündete Junge. Er wußte, daß das nur Geschichten waren. Prüfungen. Roy prüfte ihn aus irgendeinem Grund. Er verbannte die Katze und den verbrannten Jungen aus seinen Gedanken. Diese dummen Geschichten sollten ihm nicht die gute Stimmung verderben. Er schloß die Augen und sah sich mit Heather in einem prächtigen Ballsaal tanzen. Er trug einen Smoking, sie ein rotes Abendkleid. Über ihnen hing ein Kristalleuchter. Sie tanzten so gut, daß sie zu schweben schienen.

19

Am frühen Montagnachmittag saß Colin vor seinem Arbeitstisch im Schlafzimmer und setzte ein Plastikmodell von Lon Chaney als Phantom der Oper zusammen. Als das Telefon klingelte, rannte er ins Zimmer seiner Mutter.

Es war Roy. «Colin, du mußt sofort kommen.»

Colin sah auf die Digitaluhr auf dem Nachttisch. «Ein Uhr fünf», sagte er. «Wir wollten uns um zwei treffen.»

«Ich weiß. Du mußt jetzt sofort zu mir kommen.»

«Warum?»

«Meine Alten sind nicht zu Hause, und hier ist was, das mußt du einfach sehen. Am Telefon kann ich nicht drüber reden. Du mußt auf der Stelle kommen, so schnell du kannst. Beeil dich.» Roy legte auf.

Das Spiel geht weiter, dachte Colin. Zehn Minuten danach klingelte er an der Haustür der Bordens.

Roy öffnete. Er war aufgeregt und hatte ein gerötetes Gesicht.

«Was gibt es?» fragte Colin.

Roy zog ihn hinein und warf die Tür zu. Sie standen in der Diele. Der makellose Wohnraum lag vor ihnen; die smaragdgrünen Vorhänge filterten das Sonnenlicht und hüllten den Raum in ein kaltes Grün, das Colin das Gefühl gab, tief unter der Meeresoberfläche zu sein.

«Ich möchte, daß du dir Sarah sehr genau ansiehst.»

«Wen?»

«Ich hab dir von ihr erzählt, am Freitag, oben an der Treppe zum Strand, ehe wir uns getrennt haben. Sie ist das Mädchen, das in einem Pornofilm auftreten könnte, die, von der ich glaube, daß wir's mit ihr treiben können.»

Colin blinzelte. «Du hast sie *hier*?»

«Nicht genau. Komm mit nach oben. Dann wirst du es sehen.»

Colin war noch nie in Roys Zimmer gewesen. Er war überrascht. Es sah nicht wie das Zimmer eines Jungen aus; es sah überhaupt nicht wie ein Zimmer aus, in dem ein Junge oder auch ein Erwachsener richtig lebte. Der Teppichflor stand hoch, als wäre er vor Minuten staubgesaugt worden. Die dunklen Fichtenmöbel waren poliert; Colin sah keine Delle und keinen Kratzer, wohl aber sein Spiegelbild. Kein Staub, kein Schmutz. Keine Fingerabdrücke rund um den Lichtschalter. Das Bett war gemacht, so ausgerichtet und mit so festgestopften Ecken wie die Betten in einem Militärschlafsaal. Außer den Möbeln gab es ein rotes Wörterbuch und die einheitlich gebundenen Bände eines Lexikons. Sonst nichts. Gar nichts. Kein Krimskrams, keine Modellflugzeuge oder Comics, keine Sportutensilien, nichts, das darauf hinwies, daß Roy ein Steckenpferd oder auch nur etwas hatte, wofür er sich interessierte. Das Zimmer war eindeutig ein Spiegel von Mrs. Bordens Persönlichkeit, nicht von der ihres Sohns.

Für Colin war das Merkwürdigste, daß einfach nichts an den

Wänden hing. Keine Bilder, keine Fotos, keine Poster. In den unteren Räumen und an der Wand des Treppenhauses hingen einige Ölbilder, ein Aquarell und einige einfache Drucke, aber hier waren die Wände nackt und weiß. Colin dachte an die Zelle eines Mönchs.

Roy führte ihn zum Fenster. Keine fünfzig Schritte entfernt, im Hof des Nachbarhauses, lag eine Frau in der Sonne. Sie trug einen weißen Bikini, lag auf einem roten Badetuch, das über eine Liege gebreitet war. Kleine Wattebäusche schützten ihre Augen vor der Sonne.

«Die ist wirklich was zum Aufreißen», sagte Roy.

«Das ist Sarah?» fragte Colin. Sie war braun, schlank und gut gebaut.

«Sarah Callahan. Sie wohnt nebenan.» Roy griff nach einem Feldstecher, der unter dem Fenster auf dem Boden gelegen hatte. «Da. Sieh sie dir genauer an.»

Colin hob das Glas an die Augen, stellte es ein und suchte die Frau. Wäre sie so nahe gewesen, wie es ihm plötzlich vorkam, hätte sie seinen Atem auf der Haut fühlen müssen. Sarah war schön. Sogar jetzt, wo sie still auf der Liege lag, versprach ihr Gesicht Sinnlichkeit. Die Lippen waren voll und weich; sie leckte einmal darüber, während Colin sie beobachtete. Ein merkwürdiges Machtgefühl überkam ihn. In Gedanken berührte und liebkoste er Sarah Callahan, die in Wirklichkeit nichts davon wußte. Das Fernglas war seine Lippen, seine Zunge und Finger, die fühlten und tasteten, sie erforschten und unerlaubt die Heiligkeit ihres Körpers schändeten. Er erlebte eine leichte Form von Synästhesie: auf magische Weise besaßen seine Augen andere Sinne als nur die Sicht. Mit den Augen roch er das saubere, dichte blonde Haar. Mit den Augen ertastete er die Haut und die Muskulatur darunter, die weiche Rundheit ihrer Brüste und die feuchte Wärme in der moschusduftenden Vereinigung ihrer Schenkel. Mit den Augen küßte er den flachen Bauch und schmeckte die salzigen Schweißtropfen, die wie ein juwelenbesetzter Gürtel um sie lagen. Einen Augenblick lang fühlte Colin, mit ihr machen zu können, was er wollte; er war gegen alles geschützt. Er war der unsichtbare Mann.

«Na, wie würde es dir gefallen, mit ihr was zu haben?»

Endlich ließ Colin den Feldstecher sinken. «Wem würde das nicht gefallen?»

«Wir können sie haben.»

«Du lebst in einer Traumwelt.»

«Ihr Mann ist tagsüber auf Arbeit. Sie ist so gut wie allein.»

«Und was verstehst du unter: so gut wie?»

«Sie hat einen fünfjährigen Sohn.»

«Dann ist sie überhaupt nicht allein.»

Colin wußte, daß Roy wieder sein Spiel spielte. Diesmal aber beschloß er, daß er mitmachen würde. «Was hast du vor?»

«Wir gehen rüber und klopfen an. Sie kennt mich. Sie macht auf.»

«Und dann?»

«Wir beide werden mit ihr fertig. Wir stoßen sie zurück, schlagen sie nieder, und ich setze ihr ein Messer an den Hals.»

«Dann schreit sie.»

«Nicht mit einem Messer an der Kehle.»

«Sie wird das für einen Bluff halten.»

«Dann ritze ich ihr die Haut auf», sagte Roy, «damit sie merkt, daß wir es ernst meinen.»

«Was ist mit dem Kind?»

«Ich werd mit Sarah allein fertig. Du kannst das Balg einfangen und fesseln.»

«Womit fesseln wir ihn?»

«Wir nehmen eine Wäscheleine mit.»

«Was geschieht, wenn ich ihn aus dem Weg habe?»

Roy grinste. «Dann ziehen wir sie aus, binden sie aufs Bett und nehmen sie uns.»

«Und du glaubst, sie sagt niemandem, was wir gemacht haben?»

«Natürlich müssen wir sie, wenn wir mit ihr fertig sind, umbringen. Und das Kind auch. Er ist ein mieser Wicht. Ihn kaltzumachen, gefällt mir besonders.»

«Der Plan taugt nichts. Vergiß ihn.»

«Gestern hast du mich herausgefordert, jemand zu töten», sagte Roy. «Jetzt macht dir der Gedanke angst.»

Colin seufzte. «Du schützt dich damit, daß du einen Plan erfindest, der unmachbar ist. Du hast dir überlegt, daß ich ihn madig machen würde, und du dann sagen könntest: ‹Bitte, ich wollte beweisen, daß ich jemanden töten kann, aber Colin war zu feige.›»

«Und was ist an meinem Plan so schlecht?» fragte Roy.

«Erstens, du wohnst neben ihr. Die Polizei würde dich sofort verdächtigen.»

«Mich? Ich bin ein vierzehnjähriger Junge.»

«Alt genug, um verdächtigt zu werden.»

«Dann – du könntest mir ein Alibi geben. Du könntest schwören, ich wäre bei dir gewesen, als sie ermordet wurde.»

«Dann würden sie uns beide verdächtigen.»

Lange Zeit starrte Roy zu Sarah Callahan hinunter. Endlich wandte er sich vom Fenster ab und ging hin und her. «Wir müßten Spuren legen, die sie von uns abbringen. Wir müßten sie in die Irre führen.»

«Bei den Laborausrüstungen, die sie haben? Sie finden dich durch ein einziges Haar, einen Faden –»

«Wenn wir sie so ermorden könnten, daß sie im Traum nicht auf den Gedanken kämen, halbe Kinder könnten die Täter sein?»

«Wie?»

Roy ging weiter auf und ab. «Wir machen es so, daß es die Tat eines Wahnsinnigen ist, eines Sexualmörders. Wir stechen hundertmal auf sie ein. Wir schneiden ihr die Ohren ab. Auch das Kind zerschneiden wir und schreiben mit Blut lauter Verrücktheiten an die Wände.»

«Du gehst wirklich zu weit.»

Roy blieb stehen. «Was ist mit dir? Kannst du kein Blut sehen?»

Colin verbarg, daß ihm schwummrig war. «Selbst wenn du die Polizei damit irreführen könntest, auch sonst ist zuviel an dem Plan falsch.»

«Was zum Beispiel?»

«Jemand könnte uns ins Callahansche Haus gehen sehen.»

«Wer?»

«Jemand, der den Mülleimer rausträgt. Ein Fensterputzer. Jemand, der vorbei fährt.»

«Dann gehen wir durch die Hintertür rein.»

Colin blickte aus dem Fenster. «Die Mauer scheint ums ganze Grundstück zu gehen. Wir müßten vorn hereingehen, dann ums Haus herum bis zur Hintertür.»

«Wir wären in einer Minute über die Mauer geklettert.»

«Wir würden nur noch mehr auffallen, wenn uns einer sieht. Und was ist mit Fingerabdrücken, wenn wir ins Haus kommen?»

«Natürlich müssen wir Handschuhe anziehen.»

«Du meinst, wir kommen bei mehr als dreißig Grad Hitze mit Handschuhen, einer Wäscheleine und einem Messer an – und sie denkt sich nichts und läßt uns rein?»

Roy wurde ungeduldig. «Wenn sie die Tür aufmacht, müssen wir so schnell sein, daß ihr keine Zeit bleibt zu merken, daß was nicht stimmt.»

«Wenn sie es merkt? Wenn sie schneller ist als wir? Mit solchen Möglichkeiten müssen wir rechnen», beharrte Colin.

«Okay. Ich habe das berechnet und finde keinen Anlaß zur Beunruhigung.»

«Noch was. Wie ist es, wenn sie die Innentür aufmacht, nicht aber die Sturmtür?»

«Dann machen wir die auf», sagte Roy. «Kein Problem.»

«Wenn sie abgeschlossen ist, was dann?»

«Mann!»

«Wir müssen mit allen Komplikationen rechnen.»

«Okay, okay. Die Idee ist nicht gut.»

«Das hab ich ja nur gesagt.»

«Ich gebe trotzdem nicht auf.»

«Ich will gar nicht, daß du aufgibst», sagte Colin. «Mir macht das Spiel Spaß.»

«Früher oder später finde ich die richtige Gelegenheit. Ich finde uns jemanden, den wir töten können. Du kannst es mir glauben.»

Sie wechselten sich bei der Beobachtung von Sarah Callahan ab. Zuvor hatte Colin es nicht abwarten können, Roy von Heather zu erzählen. Jetzt aber fand er aus Gründen, die ihm nicht klar waren, daß dies nicht der richtige Zeitpunkt sei. Vorläufig sollte Heather sein Geheimnis bleiben.

Als Sarah Callahan das Sonnenbad beendete, gingen Colin und Roy in die Garage und verbrachten den Montagnachmittag bei der Eisenbahnanlage. Roy entwickelte komplizierte Unglücke und lachte jedesmal, wenn die Züge entgleisten.

Am Abend rief Colin Heather an und verabredete sich mit ihr

am Mittwoch zum Kino. Sie redeten beinahe eine Viertelstunde. Als Colin endlich auflegte, spürte er sein Glück wie ein Licht, das wie eine goldene Aura von ihm ausstrahlte; er leuchtete.

20

Colin und Roy lagen den halben Dienstag am Strand, ließen sich bräunen und beobachteten Mädchen. Roy schien das Interesse an seinem makaberen Spiel verloren zu haben; er sagte kein Wort über Töten.

Um halb drei stand Roy auf und streifte sich den Sand von den nackten Beinen und abgeschnittenen Jeans. Er fand es an der Zeit, in die Stadt zurückzugehen. «Ich möchte noch in die Galerie deiner Mutter.»

Colin riß die Augen auf. «Wozu denn?»

«Um mir die Bilder anzusehen.»

«Warum?»

«Weil ich mich für Bilder interessiere, Blödmann.»

«Seit wann?»

«Immer schon.»

«Das hast du noch nie erwähnt.»

«Du hast nie danach gefragt.»

Sie fuhren mit den Rädern in die Stadt und stellten sie vor der Galerie ab. Ein paar Besucher waren da, die langsam von Bild zu Bild wanderten. Weezys Partnerin, Paula, saß vor dem großen antiken Schreibtisch in der rechten Ecke des Raums, in dem die geschäftlichen Dinge erledigt wurden. Sie war eine schlanke, sommersprossige Frau mit glänzenden kastanienroten Haaren und einer großen Brille. Weezy stand zwischen den Besuchern und erbot sich, Fragen über die Gemälde zu beantworten. Als sie Colin und Roy sah, kam sie sofort mit einem gefrorenen Lächeln auf sie zu. Colin war klar, daß sie zwei sandige, verschwitzte Jungen mit nacktem Oberkörper und abgeschnittenen Jeans nicht für geschäftsfördernd hielt.

Ehe Weezy fragen konnte, was sie wollten, zeigte Roy auf ein großes Gemälde von Mark Thornberg: «Mrs. Jacobs, das ist ein fabelhafter Maler. Großartig. Das hat soviel mehr Tiefe als das zweidimensionale Zeug, das die meisten derzeitigen Maler produzieren. Und die Details erst! Klasse. Wissen Sie, es sieht beinahe so aus, als wollte er den Stil der alten flämischen Meister an einen moderneren Gesichtspunkt anpassen.»

Weezy starrte Roy überrascht an.

Colin staunte auch. Mehr als das. Er war platt. Tiefe? Zweidimensional? Flämische Meister? Er starrte Roy fassungslos an.

«Bist du an Kunst interessiert?» fragte Weezy.

«O ja. Ich denke daran, im College Kunstgeschichte als Hauptfach zu nehmen. Aber das hat noch ein paar Jahre Zeit.»

«Malst du?»

«Ein bißchen. Mit Wasserfarben. Ich bin nicht besonders gut.»

«Das hört sich eher bescheiden an», sagte Weezy. «Offenbar hast du Sinn für Kunst – und einen ausgezeichneten Blick. Du hast genau erkannt, worauf es Mark Thornberg ankommt.»

«Ja wirklich?»

«Ja. Das ist verblüffend. Vor allem für jemand deines Alters. Mark versucht nämlich, die Detailgenauigkeit und die dreidimensionalen Techniken der flämischen Meister zu übernehmen und diese Fertigkeit mit einer modernen Sensibilität und modernen Subjektivität zu verbinden.»

Roy betrachtete die anderen Thornbergs an derselben Wand und sagte: «Ich glaube, ich entdecke eine Spur von ... Jacob DeWitt.»

«In der Tat!» Weezy staunte. «Mark ist ein großer Bewunderer von DeWitt. Du weißt wirklich was über Kunst. Das ist ganz ungewöhnlich.»

Roy und Weezy wanderten von Bild zu Bild, sprachen darüber und lobten den Künstler. Colin trottete hinter ihnen her, alleingelassen und beschämt über seine Unwissenheit – und verwirrt über Roys unerwartete Kennerschaft und ausgezeichnete Erkenntnis.

Bei der ersten Begegnung mit Roy war Weezy positiv von ihm beeindruckt gewesen. Sie hatte das Colin gesagt und durchblicken lassen, daß ein prima Junge wie Roy Borden einen sehr viel besseren Einfluß ausübte als die paar Bücherwürmer und trüben Randfiguren, mit denen er sich früher abgegeben hätte. Nun zog sie Roys Kunstinteresse an. Colin sah die Freude in ihren Augen. Roy verstand es, Charme zu entwickeln, ohne dabei gewollt oder unaufrichtig zu wirken. Er konnte praktisch jeden Erwachsenen für sich einnehmen, sogar die, die er heimlich verachtete.

In einem Ausbruch plötzlicher Eifersucht dachte Colin: *Sie hält mehr von ihm als von mir. Wie sie ihn ansieht! Hat sie mich jemals so angesehen? Nein, zum Teufel! Dieses Biest!*

Die Eindringlichkeit seiner plötzlichen Wut überraschte ihn und machte ihn unsicher. Als Weezy und Roy die letzten Gemälde Thornbergs betrachteten, kämpfte Colin um Selbstbeherrschung.

Ein paar Minuten danach, als er und Roy auf die Räder stiegen, fragte Colin: «Warum hast du mir nie gesagt, daß du dich für Kunst interessierst?»

Roy grinste. «Weil ich mich *nicht* für Kunst interessiere. Ich halte das für ausgemachten Mist und verdammt langweilig.»

«Aber was du da alles verzapft hast –»

«Ich wußte, daß deine Mutter was mit diesem Thornberg hat und seine Bilder in der Galerie verkauft. Ich war in der Bibliothek und hab versucht, was über ihn herauszubekommen. Sie beziehen mehrere Kunstzeitschriften. In *California Artist* stand vor einem Jahr ein Artikel über ihn. Den hab ich mir darum durchgelesen.»

«Warum?» fragte Colin voller Unbegreifen.

«Um deiner Mutter zu imponieren.»

«Warum?»

«Weil ich möchte, daß sie mich leiden kann.»

«Du hast dir all die Mühe gemacht, damit meine Mutter dich mag? Ist dir das so wichtig?»

«Na klar», sagte Roy. «Wir wollen doch nicht, daß sie denkt, ich hätte einen schlechten Einfluß auf dich. Sie könnte dir verbieten, mit mir zusammenzusein.»

«Warum sollte sie meinen, du hättest einen schlechten Einfluß auf mich?»

«Erwachsene haben manchmal komische Vorstellungen», sagte Roy.

«Sie würde mir nie sagen, ich sollte mich von dir fernhalten. Sie glaubt, daß du einen guten Einfluß auf mich hast.»

«Ja?»

«Bestimmt.»

«Na gut, dann war das Theater eine weitere Bestätigung.»

Roy fuhr schnell davon.

Colin folgte ihm erst nach einer Weile. Er war sicher, daß hinter Roys ‹Theater› mehr steckte, als der Freund ihm anvertrauen wollte. Aber was? Was hatte Roy in Wirklichkeit vorgehabt?

21

Weezy konnte am Dienstagabend nicht zu Hause sein; sie hatte eine Verabredung mit einem Geschäftspartner. Sie gab Colin wiederum Geld für Charlies Café, und Colin nahm Roy mit. Nach den Cheeseburgers und einem Milchgetränk sagte Colin: «Willst du einen Film sehen?»

«Wo?»

«Im Fernsehen läuft ein guter. *Der Schatten Draculas.*»

«Warum willst du dir so einen Mist ansehen?»

«Kein Mist. Er hat gute Kritiken bekommen.»

«Es gibt keine Vampire», sagte Roy.

«Vielleicht, vielleicht auch nicht.»

«Überhaupt nicht vielleicht. Bestimmt nicht. Vampire ... das ist Blödsinn!»

«Aber sie eignen sich für gruselige Filme.»

«Langweilige Filme.»

«Warum probierst du es nicht mal?»

Roy schüttelte seufzend den Kopf. «Wie kannst du vor etwas Angst haben, das nicht existiert?»

«Dazu brauchst du nur ein bißchen Phantasie und Vorstellungskraft.»

«Warum soll ich mir Gruseliges *vorstellen*, wenn es so viel Echtes gibt, wovor man Angst haben kann?»

«Okay, dann willst du eben den Film nicht sehen.»

«Außerdem habe ich für später was geplant.»

«Was?» fragte Colin.

Roy sah ihn bedeutungsvoll an. «Das wirst du schon sehen.»

«Mach doch kein Geheimnis draus. Sag schon.»

«Wenn es soweit ist.»

«Wann?»

«Hm – um acht Uhr.»

Sie radelten zum kleinen Bootshafen, ketteten die Fahrräder auf dem Parkplatz an und erforschten die vielen kleinen Läden und Hafenbars. Sie schlenderten durch Touristenschwärme und hielten nach hübschen Mädchen in Shorts oder Bikinis Ausschau. Über der Bucht segelten und tauchten die Möwen. Mit durchdringenden, melancholischen Schreien flogen sie auf und nieder, hin und her und nähten den Himmel, die Erde und das Wasser zusammen. Colin fand den Hafen schön. Die untergehende Sonne schien zwischen zerklüfteten weißen Wolken durch und lag in schimmernden, bronzefarbenen Tümpeln auf der Wasseroberfläche. Sieben kleine Boote segelten in Formation durch das stille Wasser der Bucht auf die offene See hinaus. Der Abend war in das eigenartige kalifornische Licht getaucht, das so klar ist, gleichzeitig aber den Eindruck erweckt, als sähe man durch zahllose Lagen teuren und glänzend polierten Kristalls. In diesem Augenblick schien der Hafen der sicherste und einladendste Ort auf der Erde zu sein, aber Colin war zu der Klarsicht verurteilt zu wissen, wie er sich in ein bis zwei Stunden zum Nachteil verändern würde. In Gedanken konnte er den Hafen bei Nacht sehen – die Menschen verschwunden, die Geschäfte geschlossen und kein Licht mehr, von ein paar Werftlampen abgesehen. In den Nachtstunden würde nur noch die Stimme der Nacht zu hören sein: Das ständige Plätschern der See an den dunklen Pfählen, das Knirschen der verankerten Boote, das gespenstische Geraschel von Flügeln, wenn die Möwen sich zum Schlaf zurechtsetzten, und das immerwährende Strömen dämonischen Gewispers, das die meisten Menschen nicht hören konnten. Er wußte, daß das Böse mit dem Sterben des Lichts herankriechen würde. In den einsamen Schatten würde ein Untier aus dem Wasser steigen, etwas Schleimiges mit Schuppen, mit gräßlichem, unersättlichem Hunger, mit rasiermesserscharfen Zähnen und gewaltigen Kiefern. Colin, der das Schreckensbild aus einem Film nicht abschütteln konnte, entdeckte, daß er die Schönheit um ihn herum nicht mehr genießen konnte.

Manchmal fragte er sich, ob er verrückt wäre.

Manchmal haßte er sich.

«Jetzt ist es acht Uhr», sagte Roy.

Roy fuhr voraus zum östlichen Ende der Central Avenue, dann weiter nach Osten auf der Santa Leona Road. In den Bergen hinter der Stadt fuhren sie über eine schmale, ungepflasterte Straße, folgten ihr über einen Hügel und ein flaches Tal. Rechts und links des staubigen Wegs blühten Wildblumen wie blaue und rote Flammen im hohen trockenen Gras. Der Sonnenuntergang stand bevor, und hier, so nahe dem Meer, war die Dämmerstunde nur eine Frist von fünfzehn Minuten. Die Nacht eroberte das Land schnell. Wohin sie auch fuhren, sie würden im Dunkeln zurückkommen müssen. Colin war das sehr unangenehm.

Als sie wieder auf der Anhöhe waren, umrundeten sie eine Kurve, die im Schatten mehrerer Eukalyptusbäume lag. Der Weg endete kurz darauf mitten in einem Autofriedhof.

«Hermit Hobson gehörte das hier», erklärte Roy.

«Wer ist das?»

«Er hat früher hier gewohnt.»

Eine einstöckige Bretterbude lag über den zweihundert oder mehr rostenden Automobilen, die über das Gelände des grasbewachsenen Hügels verstreut waren. Sie stellten die Räder vor der Bude ab. «Warum heißt er Hermit?» fragte Colin.

«Weil er wie ein Eremit gelebt hat. Er war hier ganz allein und mochte keine Menschen.»

Eine Eidechse, blau-grün gefärbt, glitt über eine der schiefen Stufen, erstarrte dann und sah aus einem milchigen Auge die Jungen an.

«Was ist mit den Autos?» fragte Colin.

«Davon hat er gelebt. Er kaufte Unfallwagen auf und verkaufte Ersatzteile. Er brauchte nicht viel Geld.»

«Das sieht man.»

Die Eidechse lief die Stufe hinunter auf ein Stück harte, trokkene Erde. Sie war immer noch sehr wachsam.

«Später», fuhr Roy fort, «hat Hermit Hobsen Geld geerbt.»

«Viel?»

«Nein, aber genug, um hier bleiben zu können, ohne das Geschäft weiterführen zu müssen. Von da an sah er nur Menschen, wenn er einmal im Monat zum Einkaufen in die Stadt kam.»

Die Eidechse kehrte zur Stufe zurück, erstarrte wiederum, war diesmal aber von ihnen abgewandt. Roy war blitzschnell. Die Eidechse konnte gleichzeitig nach vorn, zur Seite und nach hinten sehen und bemerkte ihn. Dennoch bekam er sie noch am Schwanz zu fassen, hielt sie fest und zertrat ihr den Kopf.

Colin kehrte sich angewidert an. «Warum, zum Teufel, mußte das nun wieder sein?»

«Hast du es knirschen hören?»

«Zu was soll das nützen?»

«Es war stark.» Roy wischte den Schuh im Gras ab.

Colin räusperte sich. «Wo ist Hermit Hobson jetzt?»

«Tot.»

Colin sah Roy argwöhnisch an. «Wahrscheinlich wirst du mir gleich weismachen wollen, daß du den auch getötet hast.»

«Woher denn. Der ist ganz natürlich gestorben. Vor vier Monaten.»

«Warum sind wir dann hier?»

«Wegen des Zugunglücks. Komm mit, ich zeig dir, was ich gemacht habe.» Er ging auf die rostenden Autos zu.

Colin folgte ihm langsamer. «Es wird sehr bald dunkel sein.»

«Das ist gut. Dann können wir sicherer entkommen.»

«Vor was entkommen?»

«Vom Tatort.»

«Vom Ort welcher Tat?»

«Hab ich doch gesagt, vom Zugunglück.»

«Wovon redest du?»

Colin gab keine Antwort. Sie gingen durch kniehohes Gras. Dicht neben den Autowracks, wohin kein Mäher reichte und wo Hermit Hobson nie mit der Sense gemäht hatte, war das Gras dichter und höher als anderswo. Der Gipfel des Hügels endete in einer Rundung, die wie ein Schiffsbug aussah. Roy stand am Rand und sah nach unten. «Da wird es geschehen.»

Knapp zwanzig Meter unter ihnen führte eine Bahnstrecke um den Hügel herum. «Wir lassen ihn in der Kurve entgleisen», sagte Roy. Er deutete auf zwei parallele Streifen schweren Wellblechs, die von den Schienen den Hügel hinauf und über die Kuppe liefen. Hobson hatte alles gesammelt. Ich hab fünfzig von diesen großen Blechen in Schrotthaufen hinter seiner Hütte gefunden. Da hab ich Schwein gehabt, denn ohne sie hätte ich das nie vorbereiten können.»

«Wofür sind sie denn?» fragte Colin.

«Für den Laster.»

Ein alter, verbeulter Ford-Kleinlaster stand etwa zehn Schritte vom Abhang entfernt. Die Wellblechbahnen führten bis zu ihm und unter ihn. Der Ford hatte keine Reifen; seine rostigen Felgen standen auf den Blechplatten.

Colin ging neben dem Ford in die Hocke. «Wie hast du das Wellblech drunter bekommen?»

«Ich hab immer ein Rad mit einem Wagenheber aus einem der Autowracks angehoben.»

«Und warum das Ganze?»

«Weil wir den Wagen nicht durch den Sand schieben können. Die Räder graben sich in den Boden ein.»

Colin blickte vom Lastwagen zur Hügelkuppe. «Versteh ich das richtig? Du willst den Laster über die von dir gelegte Spur schieben und ihn den Hügel hinunter in den Zug rollen lassen.»

«Ja.»

Colin seufzte. «Wieder so ein idiotisches Spiel!»

«Kein Spiel.»

«Vermutlich soll ich jetzt wieder das machen, was ich schon bei dem Sarah Callahan-Spiel gemacht habe. Du willst, daß ich dir die Fehler vorführe, damit du eine Entschuldigung zum Kneifen findest.»

«Was für Fehler?» forderte ihn Roy heraus.

«Erstens: Der Zug ist zu groß und schwer, um von so einem Kleinlaster zum Entgleisen gebracht zu werden.»

«Nicht, wenn wir es richtig machen. Wenn wir es richtig abpassen, wenn der Laster dann den Hügel runterkommt, wenn der Zug in der Kurve ist, wird der Lokführer bremsen. Wenn er versucht, den Zug in einer so engen Kurve anzuhalten, wird er wie verrückt schlingern. Und wenn ihn dann der Laster trifft, kippt er von den Schienen.»

«Das glaub ich nicht.»

«Da irrst du dich», sagte Roy. «Die Chance ist groß, daß es so kommt, wie ich es sage. Es lohnt sich. Selbst wenn der Zug nicht entgleist, werden sie eine höllische Angst bekommen. Wie es auch geht: Es wird stark!»

«Da ist noch was, was du nicht überlegt hast. Der Lastwagen steht hier schon seit zwei Jahren herum. Die Räder sind verrostet. Sie werden sich nicht drehen, so sehr wir auch schieben.»

«Falsch», sagte Roy strahlend. «Daran hab ich gedacht. In den letzten Jahren hat es nur sehr wenig geregnet. Sie waren nicht stark verrostet. Ich hab ein paar Tage Arbeit reingesteckt, aber jetzt drehen sie sich.»

Nun erst entdeckte Colin die dunklen Ölspuren an dem Rad neben ihm. Er griff nach innen und fühlte, daß es frisch und sehr reichlich geschmiert war. Seine Hand war feucht.

«Na, siehst du noch mehr Fehler im Plan?» fragte Roy grinsend.

Colin wischte sich die Hand im Gras ab und stand auf.

Die Sonne war gerade untergegangen. Der westliche Himmel glänzte golden.

«Wann willst du es tun?» fragte Colin.

Roy sah auf die Uhr. «In sechs bis sieben Minuten.»

«Kommt dann ein Zug?»

«Sechsmal in der Woche kommt um diese Zeit ein Personenzug hier durch. Er kommt aus San Diego, hält in Los Angeles und fährt dann über San Francisco bis nach Seattle, von wo er zurückfährt. Ich war viele Nächte hier oben und hab ihn beobachtet. Er rast ganz schön; es ist ein D-Zug.»

«Du sagtest, man müßte es genau abpassen. Aber wie genau du es auch geplant hast, du weißt nicht, ob die Bahn mitspielt. Züge sind nicht immer auf die Minute pünktlich.»

«Der war es bisher immer», sagte Roy zuversichtlich. «Und so wichtig ist es auch nicht. Wir brauchen nur den Laster hart an den Rand zu schieben und dann abzuwarten, bis der Zug fast da ist. Sobald wir die Lokomotive sehen, geben wir ihm einen kleinen Stoß, kippen ihn über den Rand – und ab geht die Post!»

Colin biß sich mit gerunzelter Stirn auf die Lippe. «Ja, du hast alle so vorbereitet, daß es geht.»

«Falsch! Ich will es machen.»

«Es ist ein Spiel. Irgendwo ist ein großer Fehler im Plan, den ich herausfinden soll.»

«Kein Fehler.»

Vor den beiden Vorderrädern lagen Hemmschuhe aus Holz. Roy zog sie heraus und warf sie zur Seite.

«Wo ist der Dreh?» fragte Colin.

«Wir müssen uns jetzt ranhalten.»

«Es muß einen Dreh geben.»

«Wir haben nicht viel Zeit.»

Beide Türen des Lastwagens waren ausgehängt. Roy ging zur offenen Fahrerseite, griff hinein und umfaßte mit der rechten Hand das Lenkrad. Die linke Hand legte er auf den Türrahmen, um schieben zu können.

«Roy, warum gibst du nicht auf? Ich *weiß*, daß da irgendwo ein Haken ist.»

«Geh schon auf die andere Seite und hilf mir.»

Immer noch nach dem Fehler suchend und überlegend, was er übersehen haben könnte, immer noch überzeugt, daß Roy ihm einen raffinierten Streich spielen wollte, ging Colin um den Laster herum. Roy sah durch das offene Fahrerhaus zu ihm herüber.

«Leg beide Hände auf den vorderen Türrahmen und schieb.»

Colin gehorchte. Sie schoben. Der Laster rührte sich nicht.

«Der steht hier schon lange», sagte Roy. «Er hat sich selbst eingedrückt.»

«Aha!» sagte Colin. «Und wir sind natürlich nicht stark genug, ihn rauszuschieben.»

«Klar sind wir das. Lehn dich mit dem Rücken dagegen.»

Colin strengte sich an.

«Fester!» keuchte Roy.

Er kommt hier nicht raus, dachte Colin. Roy weiß das. So hat er es geplant.

«Schieb doch!»

Der Boden war nicht flach. Er neigte sich leicht zum Rand des Hügels.

«Fester!»

Die feste, von der Sonne gebackene Erde half ihnen – und die Schienen aus Wellblech halfen ihnen.

«Fester!»

Das Schmieröl half auch.

«Hau ruck!»

Der Kleinlaster setzte sich in Bewegung.

22

Als er merkte, daß der Wagen rollte, sprang Colin erstaunt zurück. Der Laster blieb mit einem lauten Quietschen stehen.

«Was hast du denn jetzt gemacht? Wir hatten ihn in Bewegung, um Himmels willen! Warum hast du aufgehört?»

Colin sah ihn von der anderen Seite aus an. «Okay. Nun sag es endlich. Wo ist der Gag?»

Roy war wütend. Seine Stimme war hart und kalt und betonte jedes Wort. «Krieg – es – endlich – in – deinen – Kopf. Es – gibt – keinen – Gag!»

Sie starrten sich im rauchigen Dämmerlicht an. «Bist du mein Blutsbruder?» fragte Roy.

«Ja.»

«Stehen wir nicht zusammen gegen die Welt?»

«Ja doch.»

«Tun Blutsbrüder nicht alles füreinander?»

«Fast alles.»

«Alles! Alles, Colin! Keine Wenns und Abers. Nicht bei Blutsbrüdern und das bist du doch.»

«Hab ich das nicht gesagt?»

«Dann schieb, verdammt noch mal!»

«Roy, das geht zu weit.»

«Es geht erst weit genug, wenn er über die Hügelkante ist.»

«Wir könnten zufällig den Zug zum Entgleisen bringen.»

«Das ist kein Zufall. Nun schieb!»

«Na gut. Ich gebe auf. Ich schieb nicht mehr weiter. Du hast gewonnen, Roy.»

«Was zum Teufel soll das?»

«Ich steige aus.»

Roys Stimme war verzerrt, beinahe hysterisch. Seine Augen brannten. Er funkelte Colin durch die Türöffnung an. «Willst du mich im Stich lassen?»

«Natürlich nicht.»

«Bist du auch so ein Schuft? Bist du wie alle anderen gottverdammten Heuchler, Betrüger und Lügner?»

«Roy –»

«Hast du nichts von dem gemeint, was du zu mir gesagt hast?»

In der Ferne drang das Pfeifen einer Lokomotive durch das Zwielicht.

«Das ist er!» stöhnte Roy verzweifelt. «Der Lokomotivführer pfeift immer, wenn er über die Ranch Road kommt. Wir haben nur noch drei Minuten. Hilf mir.»

Sogar in der fast völligen Dunkelheit konnte Colin noch die Wut auf Roys Gesicht und den Wahnsinn in seinen so blauen Augen sehen. Er war erschüttert und trat noch einen Schritt vom Laster zurück.

«Gemeiner Hund!» Roy versuchte, den Wagen allein zu schieben.

Colin erinnerte sich an sein Benehmen in der Garage, wenn sie mit Mr. Bordens Eisenbann spielten. Wie er die Züge mit hemmungslosem Entzücken verunglücken ließ. Wie er durch die Fenster der entgleisten Wagen starrte. Wie er sich vorstellte, richtige Leichen, richtiges Blut, eine echte Tragödie vor sich zu haben – und wie er sich an diesen kranken Phantasien weidete.

Das war kein Spiel.

Es war nie ein Spiel gewesen.

Schiebend, ausruhend, schiebend – in einem festen Rhythmus stieß Roy den Laster hin und her, bis er plötzlich den toten Punkt überwunden hatte und rollte.

«Nein!» sagte Colin.

Die Schwerkraft half. Die Räder drehten sich langsam und widerstrebend. Sie kreischten und knirschten. Die Metallräder mahlten auf den Wellblechbahnen. Aber sie drehten sich.

Colin rannte um den Wagen herum, packte Roy und zerrte ihn fort. «Roy, das kannst du nicht!»

«Hau ab!»

Roy riß sich los, stieß Colin zurück und sprang zum Lastwagen, der in dem Moment stehen geblieben war, in dem Roy nicht mehr schob. Die Neigung war nicht stark genug, daß der Ford von allein weiter rollte. Roy schaukelte ihn wieder hin und her.

«Du kannst all diese Menschen nicht umbringen wollen!»

«Warte es ab.»

Diesmal brauchte der kleine Laster nicht mehr soviel Energie wie am Anfang. Vielleicht machte der Wahnsinn Roy auch um vieles stärker. Nach wenigen Sekunden rollte der Ford wieder.

Colin stürzte sich auf Roy und riß ihn abermals zurück. Wütend und fluchend drehte sich Roy um und stieß ihm zweimal die Faust in den Magen. Colin sank in sich zusammen. Er ließ Roy los, würgte, beugte sich vor, sackte nach hinten, taumelte und fiel um. Der Schmerz war unerträglich. Es fühlte sich an, als wären Roys Fäuste durch ihn durchgegangen und hätten ihn durchlöchert. Er bekam keine Luft. Die Brille war heruntergefallen. Er konnte nur verschwommene Umrisse des Schrottplatzes sehen. Hustend, würgend und immer noch nach Luft schnappend, tastete er das Gras ab. Er mußte wieder sehen können.

Roy grunzte und murmelte vor sich hin, während er versuchte, den Laster in Bewegung zu setzen.

Plötzlich hörte Colin noch ein Geräusch.

Der Zug! Noch in der Ferne. Nicht mehr weit. Er kam näher.

Colin ertastete die Brille und setzte sie auf. Durch Tränen sah er, daß der Lastwagen noch ein ganzes Stück vom Rand des Abhangs entfernt war und Roy ihn gerade erst wieder zum Rollen gebracht hatte. Er versuchte aufzustehen. Er war gerade auf die Knie gekommen, als eine schneidende Welle des Schmerzes ihn durchflutete und ihn lähmte.

Der Ford war ein wenig näher am Abhang und bewegte sich langsam vorwärts, langsam, Zoll für Zoll, aber er bewegte sich. Dem Geräusch nach mußte der Zug unten im Tal in die Kurve gefahren sein.

Der Laster rückte weiter. Noch vier Schritte, drei, zwei.

Er rollte von der Wellblechbahn herunter; die Räder gruben sich in die Erde. Er bewegte sich nicht mehr. Da er nur von links geschoben wurde, war er nach rechts abgewichen, und Roy hatte nicht rasch genug am Steuer drehen können.

Colin zog sich am Türgriff eines zerbeulten Dodge hoch und stand auf zitternden Beinen.

Der Zug donnerte im Tal über die Schienen.

Roy rannte zum Rand des Hügels und blickte auf den Zug hinunter, den Colin nicht sehen konnte.

In weniger als einer Minute wurde das Geräusch des D-Zugs leiser. Er war auf seinem Weg nach San Francisco.

Die leisen Nachtgeräusche kehrten zurück. Eine Weile war Colin zu benommen, sie zu hören.

Dann schrie Roy auf. Er hob die Fäuste zum Himmel und schrie wie ein Tier in Todesqual. Er dreht sich um und kam auf Colin zu.

«Ich bringe dich um.»

Colin rannte.

23

Während Colin um sein Leben rannte, war ihm sehr deutlich bewußt, daß er noch nie ein Rennen gewonnen hatte. Seine Beine waren dünn; Roys Beine waren muskulös. Seine Kraftreserven waren minimal; Roys Kraft und Ausdauer flößten Bewunderung ein. Colin wagte nicht, über die Schulter zu blikken.

Der Autofriedhof war ein komplizierter Irrgarten. Er rannte gebückt durch die sich windenden und sich kreuzenden Wege und nützte die von den Schrottwagen gebotene Deckung in jeder Weise aus. Er rannte nach rechts zwischen die ausgewrackten Leichen zweier Buicks, vorbei an riesigen Türmen alter Reifen und verbeulten, rostenden Plymouths, entlang eingedrückter zerfallender Fords, Dodges, Toyotas, Oldsmobiles und Volkswagen. Er sprang über ein ausgebautes Getriebe, machte einen Hindernislauf über verstreute Reifen und steuerte nach Osten in die Richtung von Hermit Hobsons Hütte, die so unglaublich weit fort war, fast eine Viertelmeile; dann bog er scharf nach Süden ab, durch eine enge Gasse, in der Stoßdämpfer und Scheinwerfer wie Minen im hohen Gras verborgen lagen. Nach zehn Schritten drehte er nach Westen ab, jeden Augenblick damit rechnend, von hinten angesprungen zu werden, aber weiterhin entschlossen, zwischen sich und Roy Mauern aus Schrott aufzurichten.

Nach einer Zeit, die auf ihn wie eine Stunde wirkte, aber wahrscheinlich nur Minuten dauerte, erkannte Colin, daß er nicht ewig weiterrennen konnte, daß er sehr schnell das Richtungsgefühl verlieren würde und an der nächsten Biegung oder Quergasse in Roy hineinrennen müßte, denn er wußte tatsächlich nicht mehr genau, ob er sich dem Punkt, an dem die Verfolgungsjagd begonnen hatte, näherte oder sich von ihm entfernte. Er riskierte einen Blick über die Schulter und sah, daß er wie durch ein Wunder allein war. Er blieb neben einem zerbeulten Cadillac stehen und kauerte sich in der Dunkelheit neben ihm nieder. Colin spürte das Entsetzen, von der Nacht mit Roy eingefangen zu sein. Aber er hatte ebenso große Angst vor den bedrohlichen Ungeheuern, die auf dem Schrottplatz nachts auf der Lauer liegen mochten: Fremdartige Kreaturen, Monstren, blutsaugende Schemen, vielleicht sogar die Geister der Menschen, die in diesen zertrümmerten Autos gestorben waren.

Hör damit auf! dachte er zornig. Das ist dumm. Es ist kindisch.

Er mußte sich auf die Gefahr konzentrieren, von der er *wußte*. Roy. Er mußte sich vor Roy retten. *Dann* konnte er sich über die anderen Dinge Sorgen machen.

Denk doch nach, verdammt noch mal!

Er merkte, wie laut er atmete. In der frischen Nachtluft würde sein Keuchen von weit her zu hören sein. Roy brauchte nur dem Geräusch nachzugehen. Angesichts dieser gefährlichen Lage konnte Colin sich zwar nicht beruhigen, jedoch gelang es ihm mit viel Energie, leise zu atmen.

Er horchte.

Nichts.

Colin fing an, Einzelheiten der kleinen Welt seines Verstecks wahrzunehmen. Der Cadillac lag warm und hart an seinem Rücken. Das trockene und steife Gras roch nach Heu. Die Hitze strahlte in die Höhe, weil die Erde die aufgestaute Sonnenwärme an die kühlere Nacht abgab. Als das letzte Licht vom Himmel wich, schienen Schatten über dem Land zu schwanken und zu zittern. Er hörte auch etwas: Den schrillen Ruf eines Vogels; das verstohlene Rascheln einer Feldmaus; die allgegenwärtigen Kröten; der Wind, der durch die Eukalyptusbäume säuselte, die an drei Seiten das Gelände säumten.

Nur Roy machte kein Geräusch.

War er noch da?

War er wütend nach Hause gegangen?

Zu aufgeregt, um lange stillhalten zu können, richtete sich Colin weit genug auf, um durch die verschmutzten Fenster des Cadillac über das von Wracks gesprenkelte Feld zu blicken. Viel war nicht zu sehen. Die Autos verloren sich im Dunkel der Nacht.

Plötzlich wurde seine Aufmerksamkeit abgelenkt, als er hinter sich eine Bewegung mehr ahnte als hörte. Er wirbelte herum; sein Herz hämmerte. Roy ragte über ihm auf, ein dämonisches Grinsen auf dem Gesicht. Er hielt ein Montiereisen wie einen Baseballschläger.

Eine Sekunde bewegte sich keiner von beiden. Ein Spinngewebe von Erinnerungen machte sie bewegungslos, freundliche Erinnerungen hielten sie wie dicke Stränge aus Spinnenseide. Sie waren Freunde gewesen, doch nun waren sie Feinde. Der Wechsel war zu abrupt gekommen, der Grund zu irrsinnig, als daß sie über die Bedeutung hätten nachdenken können. Wenigstens empfand Colin es so. Und während sie sich anstarrten, wurde die Hoffnung in ihm wach, daß Roy merken würde, wie verrückt dies war, und wieder Herr seiner Sinne wurde.

«Ich bin dein Blutsbruder», sagte er leise.

Roy holte mit dem Montiereisen aus. Colin ließ sich fallen, um dem Schlag auszuweichen. Das Eisen zerschmetterte das Seitenfenster des Cadillac. Mit einer einzigen graziösen Bewegung zog Roy das Eisen aus dem Fenster, schrie dabei wie von bösen Geistern besessen, hob es hoch, als wolle er Holz hacken, und hieb mit aller Kraft zu. Colin rollte vom Cadillac fort, rollte immer weiter durch das knisternde Gras. Er hörte das Eisen mit Wucht auf der Stelle aufschlagen, auf der er sich noch vor einer Sekunde befunden hatte, und er wuße, daß es ihm den Schädel zertrümmert hätte, wäre er nicht schnell genug fortgekommen.

«Du gemeiner Hund!» schrie Roy.

Colin rollte fünf, sechs Schritte weiter und kam auf die Beine. Als er sich aufrichtete, stürzte sich Roy auf ihn und schlug wieder mit dem Eisen zu. Es schnitt zischend durch die Luft und verfehlte ihn um Haaresbreite. Keuchend taumelte Colin zurück, versuchte sich aus Roys Reichweite zu halten – und prallte gegen ein anderes Auto.

«Gefangen», sagte Roy. «Ich habe dich in der Falle, du mieses Schwein!»

Roy schlug so schnell zu, daß Colin das Montiereisen fast nicht kommen sah. Er duckte sich im allerletzten Augenblick, und die Keule pfiff über seinen Kopf weg und brachte das Auto zum Dröhnen. Das Geräusch war wie ein Schuß, der eine Glokke traf, deren unmelodisches Echo um den Schrottplatz lief. Das Eisen traf so hart auf den Wagen, daß es Roy aus der Hand gerissen wurde, in die Nacht wirbelte und in einiger Entfernung von ihm ins Gras fiel.

Roy schrie vor Schmerz laut auf. Der Rückstoß des Aufpralls übertrug sich vom Eisen in seine Hand. Er umfaßte die schmerzende Hand mit der anderen und stieß gellende Flüche aus.

Colin nützte Roys kurze Außergefechtsetzung aus und machte, daß er davonkam.

24

Im Chevrolet stank es. Es gab mehrere, klar zu unterscheidende unangenehme Gerüche, und Colin konnte sich einige ihrer Ursachen vorstellen, wenn auch nicht alle. Altes Schmierfett mit Schimmel. Feuchte Polster und verfaulende Teppiche. Einer der Gerüche aber, den er nicht ausmachen konnte, war stärker als die anderen. Ein Duft von gekochtem Schinken, süßlich im einen Augenblick, ranzig im nächsten. Er fragte sich, ob ein totes Tier im Wagen wäre, ein verwesendes Eichhörnchen oder eine Maus oder Ratte, von sich windenden Maden erobert, dicht neben ihm in der undurchdringlichen Dunkelheit. Manchmal wurde das Bild eines schwärenden Leichnams in seinen Gedanken so lebendig, daß er vor Ekel würgte, obwohl er doch wußte, daß selbst dieses leise Geräusch Roy auf ihn aufmerksam machen könnte.

Colin saß auf der stinkenden rechten Seite der Rückbank des Chevrolet. Er blickte nach vorn, hatte die Knie leicht angezogen und die Arme vor die Brust gelegt, wie ein Embryo, voller Angst, schwitzend und dennoch frierend, im dunklen Schatten Schutz suchend, sich aber peinlich bewußt, daß an diesem Ort kein wirklicher Schutz zu finden war. Das Rückfenster und die beiden hinteren Seitenfenster waren noch ganz, vorn aber fehlte alles Glas. Manchmal drang ein Luftzug von draußen herein, ohne die Luft frischer zu machen; er rührte nur die Gerüche auf, bis sie stärker, ja sogar stechender wurden als zuvor. Er horchte auf Geräusche von Roy, die der Wind hereintragen könnte, aber lange blieb es auf dem Schrottplatz still.

Es war nun tiefe Nacht. Am westlichen Horizont blieb nicht der schwächste Widerschein. Im Osten stand die Mondsichel niedrig am Himmel, aber ihr Schein drang nicht in das Innere des Autos.

Colin blieb nichts zu tun, als nachzudenken, und er konnte an nichts anderes denken als an Roy. Er konnte der Wahrheit nun nicht mehr ausweichen: Dies war kein Spiel. Roy war wirklich ein Mörder. Roy hätte den kleinen Laster den Abhang hinuntergestoßen. Es gab keinen Zweifel. Er hätte den Zug verunglücken lassen. Er würde Sarah Callahan vergewaltigt und getötet haben, wenn Colin die Fehler seines Plans nicht entdeckt hätte. Und, dachte Colin, er hätte mir mit dem Montiereisen den Schädel eingeschlagen, wenn ich ihm nicht entkommen wäre. Auch darüber gab es nicht den leisesten Zweifel. Der Schwur der Blutsbrüderschaft bedeutete nichts mehr. Vielleicht hatte er nie etwas bedeutet. Er hielt es sogar für möglich, daß Roy die beiden Jungen tatsächlich so getötet hatte, wie er es behauptete. Den einen stieß er über die Klippe von Sandman's Cove, den anderen besprühte er mit Feuerzeugbenzin und zündete ihn an.

Aber warum?

Die Wahrheit war ihm bekannt, nicht aber ihre Deutung. Die Wahrheit ergab keinen Sinn, und das war so beängstigend. Die Tatsachen lagen offen auf der Hand: aber die Tatsachen waren das Endprodukt einer langen Fertigungsreihe, deren Maschinen nicht sichtbar waren.

Fragen jagten sich in Colins Kopf. Warum will Roy Menschen töten? Macht es ihm Freude? Was für eine Art von Freude, um Gottes willen? Ist er wahnsinnig? Warum sieht er nicht wie ein Wahnsinniger aus, wenn er das ist? Warum sieht er ganz normal aus? Er stellte sich diese und hundert andere Fragen, fand aber keine Antworten.

Colin erwartete eine klare und geradlinige Welt. Er wollte sie in zwei Lager teilen können: in eins der Guten und eins der Bösen. Auf diese Weise hatte jedes Ereignis, jedes Problem und jede Lösung eine schwarze und eine weiße Seite, und man wußte immer genau, wo man stand. Er glaubte ziemlich sicher, daß die wirkliche Welt dem Land des *Herrn der Ringe* glich, wo die Gesegneten und die Verdammten in zwei getrennte Armeen aufgeteilt wurden. Aber wie sehr er es auch prüfte und von welchem Winkel aus er es betrachtete, Roys Betragen im letzten Monat ließ sich nicht einordnen. Roy hatte viele Eigenschaften, die Colin bewunderte, ihn um sie beneidete und sie gern übernehmen wollte; aber Roy war auch ein kaltblütiger Mörder. Roy war nicht schwarz und nicht weiß; er war nicht einmal grau. Er hatte hundert, nein, tausend Schattierungen von Grau, die sich zusammenwanden und wirbelten wie Tausende von Rauchsäulen. Colin konnte seine Ansicht über das Leben nicht mit der plötzlichen Entdeckung eines Wesens wie Roy in Einklang bringen. Die unübersehbaren Verzweigungen Roys schillernder Moral waren beängstigend. Colin würde seine so gemütliche Philosophie ganz neu überdenken müssen. Alle Menschen in seinem Leben mußten aus den Fächern herausgeholt werden, in die er sie gesteckt hatte. Er würde jeden neu und sorgfältiger als zuvor beurteilen müssen und sie ... wohin einordnen? Wenn es kein Schwarz-Weiß-System gab, gab es auch keine kleinen Fächer mehr. Wenn es nicht immer eine klare Unterscheidung zwischen richtig und falsch gab, konnte man Menschen nicht etikettieren, wegstecken und vergessen; und dann wurde das Leben unerträglich schwer zu leben.

Natürlich konnte Roy besessen sein.

Sobald Colin auf diesen Gedanken kam, wußte er, daß er die Antwort hatte. Er griff gierig zu. Wenn Roy von einem bösen Geist besessen war, trug er keine Verantwortung für seine ungeheuerlichen Handlungen. Roy selber war gut, aber der Dämon in ihm war böse. Ja! Das war es! Das erklärte die scheinbare Gegensätzlichkeit. Besessen wie das Mädchen im *Exorzisten.* Wie der kleine Junge im *Omen.* Oder Roy war von einem Fremden besessen, einem Wesen von einem anderen Planeten, das von den Sternen zur Erde gereist war. Ja, das mußte es sein. Das war eine bessere, wissenschaftlichere, weniger abergläubische Erklärung als die ersten. Kein Dämon, sondern ein böses fremdes Wesen. Wenn es so war, dann mußte er sofort, ohne die geringste Verzögerung eingreifen, solange noch die kleinste Chance existierte, die Welt zu retten. Als erstes mußte er einen unwiderlegbaren Beweis für die Invasion finden. Dann mußte er diesen Beweis benützen, andere davon zu überzeugen, daß größte Gefahr bestand. Und endlich mußte er –

«Colin!»

Er zuckte zusammen, richtete sich auf, war entsetzt und zitterte. Er war zu erschrocken, um atmen zu können.

«He, Colin!»

Roy, der seinen Namen rief, riß ihn in die Wirklichkeit zurück.

«Colin, kannst du mich hören?»

Roy war nicht in der Nähe. Er rief laut. «Colin, ich hab es falsch gemacht!»

Colin wartete.

«Hörst du mich?»

Colin antwortete nicht.

«Ich hab was ganz Blödes gemacht», sagte Roy.

Colin schüttelte den Kopf. Er wußte, was nun kam und er war platt, daß Roy es auf eine so primitive Tour versuchte.

«Ich hab das Spiel zu weit getrieben.»

Das funktioniert nicht, dachte Colin. Damit überzeugst du mich nicht. Jetzt nicht und nie mehr.

«Ich hab dir mehr Angst eingejagt, als ich wollte», sagte Roy. «Es tut mir wirklich sehr leid.»

«Mann», flüsterte Colin leise vor sich hin.

«Ich wollte den Zug nicht entgleisen lassen, glaub mir.»

Colin streckte sich wieder auf der Rückbank aus.

Ein paar Minuten lang setzte Roy seinen Sirenengesang mit weiteren Strophen fort, merkte dann aber doch, daß Colin sich nicht von ihm betören ließ. Es gelang Roy nicht, seine Enttäuschung zu tarnen. Mit jeder so offenkundig gelogenen Erklärung wurde seine Stimme angespannter. Endlich explodierte er. «Du widerlicher, kleiner Kriecher! Ich finde dich. Ich kriege dich in die Finger. Ich schlage dir deinen verdammten Schädel ein, du kleiner Hund! Du Verräter!»

Stille.

Natürlich auch Wind und Grillen – Kröten.

Aber kein Mucks von Roy.

Die Stille war nervenzerfetzend. Colin hätte Roy lieber fluchen, brüllen und auf der Suche nach ihm durch den Schrottplatz toben hören; dann hätte er gewußt, wo der Feind war.

Als er auf Roy horchte, wurde der manchmal süße und manchmal ranzige Schinkengeruch immer stärker. Er fand eine makabere Erklärung dafür. Der Chevy war in einem furchtbaren Unfall gewesen. Der Kühler war eingedrückt, die Frontscheibe kaputt, beide Vordertüren waren verbeult, eine nach innen, eine nach außen. Das Lenkrad war in zwei Hälften zerspalten. Vielleicht, so ging Colins Theorie, hatte der Fahrer beim Zusammenstoß eine Hand verloren. Vielleicht war die abgetrennte Hand auf den Boden gefallen und unter den Sitz geraten in einen Winkel, wo man sie nicht sehen konnte. Vielleicht hatten die Sanitäter nach ihr gesucht. Der Wagen war zu Hermit Hobsons Schrottplatz geschleppt worden, und die Hand war verwest. Und dann ... dann ... O Gott, dann ging es weiter wie in der O. Henry-Erzählung, in der ein blutgetränkter Lappen hinter einen Heizkörper gefallen war und nach bestimmten chemischen Prozessen ein Eigenleben bekommen hatte. Colin schauderte. Das war mit der Hand geschehen. Er spürte es, wußte es. Die Verwesung hatte eingesetzt, aber dann hatte die intensive Sommerhitze zusammen mit der chemischen Zusammensetzung des Schmutzes unter dem Sitz den Verwesungsvorgang unterbrochen, jedoch nicht rückgängig gemacht, und die Hand hatte ein unheimliches Leben, ein bösartiges Halbleben erlangt. Und nun, in dieser Minute, war er allein in der Dunkelheit in diesem Auto mit diesem schrecklichen Ding zusammen. Es wußte, daß er da war. Es konnte nicht sehen, hören oder riechen, aber es *wußte* es. Braun und grün und schwarz gefleckt, schleimig, mit schwärenden Pusteln bedeckt, mußte die Hand sich jetzt unter dem Vordersitz freimachen und über den Wagenboden kriechen. Wenn er nach unten griff, würde er sie berühren, und sie würde ihn festhalten. Die kalten Finger wie Stahlklauen –

Nein, nein, nein! Ich muß damit aufhören, befahl sich Colin. Verdammt, was ist bloß mit mir?

Roy war da draußen und machte Jagd auf ihn. Er mußte auf Roy achten und bereit sein. Er mußte sich konzentrieren. Roy war die wirkliche Gefahr, nicht eine eingebildete abgerissene Hand.

Als bestätigte er den Rat, den Colin sich selbst gegeben hatte, machte Roy wieder Lärm. Nicht weit entfernt schlug eine Autotür zu. Gleich darauf wurde eine rostige Tür aufgezerrt. Nach ein paar Sekunden wurde auch sie wieder zugeschlagen.

Roy suchte die Schrottautos ab.

Colin setzte sich gerade und neigte den Kopf.

Noch eine Tür öffnete sich mit kreischendem Protest. Colin konnte durch den leeren Rahmen der Windschutzscheibe nichts Wichtiges sehen. Er fühlte sich in einem Käfig gefangen, in der Falle.

Die dritte Tür fiel ins Schloß.

In Panik rutschte Colin nach links, beugte sich weit über den Vordersitz und streckte den Kopf durch das Seitenfenster neben dem Fahrersitz. Die kühle Luft, die sein Gesicht traf, roch frisch und sogar so weit im Land noch nach dem Meer. Seine Augen hatten sich an die Dunkelheit angepaßt, und die Mondsichel gab genügend Licht, um ein Stück des Schrottplatzes überblicken zu können.

Roy war ein Schatten unter Schatten, kaum sichtbar, vier Wagen vor Colins Chevrolet. Er öffnete gerade wieder eine Autotür, beugte sich in den Wagen, richtete sich gleich darauf auf und warf die Tür zu. Er nahm sich den nächsten Wagen vor, der dem Chevrolet näher war.

Colin setzte sich wieder auf die Rückbank und rutschte schnell zur rechten Tür. Er war auf der linken Seite in den Wagen gestiegen, aber dort war Roy jetzt.

Wieder wurde eine Tür krachend zugeworfen.

Roy war nur noch zwei Wagen entfernt.

Colin faßte nach dem Türgriff und merkte dann, daß er nicht wußte, ob die rechte Wagentür sich öffnen ließ. Er hatte nur die linke aufgemacht. Was war, wenn sie verklemmt war, Lärm machte, aber nicht aufging? Roy würde im nächsten Augenblick da sein, und er saß in der Falle. Colin zögerte und leckte sich die Lippen. Er hatte das Gefühl, Wasser lassen zu müssen.

Er preßte die Beine zusammen.

Das Verlangen war immer noch da, es wurde sogar stärker: ein warmer Schmerz.

Bitte, Gott, dachte er, mach, daß ich jetzt nicht pinkeln muß. Nicht hier. Nicht jetzt. Verdammt, das darf hier nicht passieren!

Rums! Roy war noch einen Wagen entfernt.

Es war keine Zeit mehr zu bangen, ob die rechte Tür funktionieren würde oder nicht. Er hatte keine Wahl, als es zu versuchen und alles auf eine Karte zu setzen. Er drückte auf den Griff. Er gab nach. Er holte tief Atem, verschluckte sich fast an der stinkenden Luft, und stieß die Tür mit Schwung auf. Er zuckte bei dem lauten Kreischen zusammen, war aber heilfroh, daß sie überhaupt aufgegangen war.

In wilder Hast kletterte er ungeschickt aus dem Chevy, gab sich keine Mühe mehr, leise zu sein, nachdem die Tür ihn ja doch verraten hatte. Er machte zwei Schritte, stolperte über einen Stoßdämpfer, sank auf die Knie, sprang wieder hoch als hätte er Sprungfedern und rannte in die Dunkelheit.

«He!» sagte Roy auf der anderen Seite des Wagens. Die Plötzlichkeit der Bewegung hatte ihn überrascht. «He, so warte doch!»

25

Colin, der so schnell rannte, wie er konnte, sah den Reifen eine Sekunde, bevor er über ihn gestolpert wäre. Er sprang darüber, wich einem Berg Stoßstangen aus, rannte durch hohes Gras und bog links ab, um einen Dodge-Lieferwagen herum, der aufgebockt war. Nach einem Moment des Zögerns und einem Blick zurück ließ er sich fallen und kroch unter den Wagen.

Als Colin gerade nicht mehr zu sehen war, kam Roy von vorn um den Lieferwagen herum, blieb stehen und sah sich um. Als er feststellte, daß dieser Weg des Irrgartens verlassen lag, spuckte er auf die Erde. «Verdammt!»

Es war eine sehr dunkle Nacht, aber aus seinem Versteck unter dem Dodge konnte Colin die weißen Turnschuhe Roys sehen. Er lag auf dem Bauch, hielt den Kopf nach links gedreht und die rechte Wange fest auf den Boden gedrückt. Roy stand nur einen Schritt weit von ihm entfernt. Er hätte ihn am Knöchel packen und umreißen können. Aber was dann?

Nach einer kurzen Bedenkpause öffnete Roy die Fahrertür des Lieferwagens. Als er sah, daß niemand drin war, warf er die Tür zu und ging zum Heck des Dodge.

Colin atmete flach durch den Mund und wünschte, er könnte

das Hämmern seines Herzens leiser machen. Wenn er nur einen Ton von sich gab, den Roy hören konnte, würde er dafür sterben müssen.

Roy öffnete eine der beiden Hecktüren. Als er in den Laderaum blickte, konnte er offenbar nicht jeden Winkel überblicken, denn er öffnete auch die zweite Tür und kletterte hinein.

Colin hörte ihn über sich im Laderaum rumoren. Er dachte daran, sich unter dem Wagen hervorzuzwängen und schnell in ein anderes Versteck zu kriechen, glaubte aber dann, nicht genug Zeit zu haben, unentdeckt zu entkommen. Als Colin noch über seine Chancen nachdachte, kam Roy schon aus dem Lieferwagen heraus und schloß die beiden Türen. Die günstige Gelegenheit, falls es eine gewesen wäre, war vorbei. Colin drehte sich ein wenig und blickte über die Schulter; er sah die weißen Turnschuhe und betete, Roy möge nicht daraufkommen, den engen Raum unter dem Dodge zu untersuchen.

So unglaublich es schien, sein Gebet wurde erhört. Roy ging zur Front des Dodge, blieb stehen, schien den Platz nach allen Seiten abzusuchen und sagte dann: «Wo, zum Teufel ...?» Er stand eine Weile dort, trommelte mit den Fingern gegen den Lieferwagen und ging dann in Richtung Norden, bis Colin seine Schuhe nicht mehr hören konnte.

Colin blieb lange regungslos liegen. Er sammelte den Mut, wieder normal zu atmen, hielt es aber immer noch für klüger, sich so still wie möglich zu verhalten.

Wenigstens hatte er sich in einer Hinsicht verbessert. Die Luft unter dem Lieferwagen war nicht so verpestet wie im Chevrolet. Er konnte den flüchtigen Duft von Goldrute und das staubige Aroma des trockenen Grases riechen. Seine Nase juckte, sie kitzelte. Voller Entsetzen spürte er, daß er gleich niesen würde. Er drückte eine Hand aufs Gesicht, hielt sich die Nase zu, konnte das Unvermeidliche aber nicht aufhalten. Er dämpfte das Geräusch, so gut es ging und wartete voller Angst auf die Entdeckung.

Aber Roy kam nicht. Er mußte zu weit fort sein, um es gehört zu haben.

Um ganz sicher zu sein, blieb Colin noch zwei Minuten unter dem Lieferwagen, dann kroch er heraus. Roy war nicht zu sehen, aber er konnte in einer der tausend tiefdunklen Stellen hocken und auf ihn lauern.

Vorsichtig stahl sich Colin nach Osten durch den Autofriedhof. Er rannte gebückt über die offenen Flächen und verharrte zwischen den Wracks, bis er einigermaßen sicher war, daß das nächste freie Stück keine Gefahr bot, dann rannte er weiter. Als er fünfzig, sechzig Meter vom Lieferwagen fort war, bei dem er Roy zuletzt gesehen hatte, bog er zu Hermit Hobsons Hütte ab.

Wenn er nur bis zu seinem Rad kam, solange Roy ihn anderswo suchte, würde die Flucht möglich sein. Er konnte Roys Rad beschädigen – ein Rad verbiegen oder so etwas –, dann mit seinem Rad fliehen und darauf vertrauen, daß er nicht gleich verfolgt würde.

Er kam zum Rand des Platzes, kauerte sich neben einen eingedrückten Combi und kundschaftete die tiefen Schatten rund um die Hütte aus. Er sah die Räder am Fuß der baufälligen Treppe zur Veranda. Sie lagen nebeneinander im niedergetretenen, aber immer noch etwas grünen Gras. Colin ging aber nicht sofort darauf zu. Roy würde erwarten, daß er hierher zurückkäme; er konnte bereits in den Schatten auf der Lauer liegen, angespannt und sprungbereit. Colin starrte lange auf jeden der gefährlichen Punkte, achtete auf eine Bewegung oder das Glitzern eines Mondstrahls auf einem Gegenstand, der nicht dorthin gehörte. Nach und nach hatte er all diese Stellen überprüft und war zum Schluß gekommen, daß niemand dort verborgen war.

Endlich sagte er sich, daß die Chance zur Flucht das Risiko, zu den Fahrrädern zu gehen und sich als Ziel darzubieten, bei weitem überwog. Er wischte sich die Stirn ab und trat in das zwanzig Schritte breite freie Stück Land zwischen dem Schrottplatz und der Bretterbude. Nichts rührte sich in der Dunkelheit. Er näherte sich langsam, wurde dann kühner und rannte schließlich die letzten zehn Schritte.

Roy hatte die Räder zusammengeschlossen. Er hatte seine Kette mit dem Vorhängeschloß durch ein Rad von sich und ein Rad von Colins Fahrrad gezogen. Colin zerrte an der Kette und zog wütend am Bügel des Schlosses, aber es war vergebens; die Konstruktion war solide und schwer. Er konnte die Räder nicht auseinander bekommen.

Entmutigt hastete er zum Combi zurück, um dort die Lage zu überdenken. Es gab nur zwei Lösungen: Er konnte versuchen, zu Fuß nach Hause zu kommen – oder er konnte dieses Katz-

und-Maus-Spiel mit Roy in den Wegen dieses Irrgartens von Schrottplatz fortsetzen.

Er zog es vor zu bleiben, wo er war. Am meisten sprach dafür, daß er bisher überlebt hatte. Wenn er lange genug durchhielt, würde seine Mutter ihn als vermißt melden. Vielleicht kam sie erst um ein Uhr morgens nach Hause, aber jetzt konnte es schon nach Mitternacht sein. Er drückte auf den Knopf seiner Digitaluhr und war erschüttert, als er sah, wie früh es noch war. Viertel vor zehn. Er hätte schwören können, dieses gefährliche Versteckspiel seit mindestens drei oder vier Stunden zu spielen. Aber vielleicht kam Weezy früher heim. Und wenn er bis Mitternacht nicht im Haus war, würde sie Roys Eltern anrufen und erfahren, daß Roy auch nicht zu Hause war. Allerspätestens um ein Uhr mußten sie die Polizei alarmieren. Die würden sich sofort auf die Suche nach ihnen machen und – ja, aber *wo* würden sie mit der Suche beginnen? Nicht hier draußen. In der Stadt und unten am Strand. Dann in den Bergen in der Nähe. Es würde Morgen und Spätnachmittag, vielleicht sogar Donnerstag oder Freitag werden, bis sie hier heraus zu Hermit Hobson kämen. So gern er in der Nähe der ungezählten Schlupfwinkel des trümmerübersäten Gipfels bleiben wollte, war ihm klar, daß er nicht achtundvierzig oder sechsunddreißig oder auch nur vierundzwanzig Stunden lang Roy ausweichen konnte. Er mußte schon verdammt viel Glück haben, um es bis zum Anbruch des Tages zu schaffen.

Er würde nach Hause gehen müssen. Natürlich konnte er nicht den Weg nehmen, auf dem sie gekommen waren, denn wenn Roy vermutete, daß er nicht mehr auf dem Schrottplatz war und ihn suchte, war die Gefahr zu groß, daß sie auf einer einsamen Wegstrecke zusammentrafen. Ein Fahrrad machte auf einer guten Straßendecke so gut wie kein Geräusch, und Colin fürchtete, Roy nicht rechtzeitig zu hören, um sich noch verstekken zu können. Er würde querfeldein gehen müssen, den Hügel hinunter bis zu den Bahngleisen, dann an ihnen entlang bis zum trockenen Flußbett bei der Ranch Road, dann nach Santa Leona hinein. Der Weg würde sehr viel anstrengender sein als der andere, zumal in der Dunkelheit, aber er konnte auch ein oder zwei der acht Meilen einsparen. Colin war sich peinlich bewußt, daß sein Planen von einem wichtigen Beweggrund bestimmt wurde: von der Feigheit. Verstecken, fliehen, verstecken, fliehen. Er war unfähig, eine Alternative zu diesen Fluchtplänen zu finden und fühlte sich jämmerlich und der Situation nicht gewachsen.

– Dann bleib hier. Dreh den Spieß um.

Als ob du das könntest!

– Lauf nicht weg. Greife an.

Eine hübsche Phantasie, aber nicht machbar.

– Ist es doch. Werde du der Angreifer. Der Überraschungseffekt!

Er ist schneller und stärker als ich.

– Dann sei erfinderisch. Stell ihm eine Falle.

Er ist viel zu schlau, um in eine von mir gestellte Falle zu gehen.

– Woher willst du das wissen, wenn du es nicht versuchst?

Ich weiß es.

– Woher?

Weil ich ich bin. Und er ist Roy.

Colin würgte diesen inneren Dialog rasch ab, weil er damit Zeit verschwendete. Er kannte sich viel zu genau. Er besaß einfach nicht die Kraft und den Willen, sich zu verwandeln. Ehe er versuchte, zur Katze zu werden, müßte er davon überzeugt werden, daß es hundert zu null stand, weiter die Maus bleiben zu können.

Dies war einer jener trostlosen und viel zu häufigen Augenblicke, in denen er sich verachtete.

Colin verharrte alle paar Schritte, um den Weg auszukundschaften und schlich sich von Wagen zu Wagen. Er bewegte sich stetig dem Hügel zu, von dem aus Roy den Ford in den Zug rollen lassen wollte, denn von dort aus konnte er am besten zu den Gleisen hinunterkommen. Die Nacht war viel zu still. Das Rascheln seiner Schuhe im trockenen Gras hörte sich wie Donner an und mußte Roy auf den Plan rufen. Endlich aber kam er doch unentdeckt zum hinteren Rand des Schrottplatzes. Das freie Feld zwischen den letzten Autos und der Hügelkuppe war schätzungsweise keine zwanzig Schritte breit, kam ihm aber wie eine Meile vor. Die Grasfläche lag offen im milchigen Mondschein. Wenn Roy hier auf der Lauer lag, würde er nicht weit kommen. Zum Glück waren in der letzten Stunde einzelne dicke Wolken vom Meer hereingekommen. Wann immer sie den Mond verdeckten, bot die plötzliche Finsternis gute Deckung.

Er wartete auf einen dieser kurzen Momente, und als der breite Grasstreifen überschattet wurde, rannte er leise, auf den Zehenspitzen und mit angehaltenem Atem zur Kuppe und über sie hinunter.

Der Abhang war steil, ließ sich aber bewältigen. Er rannte schnell, konnte gar nicht anders, weil ihn die Schwerkraft mitriß. Er machte große Schritte von einem Fuß auf den anderen, taumelte und entdeckte dann auf halber Höhe des Abhangs, daß der Boden unter ihm rutschte. Wie ein Wellenreiter hielt er einen Augenblick das Gleichgewicht, verlor dann jedoch den Halt, stürzte und rollte die letzte Steigung hinunter. In einer Staubwolke landete er flach auf dem Rücken neben der Bahnstrecke, ein Arm lag auf der Schiene.

Dumm. Dumm und unbeholfen. Dummer, ungeschickter Idiot!

Einige Sekunden lag er ganz still, war außer Atem und staunte, daß ihm nichts wehtat. Wohl war sein Stolz verletzt, sonst aber nichts.

Der Staub legte sich allmählich.

Gerade, als er sich aufsetzte, rief Roy. «Blutsbruder?»

Colin schüttelte ungläubig den Kopf, blickte nach rechts, nach links und in die Höhe.

«Blutsbruder, bist du das?»

Der Mond segelte hinter einer Wolke hervor.

Im heller werdenden blassen Licht sah er Roy hoch über sich an der Kante stehen; sein Schatten hob sich vom Himmel ab. Er starrte nach unten.

Er kann mich nicht sehen, schloß Colin. Wenigstens nicht so klar wie ich ihn. Er hebt sich vom Himmel ab. Ich bin hier unten im Schatten.

«Du bist es», stellte Roy fest. Er jagte den Abhang hinunter.

Colin stand auf, stolperte über die Schienen und hastete in das dahinter liegende Brachland.

26

Als Colin weiterrannte, kam er sich entsetzlich verwundbar vor. Soweit es sich im Mondschein feststellen ließ, war nirgendwo Deckung oder ein Versteck. Er litt unter dem verrückten Gedanken, daß gleich der Schuh eines Riesen auf ihn herunterkommen und ihn wie einen Käfer auf der großen Fläche eines Küchenfußbodens zertreten würde.

In der Zeit der Stürme tränkte Regen die Hänge und floß dann in natürlichen Drainagegräben ab, die das flache Land im Westen der Bahnstrecke zerfurchten. Mindestens einmal in jedem Winter wurden diese Gräben überflutet und verwandelten die Ebene in einen See. Weil der Boden in jedem Winter etwa zwei Monate lang überflutet war, blieb auch im Sommer die Vegetation dürftig. Es gab grasbewachsene Flecken, Ansammlungen von Wildblumen, die fast überall in Kalifornien wuchsen, und stacheliges, niedriges Gestrüpp, aber keine Bäume, kein dichtes Unterholz und keine Büsche, hinter denen Colin sich hätte verbergen können.

Er verließ das flache Gelände, so schnell er konnte, indem er in ein kleines, steiles Bachbett sprang. Es war sechs bis acht Schritte breit, ziemlich tief und hatte beinahe senkrechte Wände. Im Winter wurde es zum Bett eines reißenden Flusses, jetzt aber war es völlig ausgetrocknet. Er rannte in ihm vorwärts; seine Beine schmerzten und er bekam Seitenstechen. Als er eine breite Biegung des Arroyo erreicht, blickte er sich zum erstenmal seit dem Überschreiten des Bahngleises wieder um. Er staunte, einen so ermutigenden Vorsprung zu haben und fragte sich, ob Roy vielleicht nicht gesehen hatte, wohin er gerannt war.

Hinter der Biegung suchte er in einem kleineren Wasserlauf Deckung, der vom Hauptkanal abzweigte. Er war anfangs noch ziemlich breit, aber je weiter er ihm folgte, um so näher rückten ihm die Seitenwände. Als er noch keine hundert Schritte gelaufen war, konnte er sie mit ausgebreiteten Armen berühren. Und wenn er sich aufrichtete, würde sein Kopf zu sehen sein. Vor ihm teilte sich das Bachbett in zwei kurze niedrige Seitengänge, die an der Oberfläche ausliefen. Er zwängte sich in einen davon, preßte die Schultern an die sandigen Seiten, setzte sich, zog die Knie bis ans Kinn, schlang die Arme darum und versuchte, unsichtbar zu sein.

– Klapperschlangen.

O Gott!

– Du solltest daran denken.

Nein.

– Dies ist ein Klapperschlangengebiet.

Sie kommen nachts nicht heraus.

– Alles, was gefährlich ist, kommt nachts heraus.

Aber nicht Klapperschlangen.

– Woher weißt du das?

Ich hab es in einem Buch gelesen.

– Das Buch existiert gar nicht.

Halt doch endlich den Mund.

– Es wimmelt hier von Klapperschlangen.

O Gott!

Er kroch in sich zusammen, horchte auf Klapperschlangen, wartete auf Roy. Aber es verstrich eine lange Zeitspanne, in der ihn keiner der beiden Feinde heimsuchte. Alle paar Minuten drückte er auf den Knopf seiner Digitaluhr und als er dann eine halbe Stunde im Graben gewartet hatte, fand er es an der Zeit, aufzubrechen. Wenn Roy das Gewirr der Abflußgräben abgesucht hätte, wäre er in der Zeit Colin bestimmt so nahe gekommen, um ihn zu bemerken oder wenigstens hätte er ihn in der Ferne hören müssen. Offenbar hatte er die Verfolgung aufgegeben; vielleicht hatte er Colins Spur in der Dunkelheit verloren, nicht gesehen, wohin er gerannt war und wußte nun nicht mehr, wo ihn suchen. Wenn das stimmte, war es ein unwahrscheinliches Glück. Aber Colin wollte es lieber nicht auf die Probe stellen, länger hier zu bleiben in dieser Schlangengrube und weiter damit zu rechnen, vor Klapperschlangen geschützt zu sein.

Er kletterte aus dem Graben, richtete sich auf und prüfte die zerschnittene mondbeschienene Landschaft. Keine Spur von Roy.

Vorsichtig und mit vielen Aufenthalten, in denen er in die Nacht horchte, machte sich Colin auf den Weg. Wiederholt nahm er am Rande seines Gesichtsfeldes Bewegungen wahr, aber sie erwiesen sich dann als vom Winde getriebene Büschel Steppengras. Allmählich kam er wieder ins flache Gelände und zur Bahnstrecke zurück. Jetzt war er mindestens eine Viertelmeile südlich des Autofriedhofs, und der Abstand zwischen ihm und Hermit Hobsons Platz vergrößerte sich stetig. Eine Stunde danach, als er die Kreuzung der Gleise mit der Santa Leona Road erreichte, war er bis auf die Knochen erschöpft. Sein Mund war ausgetrocknet, der Rücken tat ihm weh, und jeder Muskel in seinen Beinen war verknotet und stach.

Er dachte daran, auf der Autostraße in die Stadt zu gehen. Die Verlockung war groß; sie war gerade und glatt, ohne Löcher, Gräben und im Schatten verborgene Hindernisse. Er hatte den Weg schon weitmöglichst abgekürzt, weil er querfeldein gegangen war. Von hier aus würde jedes Abweichen von der Straße einen Umweg bedeuten. Er ging ein paar Schritte über den Asphalt und merkte dann, daß er nicht den Mut hatte, den bequemeren Weg zu wählen. Er würde fast mit Sicherheit angegriffen werden, ehe er die Stadtgrenze erreichte, wo Menschen und Lichter einen Mord schwerer machten als in der einsamen Landschaft.

– Fahr per Anhalter.

Um diese Zeit fährt hier niemand mehr.

– Es wird schon wer kommen.

Ja. Vielleicht Roy.

Er verließ die Santa Leona Road, ging in südwestlicher Richtung und kam wieder auf das Brachland. Nach einer halben Meile erreichte er das trockene Flußbett, das parallel zur Ranch Road lief. Er war zum Schutz vor Überschwemmungen verbreitert und vertieft worden. Die Uferwände waren mit Beton befestigt. Er kletterte eine der in regelmäßigen Abständen angebrachten Leitern hinunter. Als er auf dem Boden stand, ragte die Ufermauer hoch über ihm auf. Zwei Meilen weiter, mitten in der Stadt, kletterte er wieder nach oben und durch ein Sicherheitsgitter. Er war auf dem Gehweg am Rand des Broadway.

Obwohl es gleich ein Uhr wurde, gingen noch Menschen durch die Straßen; einige fuhren in Autos vorüber, ein paar saßen in einer die Nacht über geöffneten Raststätte; ein Mann stand vor einer Tankstelle. Ein älterer Mann ging Arm in Arm mit einer spitzgesichtigen, weißhaarigen Frau, und ein junges Paar wanderte ungeachtet der späten Stunde von Schaufenster zu Schaufenster.

Colin spürte das Verlangen, zum nächst erreichbaren Menschen zu rennen und das Geheimnis auszuplaudern, die Geschichte von Roys Wahnsinn. Aber er wußte, daß sie ihn für übergeschnappt halten würden. Sie kannten ihn nicht und kannten Roy nicht. Kein Fremder würde es begreifen. Er wußte nicht einmal, ob er es begriff. Aber selbst wenn sie es erfaßten und glaubten, konnten sie ihm nicht helfen.

Sein wichtigster Verbündeter mußte seine Mutter sein. Wenn sie alles gehört hatte, würde sie die Polizei anrufen, und sie würden bei ihr viel schneller und ernsthafter reagieren als bei einem Vierzehnjährigen. Er mußte nach Hause und Weezy alles erzählen.

Er eilte über den Broadway in Richtung Adams Avenue, blieb aber nach nur wenigen Schritten wieder stehen, weil ihm aufging, daß er das letzte Stück seines Weges ebenso vorsichtig zurücklegen mußte wie die ganze Strecke. Roy könnte planen, ihn unmittelbar vor seiner Haustür aus dem Hinterhalt zu überfallen. Als er jetzt darüber nachdachte, wurde er immer überzeugter, daß es so sein würde. Roy würde höchstwahrscheinlich gegenüber seines Hauses warten, denn dort war ein kleiner Park mit vielen günstigen Verstecken, von denen er die ganze Straße überblicken konnte. In dem Moment, in dem er Colin sich dem Haus nähern sah, würde er zuschlagen, und das sehr schnell. Als wäre er plötzlich mit hellseherischen Fähigkeiten ausgestattet, sah Colin, daß er niedergeschlagen wurde, sah das Messer auf sich einstechen, sah sich blutend und mit Schmerzen auf der Erde liegen, um in Reichweite der Schwelle zur Sicherheit zu sterben.

Er stand zitternd mitten auf dem Gehweg.

– Du mußt weiter, Junge.

Wohin?

– Ruf Weezy an. Sag ihr, sie soll dich abholen.

Sie wird sagen, ich soll zu Fuß kommen. Es ist ja nicht weit.

– Dann sag ihr, daß Roy draußen lauert und dich ermorden will.

Wenn ich das am Telefon sage, klingt es nicht richtig.

– Klar kannst du sie überzeugen.

Nein. Ich muß bei ihr sein, wenn ich es erzähle. Am Telefon hört es sich falsch an. Sie hält es für einen Scherz und wird wütend.

– Du mußt versuchen, alles am Telefon zu erzählen, damit sie dich abholt. Dann kommst du sicher nach Hause.

Endlich ging er zur Tankstelle in der Nähe des trockenen Flußbetts zurück, wo eine Telefonzelle stand. Er wählte und hörte es ein dutzendmal klingeln. Sie war noch nicht zu Hause.

Colin knallte den Hörer auf und rannte hinaus, ohne seine Münze wieder einzustecken. Er stand auf dem Pflaster, die Hände zu Fäusten geballt, die Schultern nach vorn gezogen. Er wollte auf irgend etwas draufhauen.

– Dieses miese Stück.

Sie ist deine Mutter.

– Wo ist sie? Was macht sie?

Sie ist geschäftlich unterwegs.

– Mit wem ist sie zusammen?

Mit einem Geschäftspartner.

– Wetten daß?

Der Tankwart schloß für die Nacht ab. Die Neonlichter über den Zapfsäulen erloschen blinzelnd. Colin ging durch das Geschäftszentrum am Broadway, um Zeit zu gewinnen. Er schaute in Schaufenster, sah aber nichts.

Um zehn nach eins kehrte er zur Telefonzelle zurück. Er wählte, ließ es fünfzehnmal klingeln und legte wieder auf.

– Geschäftspartner – daß ich nicht lache!

Sie arbeitet schwer.

– Wo denn?

Er stand ein paar Minuten in der Zelle, die Hand auf den Hörer gelegt, als wartete er auf einen Anruf.

– Sie liegt mit einem Mann im Bett.

Es ist geschäftlich! Eine Geschäftsbesprechung beim Essen.

–So spät noch?

Er wählte wieder. Keine Antwort.

Er setzte sich in der dunklen Zelle auf den Boden und faltete sich eng zusammen.

– Sie liegt mit einem Mann im Bett, wenn ich sie brauche.

Das weißt du nicht mit Sicherheit.

– Ich weiß es.

Jetzt hörst du dich wie Roy an.

– Manchmal redet Roy ganz vernünftig.

Er ist wahnsinnig.

– Vielleicht nicht immer.

Um halb zwei stand er auf, warf eine Münze ein und rief wieder zu Hause an. Es klingelte zweiundzwanzigmal, ehe er auflegte.

Es könnte sicher sein, jetzt nach Hause zu gehen. War es nicht zu spät für Roy, immer noch auf der Lauer zu liegen? Er war ein Mörder, aber er war auch ein vierzehnjähriger Junge; er konnte nicht die ganze Nacht fortbleiben. Seine Eltern würden sich Gedanken machen. Vielleicht riefen sie auch die Polizei an. Roy würde entsetzlichen Ärger bekommen, wenn er die Nacht über nicht nach Hause käme. Oder etwa nicht?

Vielleicht ja, vielleicht nein.

Colin war nicht sicher, ob die Bordens sich drum kümmerten, was Roy machte oder was mit ihm geschah. Soweit Colin wußte, hatten sie ihrem Sohn nie Vorschriften gemacht, abgesehen von der, die Eisenbahn seines Vaters in Ruhe zu lassen. Roy machte, was er wollte, wann er wollte.

Irgend etwas stimmte mit den Bordens nicht. Ihre Beziehung war merkwürdig unerfaßbar. Es war nicht die traditionelle Eltern-Kind-Beziehung. Colin hatte Mr. und Mrs. Borden nur zweimal getroffen, aber beide Male empfunden, wie seltsam sie auf einander reagierten und wie sie mit Roy umgingen. Mutter, Vater und Sohn wirkten wie Fremde. Sie sprachen mit einer eigenartigen Steifheit, als rezitierten sie aus einem Stück, hätten den Text aber nicht gut gelernt. Sie waren so formell. Fast wirkten sie ... als fürchteten sie einander. Colin hatte in dieser Familie Kälte empfunden, hatte sich aber nie die Zeit genommen, darüber nachzudenken. Jetzt aber erkannte er, daß die Bordens wie Leute in einer Fremdenpension reagierten. Sie lächelten und nickten, wenn sie sich in der Diele begegneten; begrüßten sich in der Küche, führten sonst jedoch völlig getrennte Leben. Er wußte nicht, warum das so war. Es war etwas geschehen, das sie voneinander abkehrte. Er konnte sich den Grund nicht vorstellen, aber er war sicher, daß es Mr. und Mrs. Borden nicht viel ausmachen würde, wenn Roy bis zum Tagesanbruch nicht nach Hause kam oder sogar für immer verschwand.

Darum war es für ihn nicht sicher, zu Fuß zu gehen. Roy würde warten.

Colin wählte wiederum und war erstaunt, als sich seine Mutter nach dem zweiten Klingeln meldete.

«Mom, du mußt kommen und mich holen.»

«Skipper?»

«Ich warte auf dich beim –»

«Ich dachte, du schliefst oben in deinem Bett.»

«Nein, ich bin hier bei –»

«Ich bin gerade ins Haus gekommen. Ich dachte, du wärst hier. Was machst du denn um diese Tageszeit noch draußen?»

«Ich kann nichts dafür. Es war –»

«Oh, um Gottes willen, bist du verletzt?»

«Nein, nein. Ich bin nur –»

«Du bist verletzt.»

«Nur ein paar Kratzer und blaue Flecken. Ich brauche –»

«Was ist passiert? Was ist mit dir?»

«Wenn du mal den Mund hieltest und zuhörtest, würdest du es erfahren», sagte Colin ungeduldig.

Sie war platt. «Fauch mich nicht so an. Was fällt dir ein?»

«Ich brauche Hilfe.»

«Hast du Ärger?»

«Ganz großen Ärger.»

«Was um alles in der Welt hast du angerichtet?»

«Es geht nicht darum, was *ich* getan habe. Es –»

«Wo bist du? Haben sie dich verhaftet?»

«Was?»

«Ist es Ärger mit der Polizei? Bist du im Revier?»

«Nein, nichts dergleichen. Ich bin –»

«Wo bist du?»

«In der Nähe vom Schnell-Restaurant am Broadway.»

«Was hast du da drin angestellt?»

«Darum geht es nicht. Ich –»

«Laß mich mal mit den Leuten dort sprechen.»

«Mit wem? Was meinst du?»

«Mit einer Kellnerin oder so jemand.»

«Ich bin nicht im Restaurant.»

«Wo bist du denn dann?»

«In einer Telefonzelle.»

«Colin, was ist mir dir?»

«Ich warte, daß du kommst und mich holst.»

«Aber du bist doch ganz in unserer Nähe.»

«Ich kann nicht zu Fuß kommen. Er wartet irgendwo auf mich.»

«Wer?»

«Er will mich umbringen.»

Eine Pause. – «Colin, du kommst sofort nach Hause!»

«Ich kann nicht.»

«Du kommst auf der Stelle. Ich meine es ernst.»

«Roy hat heute nacht versucht, mich umzubringen. Er liegt noch irgendwo auf der Lauer.»

«Ich finde das nicht komisch.»

«Ich meine es auch nicht komisch!»

Wieder eine Pause. – «Colin, hast du was genommen?»

«Was?»

«Eine Pille oder so was?»

«Rauschgift?»

«Hast du?»

«Ach du lieber Gott!»

«Hast du was genommen?»

«Wie soll ich denn an Rauschgift kommen?»

«Ich weiß, daß ihr Kinder Quellen habt. Es ist ebenso leicht, wie Aspirin zu kaufen.»

«Mein Gott!»

«Heutzutage ist das ein großes Problem. Colin, ist es das? Bist du *high* und kannst darum nicht kommen?»

«Bei mir? Glaubst du wirklich, daß *ich* was damit zu tun habe?»

«Wenn du irgendwelche Pillen geschluckt hast –»

«Wenn du das wirklich glaubst –»

«– oder wenn du getrunken hast –»

«kennst du mich überhaupt nicht.»

«– und Alkohol und Pillen zusammen –»

«Wenn du was erfahren willst», sagte Colin schroff, «mußt du mit dem Wagen kommen und mich abholen.»

«Sprich nicht in dem Ton mit mir.»

«Wenn du nicht kommst, bleibe ich bis in alle Ewigkeit hier.» Colin warf den Hörer auf und ging aus der Telefonzelle.

«Scheiße!» Er trat gegen eine leere Sprudeldose, die im Rinnstein lag. Sie rollte scheppernd über die Straße.

Er ging zum Restaurant am Broadway, stand am Bordstein und blickte nach Osten, wo Weezy um die Ecke biegen mußte, wenn sie sich die Mühe machte, ihn zu holen.

Er zitterte vor Angst und Wut und kam nicht dagegen an.

Aber er empfand noch etwas, etwas Düsteres, Zerstörerisches, das viel schlimmer war als Wut, etwas Häßlicheres, eine Art entsetzlicher Einsamkeit, nur war es viel mehr als Einsamkeit. Es war der Verdacht, nein, die Überzeugung, daß er verlassen worden war, vergessen, und daß niemand auf der weiten Welt sich darum kümmerte oder jemals kümmern würde, wie er wirklich war und welche Träume er träumte. Er war ein Ausgestoßener, ein Wesen, das völlig anders war als alle anderen Menschen, ein Objekt für Verachtung und Verschmähung, ein Außenseiter, heimlich verabscheut und verlacht von allen, die ihm begegneten, sogar von den wenigen, die vorgaben, ihn zu lieben.

Er hatte das Gefühl, sich gleich übergeben zu müssen.

Fünf Minuten später hielt sie neben ihm im blauen Cadillac an. Sie beugte sich zur Seite über die vordere Bank und machte ihm die Tür auf.

Als er sie sah, verlor er die Fassung, die er seit dem Alptraum auf Hermit Hobsons Schrottplatz immer bewahrt hatte. Tränen rannen ihm über das Gesicht, und als er eingestiegen war und die Tür geschlossen hatte, schluchzte er wie ein kleines Kind.

27

Sie glaubte ihm nicht. Sie lehnte es ab, die Polizei anzurufen, und sie wollte die Bordens nicht mit einem Anruf um diese Nachtzeit stören.

Um halb zehn am nächsten Morgen sprach sie am Telefon mit Roy. Danach sprach sie mit seiner Mutter. Sie bestand darauf, alleinzubleiben, so daß Colin nicht hören konnte, was sie sagte.

Nachdem sie mit den Bordens telefoniert hatte, versuchte sie, Colin zu bewegen, seine Geschichte zu widerrufen. Als er sich weigerte, wurde sie wütend. Um elf Uhr, nach einer langen Auseinandersetzung, fuhren sie und Colin zum Autofriedhof. Sie parkte am Ende des Feldwegs in der Nähe der Bretterbude. Sie stiegen aus.

Colin fühlte sich unbehaglich. Ein Echo der Schrecken der vergangenen Nacht geisterte durch seine Gedanken.

Sein Fahrrad lag vor den Stufen zur Veranda. Roys Rad war selbstverständlich nicht mehr da.

«Du siehst, daß ich hier war», sagte er.

Sie gab keine Antwort und schob das Rad zum Kofferraum des Wagens. Colin folgte ihr. «Es ist alles genauso gewesen, wie ich es gesagt habe.»

Sie schloß den Kofferraum auf. «Faß mit an.»

Sie hoben das Rad hinein, aber die Klappe ging nicht zu und ließ sich nicht verschließen. Sie hatte beim Werkzeug eine Drahtrolle und benützte ein Stück davon, den Kofferraumdeckel festzubinden.

«Ist das Fahrrad denn kein Beweis?» fragte Colin.

Sie fuhr zu ihm herum. «Es beweist, daß du hier warst.»

«Wie ich es gesagt habe.»

«Aber nicht mit Roy.»

«Er hat versucht, mich zu töten.»

«Er sagt, er wäre von halb zehn Uhr an zu Hause gewesen.»

«Na klar wird er dir das erzählen! Aber –»

«Dasselbe erzählt mir auch seine Mutter.»

«Es ist nicht wahr.»

«Behauptest du, daß Mrs. Borden lügt?»

«Wahrscheinlich weiß sie nicht, daß es gelogen ist. Roy wird ihr gesagt haben, er wäre zu Hause in seinem Zimmer gewesen, und sie wird es ihm geglaubt haben.»

«Sie weiß es, nicht weil er es ihr gesagt hat, sondern weil sie gestern abend auch zu Hause war.»

«Aber hat sie auch wirklich mit ihm gesprochen?»

«Was?»

«Gestern abend? Hat sie mit ihm gesprochen? Oder hat sie nur angenommen, daß er in seinem Zimmer war?»

«Ich hab sie nicht genau ins Kreuzverhör ge-»

«Hat sie ihn wirklich gesehen?»

«Colin –»

«Wenn sie ihn nicht wirklich gesehen hat», sagte Colin aufgeregt, «kann sie nicht mit Sicherheit wissen, daß er in seinem Zimmer war.»

«Das ist doch lächerlich.»

«Nein. Das ist es nicht. In dem Haus reden sie nicht miteinander. Keiner achtet auf den anderen. Sie suchen sich nicht auf, um sich zu unterhalten.»

«Sie muß gewußt haben, daß er da war, als sie zum Gute-Nacht-Sagen zu ihm gegangen ist.»

«Aber das versuche ich doch gerade zu erklären. Sie würde sich nie die Mühe machen, ihm gute Nacht zu sagen. Darauf wette ich. Die sind nicht wie andere Leute. Sie haben alle was Merkwürdiges an sich. In dem Haus stimmt was nicht.»

«Was glaubst du, was es ist?» fragte sie zornig. «Kommen sie von einem anderen Planeten?»

«Natürlich nicht.»

«Wie in einem der verrückten Bücher, die du immer liest?»

«Nein. Ich ... ich wollte nur sagen, daß es so aussieht, als liebten sie Roy nicht.»

«Wie kommst du dazu, so was Häßliches zu sagen?»

«Ich bin ziemlich sicher, daß es so ist.»

Sie schüttelte den Kopf. «Ist dir schon mal der Gedanke gekommen, daß du vielleicht zu jung bist, ein so kompliziertes Gefühl wie Liebe richtig zu verstehen, ganz abgesehen von den vielen Formen, in denen sie sich ausdrücken kann? Lieber Himmel, du bist ein unerfahrener vierzehnjähriger Junge! Wer bist du, um über die Bordens urteilen zu können?»

«Wenn du sehen könntest, wie sie sich benehmen, wenn du hören könntest, wie sie miteinander sprechen. Sie unternehmen nie etwas zusammen. Sogar wir tun mehr gemeinsam als die Bordens.»

«Sogar wir? Was meinst du damit?»

«Na, wir unternehmen doch nicht viel zusammen, oder? Als Familie, meine ich.»

In ihren Augen stand etwas, das er nicht sehen wollte. Er wandte den Blick ab.

«Falls du es vergessen haben solltest», sagte sie. «Ich bin von deinem Vater geschieden. Und wenn dir das auch entfallen sein sollte: Es war eine häßliche Scheidung. Was, in drei Teufels Namen, erwartest du? Meinst du, wir drei sollten uns hin und wieder zu einem Picknick treffen?»

Colin scharrte mit den Füßen im Gras. «Ich meine nur du und ich. Wir beide. Wir sehen uns nicht viel, und die Bordens sehen noch weniger von Roy.»

«Wann hab ich dazu Zeit, lieber Himmel?»

Er zog die Schultern hoch. «Ich arbeite viel. Glaubst du, es macht mir Spaß, so viel zu arbeiten?»

«Es sieht so aus.»

«Ich versuche, uns eine sichere Zukunft aufzubauen. Kannst du das nicht verstehen? Ich möchte, daß wir niemals Geldsorgen haben müssen. Ich will Sicherheit. Sehr viel Sicherheit. Aber du erkennst das nicht an.»

«Doch. Ich weiß, daß du schwer arbeitest.»

«Wenn du anerkennen würdest, was ich für uns beide leiste, für dich, dann hättest du mir mit dieser Scheißgeschichte, daß Roy versucht hat, dich zu ermorden, nicht –»

«Es ist kein Scheiß.»

«Ich will das Wort nicht hören.»

«Was? Scheiß?»

Sie schlug ihm ins Gesicht.

Er hob erschüttert die Hand an die Wange.

«Grins mich nicht an!»

«Das hab ich nicht.»

Sie drehte sich um, ging ein paar Schritte durch das Gras und starrte auf den Schrottplatz.

Er weinte fast. Aber sie sollte ihn nicht weinen sehen. Er preßte die Lippen zusammen und unterdrückte die Tränen. Nach einer Weile verdrängte Wut die Verletztheit und Demütigung, und er brauchte sich nicht mehr auf die Lippen zu beißen.

Als sie sich wieder gefaßt hatte, kehrte sie zu ihm zurück. «Es tut mir leid.»

«Okay.»

«Ich hab mich hinreißen lassen. Das ist kein gutes Beispiel.»

«Es hat nicht weh getan.»

«Du hast mich in Wut gebracht, weil ich weiß, was los ist.»

Er wartete.

«Du bist gestern mit dem Fahrrad hier gewesen», sagte sie. «Aber nicht mit Roy. Ich weiß, mit wem du zusammen warst.»

Er sagte nichts.

«Oh, ich kenne ihre Namen nicht, aber ich weiß, was für eine Sorte das ist.»

Er riß die Augen weit auf. «Von wem redest du?»

«Das weißt du ganz genau. Ich spreche von deinen anderen Freunden, von diesen frechen, aufgetakelten Kindern, mit denen du neuerdings an den Straßenecken rumstehst, von diesen Punks auf Skateboards, die einen in die Gosse stoßen wollen, wenn man an ihnen vorbeikommt.»

«Du glaubst, diese Clique wollte was mit mir zu tun haben? Ich gehöre zu den Leuten, die sie in die Gosse stoßen.»

«Jetzt weichst du aus.»

«Ich sage die Wahrheit. Roy war mein einziger Freund.»

«Unsinn.»

«Ich finde nicht so leicht Freunde.»

«Lüg mich nicht an.»

Er schwieg.

«Seit wir in Santa Leona wohnen», sagte sie, «bist du an die falschen Kinder geraten.»

«Nein.»

«Und vorige Nacht bist du mit einigen davon hier herausgekommen, weil das ein beliebter Treffpunkt ist – es ist sogar ideal, sich fortzustehlen, Hasch zu rauchen und – alles mögliche andere zu machen.»

«Nein.»

«Du hast heute Nacht irgendwelche Pillen geschluckt – und dann warst du auf einem bösen Trip.»

«Nein.»

«Colin, ich weiß, daß du im Grunde ein ordentlicher Junge bist. Du bist nie in Schwierigkeiten gewesen. Aber jetzt hast du einen Fehler gemacht. Du hast dich von anderen verführen lassen.»

«Nein.»

«Wenn du es zugibst, wenn du es offen eingestehst, bin ich nicht mehr böse mit dir. Du wirst in meiner Achtung steigen, weil du dich stellst. Wenn du mir die Möglichkeit dazu gibst, Colin, bin ich bereit, dir zu helfen. Gib mir die Chance.»

«Gib du mir eine Chance!»

«Du hast ein paar Pillen geschluckt.»

«Nein.»

«Und einige Stunden lang warst du nicht mehr da. Überhaupt nicht da.»

«Nein.»

«Als du wieder klar wurdest, hast du gemerkt, daß du allein fortgegangen bist, zur Stadt zurück, ohne dein Rad.»

«O Gott!»

«Du wußtest nicht, wie du wieder zurückkommen und dein Rad holen solltest. Dein Zeug war zerrissen und schmutzig, und es war ein Uhr nachts. Du warst in Panik, wußtest nicht, wie du alles erklären solltest, und hast darum diese blöde Geschichte über Roy Borden ausgeheckt.»

«Willst du mir mal zuhören?» Er konnte sich kaum beherrschen, sie anzuschreien. «Roy Borden *ist* ein Mörder. Er –»

«Du enttäuschst mich.»

«Kannst du mich denn nicht so sehen, wie ich bin!»

«Rede nicht so.»

«Kannst du mich nicht sehen?»

«Schrei mich nicht an.»

«Siehst du nicht, was ich bin?»

«Du bist ein Junge, der sehr tief in der Tinte sitzt.»

Colin war in Weißglut, weil sie ihn zwang, sich in einer Weise bloßzustellen, wie er es nie zuvor hatte tun müssen. «Sehe ich wie eins dieser Kinder aus? Sehe ich wie ein Junge aus, zu dem sie freiwillig auch nur guten Tag sagen würden? Sie würden sich nicht die Zeit nehmen, mich anzuspucken. Für die bin ich nichts als ein magerer, schüchterner, kurzsichtiger Kriecher.» Die Tränen glitzerten in seinen Augenwinkeln und er haßte sich, weil er sie nicht zurückdrängen konnte. «Roy war der beste Freund, den ich hatte. Er war der *einzige* Freund. Warum sollte ich eine so verrückte Geschichte erfinden, nur um ihn reinzulegen?»

«Du warst durcheinander und verzweifelt.» Sie starrte ihn an, als könnte ihr Blick ihn aufspalten und die Wahrheit erscheinen lassen, wie sie sie sich vorstellte. «Und laut Roy warst du wütend auf ihn, weil er nicht mit dir und den anderen hierherkommen wollte.»

Colin war fassungslos. «Heißt das, daß du diese ganze Theorie von Roy hast? Dieser Blödsinn, daß ich Drogen nehme – der stammt von Roy?»

«Heute nacht hatte ich den Verdacht. Als ich es erwähnte, sagte Roy, ich hätte recht. Er sagte, du wärst sehr aufgeregt gewesen, weil er nicht mit zu der Party kommen wollte.»

«Er hat versucht, mich zu töten!»

«Und weil er sich weigerte, Geld für die Pillen beizusteuern.»

«Es gab keine Pillen.»

«Roy sagt es anders. Und das würde sehr viel erklären.»

«Hat er einen dieser wilden Doper mit Namen genannt, mit denen ich mich herumtreiben soll?»

«Die gehen mich nichts an. Ich mache mir Sorgen um dich. Ich mache mir Sorgen!»

«Nur aus dem falschen Grund.»

«Mit Drogen herumzuspielen ist dumm und gefährlich.»

«Ich habe nichts dergleichen getan.»

«Wenn du wie ein Erwachsener behandelt werden willst, benimm dich wie einer. Erwachsene geben Fehler zu. Ein Erwachsener steht für seine Taten ein.»

«Nicht die meisten der Erwachsenen, die ich sehe.»

«Wenn du so weitermachst –»

«Wie kannst du ihm glauben und nicht mir?»

«Er ist ein sehr netter Junge. Er –»

«Du hast nicht mehr als zweimal mit ihm gesprochen!»

«Oft genug, um zu wissen, daß er in sich ruht und für sein Alter sehr reif ist.»

«Das ist er nicht! So ist er überhaupt nicht. Er lügt!»

«Seine Geschichte klingt glaubwürdiger als deine», sagte Weezy. «Ich halte ihn für vernünftig.»

«Und du glaubst, ich bin nicht vernünftig?»

«Colin, wie oft hast du mich nachts aus dem Bett geholt, weil du überzeugt warst, etwas kröche auf dem Dachboden herum?»

Er seufzte.

«In wie vielen Nächten warst du absolut sicher, daß vor dem Haus etwas lauerte und durch dein Fenster hereinkommen wollte?»

Er antwortete ihr nicht.

Sie nützte die Lage aus. «Und verplempern vernünftige Jungen ihre Zeit damit, daß sie Modelle von Filmungeheuern bauen?»

«Glaubst du mir darum nicht? Weil ich gern Horrorfilme sehe und Science-fiction lese?»

«Hör auf damit. Versuch nicht, es so zu drehen, daß ich mich wie schwachsinnig anhöre.»

«Ach, Mist!»

«Seit du mit dieser Bande herumläufst, gewöhnst du dir eine schlechte Sprache an. Das dulde ich nicht, Colin.»

Er wandte sich von ihr ab und ging auf den Schrottplatz. «Ich kann es dir beweisen», sagte er über die Schulter.

«Wir fahren jetzt. Ich hätte schon vor einer Stunde in der Galerie sein sollen.»

«Ich kann dir Beweise zeigen, wenn du bereit bist, sie dir anzusehen.» Er ging durch den Autofriedhof zum höchsten Punkt des Hügels, wo der Steilhang zum Bahngleis begann. Er wußte nicht mit Sicherheit, ob sie ihm folgte, versuchte aber, sich so zu geben, als hätte er nicht den geringsten Zweifel. Er hielt es für ein Zeichen der Schwäche, sich nach ihr umzusehen, und fand auch, daß er viel zu lange ein Schwächling gewesen war.

In der vergangenen Nacht war Hermit Hobsons Wracksammlung ein finsterer Irrgarten gewesen. Jetzt, im hellen Tageslicht, war es nichts als ein trauriger und einsamer Ort. Wenn man die Augen leicht zusammenkniff, konnte man durch die tote, zerschundene Oberfläche, durch die traurige Gegenwart blicken und die leuchtende Vergangenheit sehen. Einmal waren die Autos glänzend und schön gewesen; Menschen hatten Arbeit, Geld und Träume in sie investiert, aber es war nichts anderes geblieben als Rost.

Der verbeulte Lieferwagen stand noch dort, wo Roy ihn hatte stehen lassen, aber die Schienen aus Wellblech waren nicht mehr da. Obwohl der kleine Laster mit den Vorderrädern im Boden steckengeblieben war, hatten die Hinterräder noch fest auf den Blechen gestanden. Colin erinnerte sich genau. Nun aber standen alle vier Räder auf dem nackten Boden.

Colin begriff sofort, was geschehen war; er wußte auch, daß er damit hätte rechnen sollen. In der Nacht, als er sich auf der anderen Seite der Bahngleise vor Roy versteckt hatte, war er nicht sofort in die Stadt gerast, um ihm am Haus aufzulauern, sondern hatte die Verfolgung aufgegeben und war zurückgekommen, alle Spuren des geplanten Anschlags auf den Zug zu beseitigen. Er hatte jedes einzelne Blech der für den Laster gebauten Rollbahn fortgebracht und sogar noch den Ford mit dem

Wagenheber hochgekurbelt, um die verräterischen Bleche unter den Hinterrädern zu entfernen. Roy hatte sich sogar die Mühe gemacht, das Gras zu harken. Bei genauer Prüfung entdeckte Colin einige geknickte Halme dort, wo die Bleche gelegen hatten, aber als Beweis, Weezy von der Wahrheit seiner Geschichte zu überzeugen, reichten die Spuren nicht aus.

Der Ford stand zwar dicht am Abhang, aber er sah so aus, als stünde er seit Jahren ungestört an derselben Stelle. Colin kniete neben ihm nieder und griff hinter eins der rostigen Räder. Er holte einen Placken Schmierfett hervor.

«Was machst du da?» fragte Weezy.

«Das ist alles, was ich dir zeigen kann. Er hat alle anderen Spuren beseitigt.»

«Was ist das?»

«Schmierfett.»

«Und?»

2. Teil

28

Sieben Tage blieb Colin im Haus. Der Hausarrest war ein Teil seiner Strafe. Seine Mutter vergewisserte sich, daß er sich an ihr Gebot hielt. Sie rief täglich sechs- bis achtmal an. Manchmal vergingen zwischen den Anrufen zwei oder drei Stunden und manchmal telefonierte sie dreimal innerhalb einer halben Stunde. Er wagte nicht, sich davonzustehlen.

Im Grunde hatte er nicht das Verlangen fortzugehen. Er war ans Alleinsein gewöhnt und fühlte sich mit sich selbst wohl und zufrieden. Sein Zimmer war die längste Zeit seines Lebens der größte Teil seiner Welt gewesen, und für eine Weile wenigstens würde es ausgezeichnet als einziger Lebensraum herhalten. Er hatte seine Bücher, die Horror-Comics, die Modelle der Filmungeheuer und das Radio; er konnte sich eine Woche, einen Monat oder noch länger gut beschäftigen. Im übrigen hatte er Angst, daß Roy Borden ihn in dem Augenblick haben würde, in dem er einen Fuß vor die Tür setzte.

Weezy hatte sehr deutlich gesagt, daß er nach dem Absitzen der einwöchigen Strafe eine lange Bewährungszeit vor sich haben würde. Für den Rest des Sommers mußte er vor Einbruch der Dunkelheit zu Hause sein. Er hatte keine Gefühle geäußert, als sie diese Regel festlegte, empfand sie aber in Wirklichkeit nicht als Strafe. Er hatte nicht die Absicht, in der Nacht auszugehen. Solange Roy in Freiheit war, würde Colin jeden Sonnenuntergang bange vorausahnen, als wäre er eine Gestalt aus Bram Stokers *Dracula*.

Zusätzlich zum Hausarrest strich ihm Weezy das Taschengeld eines Monats. Auch das störte ihn nicht. Er hatte eine große

Metallkasse in Form einer fliegenden Untertasse, die voller Münzen und Dollarscheine war, die er im Lauf der letzten zwei Jahre gespart hatte.

Allein die Tatsache, daß die Reglementierung seine Beziehungen zu Heather Lipshitz stören würde, machte ihm große Sorge. Er hatte nie eine Freundin gehabt. Noch nie hatte sich ein Mädchen für ihn interessiert. Nicht im mindesten. Jetzt, wo er endlich Chancen bei einem Mädchen hatte, sollten sie ihm nicht verdorben werden.

Er rief Heather an und erklärte, daß er zu Hause festsaß und nicht mit ihr ins Kino gehen konnte. Er sagte ihr nicht die Wahrheit über den Hausarrest und erwähnte nicht, daß Roy versucht hatte, ihn zu töten. Sie kannte ihn noch nicht gut genug, um ihm eine so wilde Geschichte abzunehmen. Und von allen Menschen, die Colin kannte, war ihm Heathers Meinung im Augenblick am wichtigsten. Er wollte nicht, daß sie ihn für übergeschnappt hielt. Als er seine Lage darlegte, reagierte sie verständnisvoll, und sie verschoben die Verabredung auf den kommenden Mittwoch, an dem er wieder aus dem Haus durfte. Es machte ihr nicht einmal was aus, daß sie zur Nachmittagsvorstellung gehen mußten, und daß er von seiner Mutter nur Ausgang bis zur Dunkelheit hatte. Zwanzig Minuten lang schwatzten sie über Filme und Bücher, und es fiel ihm mit ihr leichter als jemals zuvor mit einem Mädchen.

Als er auflegte, fühlte er sich wohler als vor dem Telefongespräch. Wenigstens für ein Drittel einer Stunde hatte er alle Gedanken an Roy Borden in den Hintergrund schieben können.

Er rief Heather an jedem Tag der Arrestwoche an, und es mangelte ihnen nie an einem Thema. Er erfuhr sehr viel über sie, und je mehr er über sie wußte, desto besser gefiel sie ihm. Er hoffte, auf sie einen ebenso guten Eindruck zu machen und wartete ungeduldig auf das Wiedersehen.

Er rechnete damit, daß Roy an einem Nachmittag vor der Tür stehen würde, oder daß er anrief und ihn bedrohte, aber die Tage verstrichen ereignislos. Er dachte daran, selber einen Vorstoß zu machen, einfach um zu sehen, was geschehen würde. Ein-, zweimal am Tag griff er nach dem Telefon, kam aber nie weiter als zu den ersten drei Zahlen der Nummer der Bordens, denn dann begann er zu zittern und legte wieder auf.

Er las ein halbes Dutzend neuer Taschenbücher: Science-fiction, Ritter- und Hexenbücher, okkulte Erzählungen, Zeugs mit abstrusen Schurken, all das, was er am liebsten las. Aber mit der Handlung konnte etwas nicht stimmen oder mit dem Stil der Autoren, denn er bekam nie das vertraute kalte Erschauern von früher. Sie brachten ihn nicht mehr dazu, beim Umblättern über die Schulter zu blicken.

Er schlief nicht gut. Wenn er die Augen länger als eine Minute schloß, hörte er unheimliche Geräusche: Das verstohlene, aber anhaltende Tappen, das jemand machen konnte, der versuchte, durch die verschlossene Tür oder ein Fenster ins Schlafzimmer einzudringen. Auch vom Dachboden hörte er etwas, etwas Schweres, das sich vor und zurück schleppte, als suche es eine morsche Stelle in der Decke seines Zimmers. Er dachte an die so verächtlichen Feststellungen seiner Mutter und sagte sich, daß nichts auf dem Dachboden war, sagte sich, daß es nur seine allzu lebhafte Phantasie war, aber dennoch hörte er es weiterhin. Nach zwei schlechten Nächten ergab er sich der Angst und las bis zur Morgendämmerung; dann erst, im frühen Morgenlicht, gelang es ihm einzuschlafen.

29

Mittwochvormittag, acht Tage nach dem Vorfall auf Hermit Hobsons Autofriedhof, endete Colins Hausarrest. Er hatte Hemmungen, das Haus zu verlassen. Er prüfte von allen Parterrefenstern aus das umgebende Gelände, aber obwohl er nichts Ungewöhnliches entdecken konnte, kam ihm der Rasen des Vorgartens gefährlicher als jedes Schlachtfeld jedes jemals geführten Krieges vor, auch wenn keine Bomben explodierten oder Kugeln pfiffen.

– Roy würde nie etwas am hellen Tag unternehmen.

Er ist verrückt. Woher willst du wissen, was er plant?

– Los, geh schon. Geh raus und erledige, was du zu tun hast.

Wenn er wartet ...

– Du kannst dich hier nicht den Rest deines Lebens verstekken.

Er ging zur Bibliothek. Als er durch die sonnigen Straßen radelte, sah er sich immer wieder um. Er war ziemlich sicher, daß Roy ihn nicht verfolgte.

Obwohl Colin in der Nacht nur drei Stunden geschlafen hatte, stand er wartend an der Tür, als Mrs. Larkin, die Bibliothekarin, öffnete. Er war, seit sie nach Santa Leona gezogen waren, jede Woche zweimal in die Bibliothek gekommen, und Mrs. Larkin hatte schnell erfaßt, was er gern las. Als sie ihn auf der obersten Stufe stehen sah, sagte sie: «Wir haben am vorigen Freitag den neuen Roman von Arthur C. Clarke reinbekommen.»

«Das ist ja prima.»

«Ich hab ihn nicht gleich ins Regal gestellt, weil ich dachte, du würdest noch am Freitag oder spätestens am Samstag kommen.»

Er folgte ihr in das große kühle Stuckgebäude und in den Hauptraum, in dem das Geräusch ihrer Schritte durch die riesigen Bücherstapel gedämpft wurde und in dem es nach Leim und vergilbendem Papier roch.

«Als du am Montagnachmittag noch nicht aufgetaucht warst», fuhr Mrs. Larkin fort, «konnte ich das Buch nicht länger zurückhalten. Und stell dir vor, gestern hat es jemand ein paar Minuten vor fünf Uhr noch ausgeliehen.»

«Das macht doch nichts», sagte Colin. «Vielen Dank, daß Sie an mich gedacht haben.»

Mrs. Larkin war eine liebenswürdige, rothaarige Frau mit zu wenig Stirn, zu viel Kinn, zu wenig Busen und zu viel Hinterteil. Ihre Brillengläser waren ebenso dick wie Colins. Sie liebte Bücher und Bücherleser. Colin hatte sie sehr gern.

«Ich bin hauptsächlich gekommen, um einen der Mikrofilmapparate zu benützen.»

«Oh, es tut mir leid, aber wir haben keine Science-fiction auf Mikrofilmen.»

«Heute geht es mir nicht um Science-fiction. Ich würde sehr gern alte Ausgaben vom Santa Leona *News Register* sehen.»

«Wozu denn das?» Sie machte ein Gesicht, als hätte sie in eine Zitrone gebissen. «Vielleicht verrate ich meine eigene Heimatstadt, wenn ich das sage, aber das *News Register* ist die langweiligste Lektüre, die du dir suchen kannst. Lauter Berichte über Kuchenverkäufe für wohltätige Zwecke oder Gemeindefeiern und über Stadtratsitzungen, bei denen alberne Politiker stundenlang zanken, ob sie Schlaglöcher auf dem Broadway füllen lassen sollen oder nicht.»

«Ach ... ich denke an den Schulbeginn im September», sagte Colin und fragte sich, ob das so lächerlich klang, wie es sich für ihn anhörte. «Englische Aufsätze machen mir immer Schwierigkeiten und ich wollte ein bißchen vorausplanen.»

«Ich kann mir gar nicht denken, daß du in der Schule bei irgend etwas Schwierigkeiten haben solltest.»

«Ach ... ich dachte an einen Aufsatz über den Sommer in Santa Leona, nicht einen Sommer, sondern Sommer im allgemeinen und historisch gesehen. Ich möchte Material sammeln.»

Sie lächelte anerkennend. «Du bist ehrgeizig, nicht wahr?»

Er zog die Schultern hoch. «Nicht besonders.»

«In all den Jahren, in denen ich hier gearbeitet habe, bist du der erste Junge, der in den Ferien kommt, um sich auf den nächsten Herbst vorzubereiten. Wenn das nicht ehrgeizig ist! Aber mir gefällt es. Wenn du so weitermachst, wirst du im Leben vorwärtskommen.»

Colin schämte sich, weil er das Lob nicht verdiente und sie belogen hatte. Er spürte, daß er einen roten Kopf bekam und merkte dann plötzlich, daß er seit einer Woche und vielleicht sogar noch länger nicht mehr rot geworden war. Für ihn bedeutete es einen Rekord.

Er ging in die Mikrofilm-Nische, und Mrs. Larkin brachte ihm Filmspulen aller Ausgaben des *News Register* vom Juni, Juli und August des vorigen und vorvorigen Jahres. Sie zeigte ihm, wie er mit dem Apparat umgehen mußte, blickte ihm über die Schulter, bis sie sicher war, daß er keine Fragen mehr hatte, und ließ ihn dann allein.

Rose. Irgendwas und Rose. Jim Rose? Arthur Rose? Michael Rose?

Er erinnerte sich an den Nachnamen wegen der Blüte, kam aber nicht mehr auf den Vornamen des Jungen.

Phil Pacino. An den erinnerte er sich, weil er an Al Pacino, den Filmschauspieler, gedacht hatte.

Er beschloß, mit Phil zu beginnen und legte die Spulen mit den Zeitungsausgaben des vorigen Sommers zurecht. Da er annahm, daß beide Todesfälle auf der Titelseite gestanden haben mußten, überflog er sie und suchte nach Balkenüberschriften.

Er konnte sich nicht an das von Roy genannte Datum erinnern. Er begann mit dem Juni und arbeitete sich bis zum ersten August vor, ehe er den Bericht fand.

JUNGE AUS SANTA LEONA
KOMMT IN FEUER UM

Er las den letzten Absatz des Artikels, als er spürte, daß sich die Atmosphäre verwandelt hatte. Er wußte, daß Roy hinter ihm stand. Er wirbelte herum und sprang während des Umdrehens aus dem Drehstuhl auf – aber Roy war nicht da. Niemand war da. Niemand saß an den Arbeitstischen. Niemand stand suchend vor den Regalen. Mrs. Larkin saß nicht an ihrem Schreibtisch. Er hatte es sich eingebildet.

Er setzte sich und las den Artikel noch einmal. Es war genau wie Roy es erzählt hatte. Das Haus der Pacinos war bis auf die Grundmauern niedergebrannt. In den Trümmern hatten die Feuerwehrmänner die verkohlte Leiche von Philip Pacino, vierzehn Jahre, gefunden.

Colin fühlte die Schweißtropfen auf seiner Stirn. Er wischte sich mit einer Hand über das Gesicht und trocknete sie an den Jeans ab.

Die Ausgaben der folgenden Woche las er mit größter Aufmerksamkeit und suchte nach weiteren Berichten. Er fand drei.

BERICHT DES BRANDMEISTERS
SPIEL MIT STREICHHÖLZERN

Nach der endgültigen offiziellen Untersuchung hat Philip Pacino den Brand verursacht. Er hat neben einer Arbeitsplatte, auf der er Modellflugzeuge konstruierte, mit Streichhölzern gespielt. Anscheinend waren auf der Arbeitsplatte mehrere sehr feuergefährliche Dinge, unter anderem mehrere Tuben und Töpfe mit Klebstoff, ein Behälter mit Feuerzeugbenzin und eine offene Flasche Farbentferner.

Der zweite Artikel stand auf der Seite 2 und handelte von der Beerdigung des Jungen. Er enthielt Anerkennungen seiner Lehrer, tränenvolle Erinnerungen seiner Freunde und Auszüge aus der Trauerrede. Eine Fotografie der vom Leid gezeichneten Eltern stand über dem Dreispalter.

Colin las ihn zweimal sehr interessiert durch, weil einer der im Artikel erwähnten Freunde von Phil Pacino Roy Borden war.

Zwei Tage später folgte ein Leitartikel, der nach dem Standard des *News Register* sehr hart ausfiel.

WIE KOMMT MAN TRAGÖDIEN ZUVOR?
WER IST VERANTWORTLICH?

In keinem der vier Berichte war auch nur ein winziger Hinweis, daß die Polizei oder die Feuerwehr Mord oder Brandstiftung vermutete. Von Anfang an hatten sie es für einen Unfall gehalten, das Ergebnis von Fahrlässigkeit oder jugendlichem Leichtsinn.

Aber ich weiß, wie es wirklich war, dachte Colin.

Er war müde. Er hatte fast zwei Stunden vor dem Mikrofilmprojektor gesessen. Er schaltete ihn aus, stand auf und reckte sich.

Er war nun nicht mehr allein in der Bibliothek. Eine Frau in einem roten Kleid stand vor dem Regal mit Zeitschriften. An einem der Tische in der Mitte des Raums saß ein rundlicher, kahlwerdender Priester vor einem gewaltigen Buch und machte emsig Notizen. Colin ging zu einem der beiden großen Fenster und setzte sich seitlich auf die tiefe, breite Fensterbank. Er starrte nachdenklich durch das staubige Glas. Hinter dem Fenster lag ein katholischer Friedhof, an dessen hinterem Ende die Kirche Unsere Schmerzvolle Madonna über den Überresten ihrer dahingegangenen Pfarrkinder wachte.

«Hallo!»

Colin blickte überrascht auf. Es war Heather.

«Oh, hi», sagte er und wollte aufstehen.

«Bleib ruhig sitzen.» Sie sprach mit leiser Bibliotheksstimme. «Ich kann nicht lange bleiben. Ich muß für meine Mutter was erledigen. Ich wollte mir bloß ein Buch holen und sah dich hier sitzen.» Sie trug ein kastanienbraunes T-Shirt und weiße Shorts.

«Du siehst unheimlich gut aus», sagte Colin ebenso leise.

Sie lächelte. «Danke schön.»

«Wirklich toll.»

«Jetzt machst du mich verlegen.»

«Warum? Weil ich gesagt habe, daß du unheimlich gut aussiehst?»

«Hm ... ja, in gewisser Weise schon.»

«Meinst du, du fühltest dich wohler, wenn ich sagte, du sähest scheußlich aus?»

Sie lachte befangen. «Nein, natürlich nicht. Es ist nur – mir hat noch nie einer gesagt, ich sähe toll gut aus.»

«Soll das ein Spaß sein?»

«Nein.»

«Das hat dir noch nie ein Junge gesagt? Sind die alle blind?»

Sie wurde rot. «Ach, ich weiß, daß ich nicht wirklich so gut aussehe.»

«Aber sicher tust du das.»

«Ich hab einen zu großen Mund. Er ist zu breit.»

«Mir gefällt er.»

«Und meine Zähne sind auch nicht besonders hübsch.»

«Sie sind sehr weiß.»

«Aber ein paar sind schief.»

«Nicht so, daß es auffallen würde», sagte Colin.

«Meine Hände mag ich nicht. Ich hab so dicke Finger. Meine Mutter hat lange, elegante Finger, aber meine sehen wie Würstchen aus.»

«Das ist albern. Du hast sehr hübsche Finger.»

«Und meine Knie sind knubbelig.»

«Deine Knie sind prima», sagte er.

«Jetzt hör dir das an», sagte sie nervös. «Endlich sagt ein Junge, daß ich nett aussehe, und ich versuche es ihm auszureden!»

Colin war fassungslos, daß sogar ein so hübsches Mädchen wie Heather an sich zweifeln konnte. Er hatte immer gedacht, daß die Kinder, die er bewunderte – diese goldenen, blauäugigen, gut gewachsenen kalifornischen Jungen und Mädchen – eine allen anderen überlegene Rasse wären, Wesen besonderer Art, die mit ungebrochenem Selbstvertrauen durch das Leben glitten. Er war gleichzeitig froh und enttäuscht, einen Sprung in diesem Mythos zu entdecken. Plötzlich ging ihm auf, daß diese besonderen, strahlenden jungen Leute gar nicht so anders waren als er, daß sie nicht so überlegen waren, wie er geglaubt hatte.

Diese Entdeckung tat ihm gut. Andererseits aber kam er sich vor, als hätte er etwas Wichtiges verloren – eine freundliche Illusion.

«Wartest du auf Roy?» fragte Heather.

Er rutschte unbehaglich auf der Fensterbank herum. «Ach ... Nein. Ich hab hier nur was ... eruiert.»

«Ich dachte, du hättest am Fenster nach Roy Ausschau gehalten. Mir gefällt es, daß er hier jeden Tag herkommt.»

«Wer?»

«Roy?»

«Wohin kommt er?»

«Dahin.» Sie zeigte auf einen Punkt unterhalb des Fensters.

Colin sah hinaus, dann wieder auf Heather. «Heißt das, daß er jeden Tag in die Kirche geht?»

«Nein. Auf den Friedhof. Weißt du das nicht?»

«Erzähl es mir.»

«Na, ich wohne drüben, auf der anderen Seite der Straße. Das weiße Haus mit den blauen Verzierungen. Siehst du es?»

«Ja.»

«Ich sehe ihn meistens, wenn er kommt.»

«Was macht er denn da?»

«Er besucht seine Schwester.»

«Er hat eine Schwester?»

«Er hatte eine. Sie ist tot.»

«Davon hat er mir kein Wort gesagt.»

Heather nickte. «Ich glaube, davon redet er nicht gern. Ich hab mal zu ihm gesagt, wie nett es wäre, daß er immer so treu zu ihrem Grab ginge. Er ist furchtbar wütend geworden.»

«Wirklich?»

«Wie verrückt.»

«Warum denn?»

«Das weiß ich nicht. Anfangs dachte ich, der Gedanke an ihren Tod schmerzte ihn immer noch. Ich dachte, daß er vielleicht deswegen nicht darüber reden wollte. Aber dann später kam es mir so vor, als wäre er so wütend auf mich, weil ich ihn bei etwas Falschem ertappt hätte. Aber das war doch gar nicht falsch. Es ist alles sehr merkwürdig.»

Colin mußte erst über diese Neuigkeit nachdenken. Er starrte auf den sonnigen Friedhof. «Wie ist sie gestorben?»

«Ich weiß nicht. Es war vor meiner Zeit. Ich meine, wir sind erst vor drei Jahren nach Santa Leona gezogen. Da war sie schon lange tot.»

Eine Schwester.

Eine tote Schwester.

Irgendwie war das der Schlüssel.

«So», sagte Heather, ohne zu ahnen, welche wichtige Information sie ihm gegeben hatte, «jetzt muß ich gehen. Ich hab von meiner Mutter einen Einkaufszettel bekommen. Sie rechnet damit, daß ich in einer Stunde wieder zurück bin. Sie kann es nicht leiden, wenn jemand zu spät kommt. Sie sagt, Unpünktlichkeit ist ein Zeichen, daß es sich um schlampige, egoistische Leute handelt. Wir sehen uns dann um sechs Uhr.»

«Es tut mir leid, daß wir in die frühe Vorstellung gehen müssen.»

«Das macht doch nichts», sagte sie. «Es ist derselbe Film, egal um welche Zeit er gezeigt wird.»

«Und ich hab dir ja schon gesagt, ich muß so gegen neun Uhr zu Hause sein, ehe es richtig dunkel ist. So ein Mist!»

«Nein. Das ist auch okay. Irgendwann hört das doch auch wieder auf. Die Strafe gilt doch nur für einen Monat, nicht? Reg dich nicht drüber auf. Wir können uns trotzdem amüsieren. Bis dann.»

«Bis dann», sagte er.

Er sah ihr auf dem Weg durch die stille Bibliothek nach. Als sie verschwunden war, drehte er sich wieder zum Friedhof um.

Eine tote Schwester.

30

Colin fand den Grabstein ohne Schwierigkeit; er war wie der Strahl eines Leuchtturms. Er war größer, glatter poliert und aufwendiger als jeder andere auf dem ganzen Friedhof. Mr. und Mrs. Borden hatten nicht daran gespart. Es war ein kompliziertes Gebilde, zusammengesetzt aus Granit und Marmor, fast fugenlos verbunden. Große, konische Buchstaben waren tief in den geäderten, spiegelglatten Marmor eingegraben.

Nach den Lebensdaten war sie vor mehr als sechs Jahren gestorben, am letzten Apriltag. Das Grabmal war sicher um ein Vielfaches größer als das Kind, an das es erinnern sollte; denn Belinda Jane war fünf Jahre gewesen, als sie zu Grabe getragen wurde.

Colin kehrte in die Bibliothek zurück und bat Mrs. Larkin um den Mikrofilm mit der sechs Jahre alten Ausgabe des *News Register* vom 30. April. Der Artikel stand auf der ersten Seite.

Roy hatte seine kleine Schwester getötet.

Kein Mord. Nur ein Unfall. Ein entsetzlicher Unfall.

Niemand hätte ihn verhindern können.

Ein achtjähriger Junge findet die Autoschlüssel seines Vaters auf dem Küchentisch. Er setzt sich in den Kopf, einmal um den Block zu fahren. Das wird beweisen, daß er größer und besser ist, als alle glauben. Es wird beweisen, daß er sogar schon groß genug ist, mit der Eisenbahn seines Vaters zu spielen, was ihm verboten ist, er aber furchtbar gern möchte. Das Auto steht auf der Auffahrt. Der kleine Junge legt ein Kissen auf den Sitz, um über das Steuerrad sehen zu können. Aber dann entdeckt er, daß er mit den Füßen nicht ans Gaspedal und die Bremse kommt. Er sucht herum und findet einen armlangen Holzbalken neben der Garage, genau das, was er braucht. Er denkt, er könnte mit dem Holzpflock auf die Pedale drücken. Eine Hand für den Balken, eine Hand zum Steuern. Im Auto startet er den Motor und zerrt am Schalthebel. Seine Mutter hört es und kommt aus dem Haus. Sie sieht soeben das kleine Mädchen hinter das Auto gehen. Sie ruft beide Kinder laut an und beide winken ihr zu. Der Junge bekommt schließlich den Rückwärtsgang herein, gerade als die Mutter auf ihn zustürzt. Im selben Augenblick stößt er mit dem Holzpflock auf das Gaspedal. Der Wagen rollt rückwärts. Sehr schnell. Er schießt zurück. Er streift das kleine Mädchen. Es stürzt mit einem einzigen Aufschrei auf die Erde. Ein Reifen rollt über ihr Köpfchen, das wie ein blutgefüllter Ballon platzt. Als die Männer mit dem Krankenwagen ankommen, finden sie die Mutter mit gespreizten Beinen auf dem Rasen sitzen, mit leerem Gesicht, immer dieselben Worte wiederholend. «Er ist aufgeplatzt. Einfach aufgeplatzt. Einfach so. Ihr kleiner Kopf. Er ist einfach aufgeplatzt.»

Colin schaltete den Apparat aus.
Er wünschte, er könnte sein Gehirn ausschalten.

31

Er kam ein paar Minuten vor fünf nach Hause. Weezy kam eine Minute nach ihm herein. «Hallo, Skipper!»

«Hallo.»

«Wie hast du den Tag verbracht? Was hast du gemacht?»

«Nicht viel.»

«Ich möchte es aber gern hören.»

Er setzte sich aufs Sofa. «Ich war in der Bibliothek.»

«Wann war das?»

«Um neun Uhr früh.»

«Du warst schon fort, als ich aufgestanden bin.»

«Ich bin gleich in die Bibliothek gegangen.»

«Und danach?»

«Woanders war ich nicht.»

«Wann bist du nach Hause gekommen?»

«Gerade eben.»

Sie runzelte die Stirn. «Du warst den ganzen Tag in der Bibliothek? Das nehme ich dir nicht ab.»

«Ich war wirklich da.»

Sie ging im Wohnzimmer hin und her. Er streckte sich auf dem Sofa aus. «Du machst mich wütend, Colin!»

«Es stimmt aber. Ich bin gern in der Bibliothek.»

«Du bekommst wieder Hausarrest.»

«Weil ich in der Bibliothek war?» Er schloß die Augen.

«Wo warst du sonst noch?»

Er seufzte. «Wenn du unbedingt was Wildes hören willst.»

«Ich will genau wissen, wo du heute überall warst.»

«Na schön. Ich bin an den Strand gegangen.»

«Hast du dich von dieser Clique ferngehalten?»

«Ich mußte jemand am Strand treffen.»

«Wen?»

«Einen Dealer, den ich kenne.»

«Was?»

«Er verkauft am Strand direkt aus seinem Lieferwagen. Ich hab ein Mayonnaiseglas voll Pillen gekauft.»

«O Gott!»

«Dann hab ich die Pillen mit nach Hause genommen und in Zehnerpackungen in Zellophan gewickelt.»

«Wo hast du sie versteckt? Wo?»

«Ich hab sie mit in die Stadt genommen und einzeln verkauft.»

«Oh, mein Gott! In was hast du dich da eingelassen. Was ist nur mit dir los?»

«Ich hab fünftausend für das Zeug bezahlt und es für fünfzehntausend verkauft. Das ist ein Reingewinn von zehntausend. Wenn ich das einen Monat lang täglich schaffe, bekomme ich genug Geld zusammen, um einen Klipper zu kaufen und tonnenweise Opium aus dem Orient einzuschmuggeln.»

Colin öffnete die Augen.

Sie hatte ein rotes Gesicht bekommen.

«Was, zum Teufel, ist in dich gefahren?» fragte sie wütend.

«Ruf Mrs. Larkin an», sagte er. «Wahrscheinlich ist sie noch da.»

«Wer ist Mrs. Larkin?»

«Die Bibliothekarin. Sie wird dir sagen können, wo ich den ganzen Tag war.»

Weezy starrte ihn einen Augenblick an und ging dann in die Küche, um zu telefonieren. Er konnte es nicht glauben. Sie rief tatsächlich in der Bibliothek an. Er war gedemütigt.

Als sie zurückkam, sagte sie: «Du *warst* den ganzen Tag lang in der Bibliothek. Warum machst du das?»

«Weil ich gern in die Bibliothek gehe.»

«Ich meine, warum erfindest du eine Geschichte, daß du unten am Strand Pillen kaufst?»

«Ich dachte, du wolltest das hören.»

«Vermutlich hältst du das für komisch.»

«Ein bißchen komisch schon.»

Sie setzte sich in einen der Sessel. «All unsere Gespräche in der letzten Woche – ist davon denn nichts hängengeblieben?»

«Jedes Wort», sagte er.

«Ich sagte dir, wenn du willst, daß ich dir traue, mußt du dir das Vertrauen verdienen. Wenn du wie ein Erwachsener behandelt werden willst, mußt du dich wie einer benehmen. Du scheinst mir zuzuhören, und ich hoffe, daß es etwas fruchtet – und dann bindest du mir so einen Bären auf. Begreifst du nicht, was du mir damit antust?»

«Ich glaube ja.»

«Diese kindische Geschichte vom Pillenkauf am Strand ... wenn du so was machst, traue ich dir immer weniger.»

Sie schwiegen beide einige Zeit. Endlich brach Colin das Schweigen: «Bist du heute zum Essen zu Hause?»

«Ich kann nicht, Skipper. Ich hab –»

«– eine geschäftliche Verabredung.»

«Das stimmt. Aber ich koch dir was, bevor ich gehe.»

«Das ist nicht nötig.»

«Ich möchte nicht, daß du immer solchen Mist ißt.»

«Ich mach mir ein Käsebrot», sagte er.

«Dann trink Milch dazu.»

«Okay.»

«Was hast du heute abend vor?»

«Ach, ich denke, ich gehe ins Kino», sagte er und vermied es absichtlich, Heather zu erwähnen.

«In welches Kino?»

«Ins *Baronet*.»

«In was für einen Film?»

«Eine Horrorgeschichte.»

«Wenn du doch endlich mal aus dieser Kitschphase herauswachsen würdest!»

Er sagte nichts.

«Denk daran, daß du zu Hause sein mußt, bevor es dunkel wird.»

«Ich gehe in die Sechs-Uhr-Vorstellung. Sie ist um acht zu Ende, dann bin ich rechtzeitig zurück.»

«Ich kontrolliere dich, Colin.»

«Ich weiß.»

Sie seufzte und stand auf. «Ich muß unter die Dusche und mich umziehen.» Sie ging zur Diele, drehte sich dann um und sah ihn wieder an. «Wenn du dich vorhin anders betragen hättest, fände ich es vielleicht nicht mehr nötig, dich zu kontrollieren.»

«Tut mir leid», sagte er. Als er dann allein war, sagte er: «Bockmist.»

Colins erste Verabredung mit Heather war wunderbar. Obwohl der Horrorfilm nicht so gut war, wie er es erhofft hatte, gab es in der letzten halben Stunde genug zum Gruseln; Heather hatte größere Angst als er und beugte sich zu ihm, hielt in der Dunkelheit seine Hand und suchte Schutz und Beruhigung. Colin fühlte sich ungewohnt stark und mutig. Im kühlen Zuschauerraum, in den samtenen Schatten, im blassen, flackernden, von der Leinwand zurückgeworfenen Licht, die Hand seines Mädchens haltend, glaubte er zu wissen, wie das Paradies sein mußte.

Nach dem Kino, als die Sonne sich über dem Pazifik senkte, begleitete er sie nach Hause. Die Luft duftete nach dem Meer, über ihnen schwankten und flüsterten die Palmen.

Zwei Häuserblocks vom Kino entfernt stolperte Heather über eine lose Platte des Fußwegs. Sie fiel nicht, verlor nicht einmal das Gleichgewicht, sagte aber dennoch: «Verdammt!» Sie errötete. «Ich bin so verflixt tolpatschig.»

«Sie sollten die Gehwege nicht so verkommen lassen. Jemand könnte sich wirklich verletzen.»

«Auch wenn er ganz gerade und glatt wäre, würde ich trotzdem noch stolpern.»

«Warum sagst du das?»

«Weil ich so schrecklich ungeschickt bin.»

«Das bist du gar nicht.»

«Doch.» Als sie wieder weitergingen, sagte sie: «Ich würde wer weiß was geben, wenn ich so graziös sein könnte wie meine Mutter.»

«Du bist graziös.»

«Ich bin tolpatschig. Du solltest meine Mutter sehen. Die geht nicht, sie gleitet.»

Sie gingen ein Stück weiter und schwiegen. Dann seufzte sie tief auf. «Ich bin für sie eine Enttäuschung.»

«Für wen?»

«Meine Mutter.»

«Warum?»

«Ich reiche nicht an sie heran. Weißt du, daß meine Mutter Miss California war?»

«Meinst du, bei einem Schönheitswettbewerb?»

«Ja. Sie hat gewonnen. Viele andere Wettbewerbe übrigens auch.»

«Wann war das?»

«Miss California war sie vor siebzehn Jahren. Mit neunzehn.»

«*Wow!*» sagte Colin. «Das ist wirklich eine Neuigkeit.»

«Als ich klein war, hat sie mich zu Schönheitswettbewerben von Kindern geschickt.»

«Wirklich? Was für Titel hast du gewonnen?»

«Keinen.»

«Das kann ich kaum glauben.»

«Aber es stimmt. Ich bin nie weiter als auf den zweiten Platz gekommen. Meistens war ich nur die dritte.»

«Meistens? Heißt das, daß du mehrmals als zweite oder dritte abgeschnitten hast?»

«Ich war viermal auf dem zweiten und zehnmal auf dem dritten Platz. Und fünfmal bin ich ausgeschieden.»

«Aber das ist doch phantastisch!» sagte Colin. «Bei neunzehn Versuchen bist du vierzehnmal unter den ersten drei gewesen!»

«Bei einem Schönheitswettbewerb zählt nur der erste Platz», erklärte Heather. «Du mußt den Titel gewinnen.»

«Deine Mutter muß stolz auf dich gewesen sein.»

«Sie hat jedesmal, wenn ich auf den zweiten oder dritten Platz kam, gesagt, daß sie das wäre. Aber ich hatte immer den Eindruck, daß sie sehr enttäuscht war. Als ich mit zehn noch nie gewonnen hatte, hörte sie auf, mich zu den Wettbewerben zu melden. Ich glaube, sie hielt es für hoffnungslos.»

«Aber du hast doch fabelhaft abgeschnitten», beharrte Colin.

«Du vergißt, daß sie Miss California war und nicht Nummer zwei oder Nummer drei.»

Er staunte über dieses schöne Mädchen, das nicht wußte, wie schön sie wirklich war. Ihr Mund war hinreißend; sie hielt ihn für zu breit. Sie hatte geradere und weißere Zähne als fast alle, die er kannte; sie hielt sie für schief. Ihr Haar war dicht und glänzend; sie glaubte, es wäre dünn und matt. Graziös wie eine Katze; sie nannte es tolpatschig. Ein Mädchen wie sie sollte voller Selbstbewußtsein sein, aber sie quälten Zweifel. Unter der glänzenden Oberfläche war sie ebenso unsicher und dem

Leben nicht gewachsen wie er. Plötzlich wurden seine Beschützerinstinkte wach. «Wenn ich einer der Richter gewesen wäre, hättest du jede dieser Wahlen gewonnen.»

Sie errötete wieder und lächelte ihn an. «Du bist sehr lieb.»

Gleich darauf kamen sie zu ihrem Haus und blieben beim Gartentor stehen.

«Weißt du, was mir an dir so gut gefällt?» fragte sie.

«Ich hab mir schon das Gehirn zermartert, um das herauszubekommen», sagte er.

«Einmal redest du nicht über das, worüber alle anderen Jungen reden. Sie scheinen alle zu glauben, Jungens dürften sich für nichts anderes interessieren als Football, Baseball und Autos. Das langweilt mich alles. Und dann redest du nicht nur – du hörst zu! Fast niemand kann zuhören.»

«Weißt du», sagte er, «was mir an dir so gut gefällt ist, daß es dir nichts ausmacht, wenn ich nicht so bin wie andere Jungen.»

Sie sahen sich beide etwas verlegen an, dann sagte sie: «Ruf mich morgen an, ja?»

«Bestimmt.»

«Jetzt mach, daß du nach Hause kommst. Es ist besser, du ärgerst deine Mutter nicht.»

Sie drückte einen schüchternen kleinen Kuß auf seinen Mundwinkel, drehte sich um und rannte ins Haus.

Ein paar Häuserblocks weit war Colin wie ein Schlafwandler; er bewegte sich, in schöne Träume versunken, in Schlangenlinien heimwärts. Ganz plötzlich drangen dann der sich verdunkelnde Himmel, die größer werdenden Schattentümpel und die nächtliche Kühle in sein Bewußtsein. Er hatte keine Angst, die Sperrstunde seiner Mutter nicht einzuhalten. Er fürchtete sich nicht vor ihr. Aber er hatte Angst, Roy in der Dunkelheit zu begegnen. Er rannte das letzte Stück des Heimwegs.

33

Am Donnerstag kehrte Colin in die Bibliothek zurück, um seine Suche in den Mikrofilmausgaben der Zeitung fortzusetzen. Er nahm sich nur zwei Seiten jeder Ausgabe vor: Die Titelseite und die Rubrik mit den Einlieferungen und Entlassungen des Krankenhauses. Dennoch brauchte er sechs Stunden, bis er fand, wonach er suchte.

Auf den Tag ein Jahr nach dem Tod seiner kleinen Schwester war Roy Borden ins General Hospital von Santa Leona eingeliefert worden. Die Ausgabe vom 1. Mai brachte nur eine Zeile, aus der die Ursache der Krankheit nicht hervorging. Colin aber war überzeugt, daß sie etwas mit dem merkwürdigen Unfall zu tun hatte, über den Roy nicht sprechen wollte, mit der Verletzung, die so schreckliche Narben auf seinem Rücken hinterlassen hatte.

Der nächste Name unter Roys auf der Einlieferungsrubrik war der von Helen Borden, seiner Mutter. Colin starrte lange darauf. Wegen der Narben, die er gesehen hatte, erwartete er, früher oder später Roys Namen zu finden, aber daß auch die Mutter auftauchte, verblüffte ihn. Waren sie und ihr Sohn gleichzeitig verunglückt?

Colin prüfte die Ausgaben vom 30. April und 1. Mai nun Seite für Seite ganz genau. Er suchte nach einem Autounfall, einer Explosion oder einem Brand, aber er fand nichts. Dann ließ er den Film weiterlaufen. Es gab nur noch zwei kleine, brauchbare Notizen, von denen die erste verwirrend war. Zwei Tage nach ihrer Aufnahme im Santa Leona General war Mrs. Borden in ein größeres Krankenhaus, St. Joseph, in der Kreisstadt überführt worden. Colin kam nur auf einen möglichen Grund. Sie mußte so schwer verletzt worden sein, daß die Möglichkeiten des kleineren General Hospital für ihre Behandlung nicht ausreichten.

Über Mrs. Borden entdeckte er nichts mehr, aber Roy hatte genau drei Wochen im Krankenhaus gelegen. Woher sie auch stammen mochten, die Wunden mußten ziemlich gefährlich gewesen sein.

Um Viertel nach fünf machte Colin Schluß und ging zu Mrs. Larkins Schreibtisch. «Der neue Roman von Arthur C. Clarke ist gerade zurückgebracht worden», sagte sie, ehe er zu Wort kam. «Ich hab ihn schon für dich aufgeschrieben.»

Eigentlich wollte er das Buch gar nicht haben, aber er mochte nicht unhöflich sein. «Vielen Dank, das ist nett von Ihnen.»

«Sag mir nachher, was du davon gehalten hast.»

«Könnten Sie mir wohl helfen, ein paar Bücher über Psychologie herauszusuchen, Mrs. Larkin?»

«Gern, aber welche Art Psychologie möchtest du?»

Er blinzelte. «Gibt es mehrere Arten?»

«O ja, unter dem Thema haben wir Bücher über Tierpsychologie, populäre Psychologie, industrielle, politische Psychologie, Psychologie der Alten, der Jungen, Freudsche und Jungsche Psychologie, Psychologie der Anormalen und –»

«Psychologie der Anormalen, ja», sagte Colin. «Darüber möchte ich was wissen. Aber ich brauche auch was Allgemeines über Psychologie. Wissen Sie, warum Menschen so und so handeln. Was Einfaches für Anfänger.»

«Ich glaube, da finden wir, was du brauchst. Willst du es wieder für die Schule haben?»

«Ja.»

«Ist Psychologie der Anormalen nicht ein zu schwieriges Thema für einen Jungen aus der zehnten Klasse?» fragte sie.

«Das ist es ganz bestimmt.»

34

Colin aß allein zu Abend. Er rief Heather an und verabredete mit ihr, am Samstag zum Strand zu gehen. Er hätte ihr gern von Roys Wahnsinn erzählt, fürchtete aber, daß sie ihm nicht glauben würde. Außerdem war er sich ihrer Freundschaft noch nicht sicher genug, um ihr anzuvertrauen, daß er und Roy zu Feinden geworden waren. Am Anfang schien sie nur auf ihn zugegangen zu sein, weil er und Roy Freunde waren. Würde sie sich nicht mehr für ihn interessieren, wenn sie merkte, daß er nicht mehr Roys treuer Anhänger war? Er war sich dessen nicht sicher und wollte es nicht riskieren, sie zu verlieren.

Danach las er die Psychologiebücher, die Mrs. Larkin ihm ausgesucht hatte. Um zwei Uhr morgens war er mit beiden Bänden durch. Eine Weile saß er im Bett, blickte vor sich hin und grübelte. Er schlief, geistig erschöpft, ohne Alpträume – und ohne einen einzigen Gedanken an die Monstren auf dem Dachboden.

Am Freitagmorgen ging er schon ehe Weezy aufstand zur Bücherei, gab die Psychologiebücher ab und nahm drei weitere mit.

«Ist der Science-fiction-Roman gut?» fragte Mrs. Larkin.

«Ich hab noch nicht damit angefangen. Vielleicht heute abend.»

Von der Bibliothek aus ging er zum Hafen. Er wollte nicht nach Hause kommen, solange Weezy noch da war; er fühlte sich einem weiteren Verhör nicht gewachsen. An der Theke eines Hafencafés frühstückte er und schlenderte dann zum Südende des Bretterstegs, lehnte sich an das Geländer und sah den Dutzenden von Krebsen zu, die sich unter ihm auf den Steinen sonnten. Um elf Uhr ging er heim. Er schloß die Tür mit dem Reserveschlüssel auf, der im hölzernen Blumenkübel neben dem Eingang versteckt war. Weezy war schon lange fort; der Kaffee in der Kanne war kalt.

Er holte sich eine Pepsi aus dem Kühlschrank und ging mit den drei Psychologiebüchern nach oben. Als er in seinem Zimmer auf dem Bett saß, trank er einen Schluck aus der Flasche und las nur einen Absatz im ersten Buch, dann spürte er, daß er nicht allein war.

Er hörte ein gedämpftes Scharren.

Etwas war im Schrank.

– Lächerlich!

Ich habe es gehört.

– Du hast es dir eingebildet.

Er hatte zwei Bücher über Psychologie gelesen und wußte, daß er wahrscheinlich das Opfer einer Übertragung war. So nannten es die Psychologen: Übertragung. Er war den Menschen und Dingen, vor denen er sich *wirklich* fürchtete, nicht gewachsen, konnte sich seine Ängste nicht selbst eingestehen und übertrug sie deshalb auf andere Dinge, auf einfache, ja sogar schwachsinnige Dinge wie Werwölfe und Vampire und Phantasieungeheuer, die sich im Schrank versteckten. So hatte er es sein Leben lang gemacht.

Ja, vielleicht ist das so, dachte er. Aber ich bin *sicher*, etwas gehört zu haben, das sich im Schrank bewegte.

Er setzte sich auf, hielt den Atem an und horchte angespannt.

Nichts. Stille.

Die Schranktür war fest geschlossen. Er konnte sich nicht erinnern, ob er sie zugedrückt hatte.

Da! Da war es wieder. Ein leichtes Scharren.

Er glitt geräuschlos vom Bett und machte ein paar Schritte auf die Tür zum Flur zu, fort vom Schrank.

Der Türknopf begann sich zu drehen. Die Tür ging einen spaltbreit auf.

Colin verhielt den Schritt. Er wünschte sich verzweifelt, weitergehen zu können, aber er war auf der Stelle festgefroren, als hätte ihn ein Bann getroffen. Er kam sich wie eine Fliege vor, die durch Hexerei in der plötzlich erstarrten Luft gefangen war. Aus diesem magischen Verlies beobachtete er einen lebendig gewordenen Alptraum; er starrte gebannt auf den Schrank.

Plötzlich ging die Tür weit auf. Es verbarg sich kein Monster zwischen den Kleidern, kein Werwolf, kein Vampir, kein schauerlicher, einem Buch entsprungener Tiergott. Es war nur Roy.

Roy sah überrascht aus. Er war auf das Bett zugegangen, sein Opfer dort vermutend. Jetzt entdeckte er, daß Colin ihm zuvorgekommen war und nur Schritte von der offenen Tür zur Diele des ersten Stocks entfernt stand. Roy blieb stehen, einen Augenblick lang starrten sie einander an. Dann grinste Roy und hob die Hände, damit Colin sehen konnte, was er in ihnen hielt.

«Nein», flüsterte Colin.

In Roys rechter Hand: ein Feuerzeug.

«Nein.»

In seiner linken Hand: ein Behälter Feuerzeugbenzin.

«Nein, nein, nein! Mach, daß du rauskommst!»

Roy kam einen Schritt auf ihn zu, dann noch einen.

«Nein», sagte Colin. Aber er konnte sich nicht bewegen.

Roy drehte die Sprühdose und drückte zu. Ein Schwall klarer Flüssigkeit formte eine Arkade in der Luft. Colin wich nach links aus; das Benzin traf ihn nicht – er rannte.

«Gemeiner Hund!» sagte Roy.

Colin war durch die Tür und warf sie hinter sich zu.

Als sie noch nicht ganz zu war, prallte Roy schon gegen die Innenseite.

Colin rannte zur Treppe.

Roy riß die Tür auf, stürzte aus dem Zimmer und rief: «He!»

Colin nahm zwei Stufen auf einmal, war aber erst auf halber

Höhe, als er Roy hinter sich herkommen hörte. Er hetzte weiter, übersprang die letzten vier Stufen zur Diele und rannte zur Haustür.

«Ich hab dich!» schrie Roy triumphierend hinter ihm. «Verdammt, jetzt hab ich dich!»

Ehe Colin die zwei Riegel der Tür zurückziehen konnte, spürte er etwas Kaltes, Nasses über seinen Rücken rinnen. Er keuchte überrascht auf und drehte sich zu Roy um.

Feuerzeugbenzin!

Roy sprühte ihn wieder an und tränkte die Vorderseite seines dünnen Baumwollhemds.

Colin schützte die Augen mit der Hand. Es war gerade noch rechtzeitig. Die brennbare Flüssigkeit prallte auf seine Stirn, seine Finger, die Nase und das Kinn. Roy lachte. Colin bekam keine Luft. Die Dämpfe würgten ihn.

«Stark! Ist das stark!»

Dann war die Sprühdose endlich leer. Roy warf sie fort; sie rollte scheppernd über den Hartholzboden der Diele.

Hustend, keuchend, nahm Colin die Hände vom Gesicht und versuchte zu sehen, was vor sich ging. Die Benzindämpfe stachen ihm in die Augen; er schloß sie wieder. Tränen drangen unter den Lidern hervor. Obwohl ihn die Dunkelheit immer in Entsetzen versetzt hatte, so schrecklich wie jetzt war sie noch nie gewesen.

«Du stinkender, gemeiner Hund. Jetzt wirst du dafür bezahlen, mich verraten zu haben. Du wirst zahlen – und brennen!»

Atemholend, kaum Luft bekommend, fast blind und hysterisch, warf sich Colin in Richtung der Stimme des anderen Jungen. Er stieß mit ihm zusammen, packte ihn und hielt fest.

Roy taumelte rückwärts und versuchte ihn abzuschütteln, als wäre er ein Fuchs, der einen beißwütigen Terrier loswerden wollte. Er legte Colin die Hand aufs Kinn, wollte seinen Kopf hoch und nach hinten drücken, dann hielt er ihn an der Kehle und versuchte ihn zu würgen. Aber sie standen sich gegenüber und viel zu nahe, als daß Roy die nötige Hebelwirkung bekam.

«Mach es jetzt», keuchte Colin durch die beißenden Schwaden, die seine Nase, den Mund und die Lungen füllten. «Mach es ... und wir ... verbrennen zusammen.»

Roy versuchte wiederum, ihn von sich fortzustoßen, stolperte dabei und fiel. Colin stürzte mit ihm, hielt aber eisern fest. Es ging um sein Leben.

Fluchend hieb Roy auf ihn ein, trommelte mit den Fäusten auf seinen Rücken, schlug ihn seitlich auf den Kopf und riß an seinen Haaren. Er drehte sogar an Colins Ohren, bis der das Gefühl hatte, sie würden gleich mit den Wurzeln herauskommen.

Colin schrie vor Schmerz auf und wollte sich wehren. Aber in der Sekunde, in der er losließ, um auf ihn einzuschlagen, rollte Roy fort. Colin griff nach ihm und verfehlte ihn.

Roy kam auf die Beine und lehnte sich mit dem Rücken gegen die Wand. Noch durch den Schleier der brennenden, vom Benzindunst verursachten Tränen sah Colin, daß er das Feuerzeug immer noch in der rechten Hand hielt.

Roy drehte mit dem Daumen das Rädchen. Es kam kein Funke, aber der würde beim nächsten oder übernächsten Versuch da sein.

Verzweifelt stürzte sich Colin wieder auf ihn, prallte mit ihm zusammen und schlug ihm das Feuerzeug aus der Hand. Es flog durch den offenen Rundbogen bis ins Wohnzimmer, wo es gegen ein Möbelstück stieß.

«Du Hund!» Roy schob ihn von sich fort und rannte hinter dem Feuerzeug her.

Colin, immer noch eingehüllt von den Dünsten, torkelte wie betrunken zur Haustür. Er bekam den schweren Riegel mühelos auf, fummelte dann aber an der widerspenstigen Sicherheitskette herum, bis es ihm Stunden zu dauern schien. Aber das konnte nicht sein. Wahrscheinlich nur ein paar Sekunden. Oder vielleicht nur Bruchteile einer einzigen Sekunde. Er hatte kein Zeitgefühl mehr. Er drehte sich um sich selbst, schwebte, war high von den Dünsten. Er bekam gerade genug Luft, um nicht das Bewußtsein zu verlieren, mehr aber auch nicht. Darum wurde er auch nicht mit der Sicherheitskette fertig. Ihm war schwindlig. Die Kette schien sich in Luft aufzulösen – unter seinen Fingern, ebenso, wie sich das Feuerzeugbenzin vor seinen Kleidern, Händen und seinem Gesicht in der Luft auflöste. In seinen Ohren dröhnte es. Die Kette! Konzentriere dich auf die Sicherheitskette. Von Sekunde zu Sekunde nahm seine Koordinationsfähigkeit ab. Du wirst tapsig. Die verdammte Kette. Ungeschickter und ungeschickter. Krank und alles brennt. Wird brennen.

Wie eine Fackel. *Diese gottverdammte Scheißsicherheitskette!* Endlich, in einem Zusammenraffen aller Energie, riß er die Kette aus der Schiene und machte die Tür weit auf. Er rechnete damit, daß jeden Augenblick Flammen auf seinem Rücken explodieren würden, rannte aus dem Haus, den Plattenweg hinunter über die Straße und machte erst am Rand des kleinen Parks halt. Ein herrlicher, süßer Wind umwehte ihn und trieb die Gaswolke fort. Er holte mehrmals tief Atem und versuchte, wieder nüchtern zu werden.

Auf der anderen Seite der Straße kam Roy Borden aus dem Haus. Er entdeckte sein Opfer sofort und rannte zum Ende des Wegs, überquerte die Straße jedoch nicht. Mit den Händen auf den Hüften stand er drüben und starrte auf Colin.

Colin starrte zurück. Ihm war immer noch schwindlig; es fiel ihm immer noch schwer zu atmen. Aber er war jetzt bereit, um Hilfe zu schreien und sofort davonzurennen, sobald Roy den ersten Schritt über den Bordstein tat.

Roy erkannte, daß er die Partie verloren hatte und ging fort. Bis zur nächsten Querstraße drehte er sich ein halbes dutzendmal um, dann blickte er nur noch zweimal über die Schulter, dann überhaupt nicht mehr. Gleich darauf bog er um die Ecke und war verschwunden.

Auf dem Rückweg ins Haus blieb Colin bei dem Blumenkübel stehen und holte den Schlüssel aus dem Versteck unter dem Efeu. Er war wütend über sich und konnte seine Dummheit einfach nicht begreifen. Im vergangenen Monat war er so oft mit Roy ins Haus gegangen, daß der ganz genau wußte, wo der Reserveschlüssel lag, und das hatte Colin vergessen und ihn nicht fortgenommen. Von jetzt an würde er ihn einstecken und auch seine Maßnahmen mit größerer Sorgfalt überdenken.

Er führte Krieg. Darauf lief es hinaus.

Er ging ins Haus und schloß die Tür ab.

In der Gästegarderobe am Ende der Diele zog er das benzingetränkte Hemd aus und warf es auf den Fußboden. Er bürstete sich die Hände mit parfümierter Seife und viel heißem Wasser. Danach wusch er sich mehrmals das Gesicht. Obwohl er den Geruch immer noch in der Nase hatte, hatte sich der Gestank weitgehendst verflüchtigt. Seine Augen tränten nicht mehr und er konnte wieder normal atmen.

In der Küche ging er sofort zum Telefon, ließ aber die Hand auf dem Hörer liegen. Er konnte Weezy nicht anrufen. Der einzige Beweis für Roys Überfall war das Hemd, und das taugte nicht viel als Beweis. Und bis sie nach Hause kam, würde das Feuerzeugbenzin fast völlig verdampft sein und keine Flecken hinterlassen haben. Die leere Sprühdose lag auf dem Fußboden in der Diele. Vermutlich waren viele Fingerabdrücke von Roy darauf, aber nur die Polizei konnte das feststellen und beweisen, daß es seine waren. Aber die Polizei würde ihm die Geschichte einfach nicht abnehmen. Weezy mußte glauben, er hätte Drogen geschluckt und Halluzinationen gehabt; damit begann für ihn der ganze Ärger von vorn.

Wenn er seine Lage seinem Vater erklärte und ihn um Hilfe bat, würde der Weezy anrufen und Auskunft verlangen. In dieser Situation würde sie ihm dummes Zeug über Pillen und Hasch und nächtliche Drogenorgien erzählen. Auch wenn alles, was sie ihm sagte, total absurd klang, würde sie Frank überzeugen, denn so etwas wollte er ja gerade hören. Der Alte würde sie beschuldigen, ihre elterliche Aufsichtspflicht vernachlässigt zu haben. Er würde ungeheuer selbstgerecht sein und ihr Versagen ausnützen, eine Horde hungriger Anwälte anzuschleppen. Ein Anruf bei Frank Jacobs mußte unvermeidlich zu einer neuen Schlacht um das Sorgerecht führen, und das war das letzte, was Colin wollte.

Sonst konnte er sich nur an seine Großeltern wenden, die alle noch lebten. Die Eltern seiner Mutter lebten in Sarasota in Florida in einem großen weißen Stuckhaus. Die Eltern seines Vaters hatten eine kleine Farm in Vermont. Colin hatte seit drei Jahren keinen von ihnen gesehen und stand ihnen nicht nahe. Wenn er sie anrief, würden sie Weezy fragen. Sie würden nie im Leben nach Kalifornien kommen, um ihm in diesem Krieg beizustehen. Das war nur ein Wunschtraum.

Heather? Vielleicht war es an der Zeit, sie einzuweihen und um Rat und Hilfe zu bitten. Aber was konnte sie tun? Sie war ein schmales, etwas furchtsames Mädchen, sehr hübsch, nett und klug, aber bei einem solchen Krieg kaum zu brauchen.

Er seufzte. «Ach Herrje!» Dann nahm er die Hand vom Hörer.

Es gab niemanden auf der weiten Welt, von dem er sich Hilfe erhoffen konnte. Nein, niemand.

Er war so allein, als stünde er auf dem Nordpol. Absolut,

vollkommen und unabänderlich allein. Doch daran war er gewöhnt. Wann wäre es jemals anders gewesen?

Er ging nach oben.

In der Vergangenheit hatte er sich, wenn ihm das Leben zu hart und schwierig geworden war, einfach daraus zurückgezogen. Seine Monstermodelle, seine Comic-Sammlung und die Fächer mit Science-fiction- und Gruselromanen waren sein Hort, und sein Zimmer eine Freistatt, das Auge des Sturms, wo ihn nichts berühren und er sogar alles für eine Weile vergessen konnte. Sein Zimmer besaß einen Zauber; es war Refugium oder Bühne, wo er sich entweder vor der Welt und auch vor sich selbst verbergen konnte oder wo er vor sich als einzigem Zuschauer seine Phantasien spielte. Sein Zimmer war der Ort, wo er weinte und wo er spielte, seine Kirche und sein Laboratorium, das Zentrum seiner Träume.

Von heute an war es ein Zimmer wie jedes andere. Eine Dekke, vier Wände, ein Fußboden, ein Fenster und eine Tür. Mehr nicht. Nur ein Raum, in dem man auch sein konnte.

Als Roy allein hereingekommen war, ungeladen und unerwünscht, hatte er den Zauberbann gebrochen, der es zu etwas Einmaligem gemacht hatte. Bestimmt hatte er herumgestöbert, in den Schubladen, den Bücherborden und Monsterbausätzen. Indem er das tat, hatte er auch Colins Seele durchwühlt, ohne es überhaupt zu merken. Durch seine grobe Berührung hatte er jedem Gegenstand im Zimmer allen Zauber genommen, wie ein Blitzableiter ungeheure Stromstöße aus dem Himmel zieht und sie so weit verstreut in die Erde leitet, daß sie aufhören zu existieren. Nichts mehr war hier einmalig und würde auch nie wieder einmalig sein. Colin fühlte sich unterworfen, vergewaltigt, gebraucht und fortgeworfen. Aber Roy Borden hatte weit mehr gestohlen als sein Eigenleben und seinen Stolz; er hatte den Rest von Colins schon nicht stabilem Gefühl der Sicherheit mit sich fortgetragen. Aber mehr als das, viel mehr noch, war er ein Dieb von Illusionen; er hatte alle die falschen, aber wunderbar trostreichen Vorstellungen geraubt, an denen Colin schon so lange hing.

Colin war deprimiert, spürte aber auch eine merkwürdige neue Kraft, die in ihm zu leuchten begann. Obwohl er vor Minuten um ein Haar getötet worden war, empfand er in diesem

Augenblick weniger Furcht als jemals zuvor in seinem Leben. Zum erstenmal fühlte er sich nicht schwach und minderwertig. Er war immer noch physisch derselbe Schwächling, der er gewesen war – mager, kurzsichtig, schlecht koordiniert –, innerlich aber fühlte er sich frisch, kraftvoll und zu allem fähig.

Er weinte nicht und war darauf stolz.

Im Augenblick war in ihm kein Platz für Tränen; das Bedürfnis nach Rache füllte ihn ganz aus.

3. Teil

35

Für den Rest des Freitags blieb Colin in seinem Zimmer. Er las Abschnitte der drei psychologischen Bücher, die er aus der Bibliothek geholt hatte; manche Seiten las er fünf oder sechsmal. Wenn er sich nicht mit der Lektüre befaßte, starrte er lange Zeit auf die Wand, dachte nach und plante.

Als er früh am nächsten Morgen das Haus verließ, war der Himmel hoch und klar und wolkenlos. Er wollte sich mit Heather um zwölf Uhr treffen, den Nachmittag mit ihr am Strand verbringen und bei Anbruch der Dämmerung wieder zu Hause sein; dennoch nahm er eine Taschenlampe mit.

Er fuhr mit dem Fahrrad zum Strand und dann zum Hafen, obwohl er dort nichts zu tun hatte. Er machte einen Umweg zu seinem richtigen Ziel, um ganz sicher zu sein, daß er nicht verfolgt wurde. Er konnte feststellen, daß Roy nicht dicht hinter ihm war, aber vielleicht beobachtete er ihn aus einiger Entfernung durch denselben scharfen Feldstecher, den sie benützt hatten, als sie Sarah Callahan ausspionierten. Vom Hafen aus fuhr Colin zum Fremdenverkehrsbüro am Nordende der Stadt. Endlich beruhigt, daß er keinen Verfolger hatte, fuhr er direkt zum Hawk Drive und dem Kingman-Haus.

Sogar im hellen Tageslicht wirkte das verlassene Haus auf dem Hügel bedrohlich. Colin näherte sich ihm mit Unbehagen, das sich in leise Furcht verwandelte, als er durch das Tor ging und über den Weg mit den zerbrochenen Steinplatten schritt. Wenn er der zuständige Beamte gewesen wäre oder der Bürgermeister von Santa Leona, hätte er zum Nutzen der Gemeinde sofort das Gebäude abreißen lassen. Er fand immer noch, daß das Haus etwas greifbar Böses ausstrahlte, eine Drohung, die so klar sichtbar war wie der Sonnenschein, der nun seine Augen blendete und sein Gesicht wärmte. Drei große schwarze Vögel kreisten über dem Dach und ließen sich schließlich auf einem Kamin nieder. Das Haus schien bewußt und wachsam zu sein, eine bösartige Lebenskraft ausstrahlend. Die verwitterten grauen Wände sahen schorfig und krank aus, von Krebsgeschwüren bedeckt. Rostende Nägel glichen alten Wunden: Stigmata. Das Sonnenlicht schien die geheimnisvollen Räume hinter den fehlenden Fensterscheiben nicht durchdringen zu können, und zumindest von außen gesehen, wirkte das Innere des großen Hauses jetzt so dunkel wie auch um Mitternacht.

Colin legte das Fahrrad ins Gras, stieg die schiefen Stufen zur Veranda hinauf und blickte durch das zerbrochene Fenster, vor dem er vor nicht langer Zeit mit Roy gestanden hatte. Bei genauerer Betrachtung sah er, daß doch ein wenig Licht ins Haus drang. Das Wohnzimmer ließ sich ganz überblicken. Es mußte einmal einer Gruppe von Jungen als Clubraum gedient haben, denn Bonbonpapiere, leere Sprudeldosen und Zigarettenstummel lagen auf dem nackten, schartigen Fußboden herum. Ein verblaßtes und zerknittertes Faltblatt aus dem *Playboy* hing über dem Kamin, über dem Sims, auf dem Mr. Kingman die blutbeschmierten Köpfe seiner Familie aufgereiht hatte. Aber die Kinder, die hier im Haus ihr Lager aufgeschlagen hatten, waren seit Monaten nicht mehr hier gewesen – eine dicke Staubschicht bedeckte alles.

Die Haustür war unverschlossen, aber die verrosteten Angeln quietschten, als Colin die windschiefe Tür aufstieß. Die hereindringende Brise wirbelte in der Halle Staub auf. Im Haus roch es nach Schimmel und Hausschwamm.

Als Colin von Zimmer zu Zimmer ging, sah er, daß Vandalen in jedem Winkel des riesigen Gebäudes am Werk gewesen waren. Namen, Obszönitäten, schmutzige Verse und grobe Zeichnungen männlicher und weiblicher Geschlechtsteile waren an jede freie Wandfläche oder bemalbare Tapete geschmiert. Schartige Löcher, manche nur so groß wie eine Handfläche, andere vom Umfang einer Tür, waren in die Wände gehauen. Haufen von Stuck und zersplittertem Lattenwerk lagen überall herum.

Wenn Colin stillstand, war auch das alte Haus geisterhaft still; wenn er sich aber bewegte, reagierte die arthritische Struktur auf jeden einzelnen Schritt; die brüchigen Gelenke knirschten rund um ihn herum.

Mehrere Male glaubte er, hinter sich etwas näher kriechen zu hören, aber wenn er sich umdrehte, war er immer allein. Fast die ganze Zeit ging er durch die Ruine, ohne einmal an Gespenster und Ungeheuer zu denken. Die neuerrungene Tapferkeit überraschte und erfreute ihn, war ihm aber auch ein wenig unbehaglich. Noch vor wenigen Wochen würde er sich geweigert haben, allein über die Schwelle des Kingman-Hauses zu treten, selbst wenn es um eine Belohnung von drei Millionen Dollar gegangen wäre.

Er blieb mehr als zwei Stunden in dem Gebäude und ließ kein Zimmer oder auch nur eine Kammer aus. In den Räumen, in denen die Fenster mit Brettern vernagelt waren, benützte er die mitgebrachte Taschenlampe. Die längste Zeit blieb er im Obergeschoß, wo er jeden Winkel erforschte – und eine Überraschung für Roy Borden plante.

36

Schließlich gab es doch etwas, wobei Heather ihm helfen konnte. Tatsächlich spielte sie sogar die wichtigste Rolle in dem von ihm ausgedachten Racheakt. Ohne ihre Mitarbeit müßte er sich einen neuen Plan ausdenken, Roy in die Falle zu bekommen. Colin dachte nicht daran, daß sie an seiner Seite kämpfen sollte. Er verließ sich nicht auf ihre Kraft oder Geschicklichkeit. Er wollte sie als Köder benützen.

Wenn sie sich bereit fand, ihm zu helfen, würde das nicht ungefährlich sein, aber er war überzeugt, sie schützen zu können. Er war nicht länger der schwache und untüchtige Colin Jacobs, der Anfang des Sommers nach Santa Leona gezogen war, und seine neugewonnene Angriffslust würde Roy überraschen. Eine böse Überraschung! Und ein Überraschungsmoment würde Colin zum Vorteil gereichen.

Heather wartete am Strand im Schatten des Piers. Sie trug

einen einteiligen blauen Badeanzug. Sie trug nie Zweiteiler oder Bikinis, weil sie fand, dazu nicht gut genug auszusehen. Colin war der Meinung, daß sie genauso attraktiv wie jedes andere Mädchen am Strand und sogar besser als die meisten ausgesehen hätte, und sagte ihr das. Er erkannte, daß ihr das Kompliment Freude machte, sah aber ebenso deutlich, daß sie es nicht wirklich glaubte. Sie suchten sich einen Platz auf dem heißen Sand, auf dem sie ihre Badetücher ausbreiteten. Dann lagen sie eine Weile in behaglichem Schweigen auf dem Rücken und brieten in der Sonne.

Endlich drehte sich Colin auf die Seite, stützte sich auf den Ellbogen und fragte: «Wie wichtig ist es dir, daß ich der Freund von Roy Borden bin?»

Sie runzelte die Stirn, machte die Augen aber nicht auf und drehte sich nicht von der Sonne weg. «Wie meinst du das?»

«Wie wichtig ist es dir?» wiederholte er und bekam Herzklopfen.

«Warum sollte mir das wichtig sein? Ich versteh das nicht.»

Colin holte tief Luft und kämpfte sich vorwärts. «Würdest du mich auch noch mögen, wenn ich nicht Roys Freund wäre?»

Jetzt drehte sie sich zu ihm um und machte die Augen auf. «Ist das dein Ernst?»

«Ja.»

Sie rollte sich ganz auf die Seite und stützte sich auch auf, um ihn richtig sehen zu können. Der Wind verwehte ihr die Haare. «Meinst du damit, daß ich nur an dir interessiert sein könnte, weil du der beste Freund des Schulstars bist?»

Colin errötete. «Na ja ...»

«Das solltest du lieber nicht denken», sagte sie, hörte sich aber nicht verärgert an.

Er zog verlegen die Schultern hoch.

«Es ist beleidigend», setzte sie hinzu.

«Entschuldige», sagte er schnell und begütigend. «So habe ich es nicht gemeint. Es ist nur – ich mußte das fragen. Es ist für mich wichtig zu wissen, ob du –»

«Ich mag dich, weil du du bist», sagte Heather. «Ich bin jetzt hier, weil es mir gefällt, mit dir zusammenzusein. Roy Borden hat damit gar nichts zu tun. Genaugenommen bin ich hier, obwohl du sein Busenfreund bist.»

«Wie?»

«Ich gehöre in der Schule zu den wenigen, denen es egal ist, was Roy tut oder sagt oder denkt. Fast alle wollen mit ihm befreundet sein, aber mir ist es ziemlich egal, ob er auch nur weiß, daß ich existiere.»

Colin blinzelte überrascht. «Magst du Roy nicht?»

Sie sagte zögernd: «Er ist dein Freund. Darum möchte ich nichts gegen ihn sagen.»

«Aber darum geht es ja», rief Colin aufgeregt. «Er ist nicht mehr mein Freund. Er haßt mich.»

«Was? Was ist denn geschehen?»

«Das erzähle ich dir gleich. Keine Bange. Ich bin fast daran erstickt. Ich muß es loswerden.» Colin setzte sich auf. «Aber erst muß ich wissen, was du von ihm hältst. Ich dachte, du hättest ihn gern. Fast das erste, was du zu mir gesagt hast, war, du hättest mich mit ihm gesehen. Darum glaubte ich –»

«Ich war nur neugierig wegen euch beiden», sagte sie. «Du schienst nicht zu der Sorte zu gehören, die sich normalerweise an ihn hängt. Und je besser ich dich kennenlerne, desto seltsamer kommt es mir vor.»

«Erzähl mir, warum du ihn nicht magst.»

Sie setzte sich auch auf. Der Wind vom Meer war warm und duftete nach Salz.

«Na ja, es ist nicht so, daß ich ihn nicht mag. Ich habe nicht wirklich was gegen ihn, dazu kenne ich ihn viel zu wenig. Aber ich kenne ihn gut genug, um zu wissen, daß ich mich nie für ihn begeistern könnte. Er hat irgend etwas Unaufrichtiges an sich.»

«Unaufrichtig?»

«Das läßt sich schwer in Worte fassen», sagte Heather. «Ich hab nur immer das Gefühl gehabt, daß Roy nie – ehrlich ist. Nie. Bei nichts. Fast immer scheint er einem was vorzuspielen. Scheinbar merkt es keiner, aber ich habe die Vorstellung, daß er die Menschen manipuliert, sie irgendwie ausnützt, und sich dann innerlich über sie lustig macht.»

«Jawohl!» sagte Colin. «O ja! Genau. Genau das macht er. Und er ist gut. Nicht nur mit anderen Kindern; er kann auch Erwachsene einwickeln.»

«Meine Mutter hat ihn mal getroffen», erzählte Heather.

«Sie kriegte sich überhaupt nicht mehr ein. Sie fand ihn so charmant und so höflich.»

«Meine Mutter auch. Sie hätte ihn lieber als Sohn als mich.»

«Und was ist nun geschehen?» fragte Heather. «Warum bist du nicht mehr Roys Freund?»

Er erzählte ihr alles vom ersten Tag seiner Bekanntschaft mit Roy an. Er erzählte ihr von der Katze im Vogelkäfig, von den Spielen mit den elektrischen Zügen, von Roys Geschichte über die Ermordung der beiden anderen Jungen, nur weil es ‹stark› war. Roys Verlangen, Sarah Callahan, seine Nachbarin, zu vergewaltigen und zu töten. Den Alptraum, den er auf Hermit Hobsons Autofriedhof durchlebt hatte. Den Angriff mit dem Feuerzeugbenzin. Er berichtete ihr, was er in der Bücherei herausgefunden hatte. Die ganze Geschichte von Belinda Jane Bordens schrecklichem Unfalltod – und endlich von der Einlieferung von Roy und Mrs. Borden ins Krankenhaus.

Heather hörte in fassungslosem Schweigen zu. Anfangs las er Zweifel aus ihrem Gesicht, aber die Skepsis verlor sich und machte widerstrebendem Glauben Platz. Sie war entsetzt, und als Colin zu Ende erzählt hatte, sagte sie: «Das mußt du der Polizei melden.»

Er blickte aufs Meer und den Himmel mit den segelnden Möwen. «Nein», sagte er. «Die glauben mir nicht.»

«Bestimmt werden sie das. Du hast *mich* überzeugt.»

«Das ist anders. Wir beide sind Kinder, die sind erwachsen. Wenn sie im übrigen meine Mutter anrufen und fragen, ob sie was darüber weiß, sagt sie ihnen, daß ich lüge und drogenabhängig bin. Weiß der Himmel, was die dann mit mir machen.»

«Wir können es meinen Eltern erzählen», sagte Heather. «So schlecht sind die gar nicht. Besser als deine, vermute ich. Sie hören wirklich gelegentlich mal zu. Wir können sie überzeugen. Ich bin ganz sicher.»

Er schüttelte den Kopf. «Nein. Roy hat deine Mutter früher schon eingewickelt. Erinnerst du dich? Wenn er muß, setzt er wieder seinen ganzen Charme ein. Sie wird ihm glauben, nicht uns. Und wenn deine Alten sich darüber mit Weezy aussprechen wollen, wird sie sie überzeugen, daß ich verrückt und süchtig bin. Sie werden uns trennen. Du wirst nicht mehr in meine Nähe kommen dürfen. Und wenn dann Roy erfährt, daß du mir glaubst, wird er versuchen, uns beide umzubringen.»

Sie schwieg, erschauerte dann und sagte: «Ja, du hast recht.»

«Ja», bestätigte er bedrückt.

«Was machen wir also?»

«Hast du ‹wir› gesagt?»

«Natürlich hab ich ‹wir› gesagt. Meinst du etwa, ich ließe dich in der Lage im Stich? Allein wirst du damit nicht fertig.»

Er war sehr erleichtert. «Ich hatte gehofft, daß du das sagen würdest.»

Sie faßte nach seiner Hand.

«Ich hab einen Plan, Roy eine Falle zu stellen. Ich brauche dich dazu.»

«Was soll ich tun?»

«Du bist der Lockvogel.» Colin erzählte ihr, an was er dachte.

Als er fertig war, sagte sie: «Das ist raffiniert.»

«Es wird klappen.»

«Da bin ich nicht so sicher. Ich bin kein guter Lockvogel», fuhr sie fort. «Du müßtest ein Mädchen finden, das Roy gefällt, das er – sexy findet. Ein Mädchen, das er – begehrt.» Sie bekam einen roten Kopf. «Ich tauge dafür nicht.»

«Irrtum», sagte Colin. «Du taugst! Und wie!»

Sie wandte den Blick von ihm ab und starrte auf ihre Knie.

«Hübsche Knie», sagte Colin.

«Rot und knubbelig.»

«Nein.»

Spürend, daß sie das erhoffte, legte er seine Hand auf ihr Knie, ließ sie eine Handbreit den Schenkel hinaufgleiten, dann wieder hinunter und streichelte sie sanft. Sie schloß die Augen und zitterte ein klein wenig.

Er spürte seinen Körper darauf reagieren.

«Es könnte gefährlich werden», sagte sie.

Er konnte sie nicht belügen. Er konnte die Gefahr nicht herunterreden, nur damit sie mitmachte. «Ja», bestätigte er. «Ja. Es würde sehr, sehr gefährlich sein.»

Sie ließ eine Handvoll Sand langsam durch die Finger rieseln. Er streichelte sanft ihr Knie und ihren Schenkel. Er konnte nicht glauben, daß er sie so berührte. Er starrte aufgeregt und verwundert auf seine kühne Hand, die plötzlich einen eigenen Willen entwickelt zu haben schien.

«Andererseits hätten wir den Vorteil, einen Plan zu haben.»

«Und den Überraschungseffekt», fügte er hinzu.

«Und die Waffe.»

«Ja. Und die Waffe.»

«Bist du sicher, daß du sie bekommst?»

«Ganz sicher.»

«Okay», sagte sie. «Ich mache es. Wir fangen ihn. Wir beide.»

Colin hatte ein unangenehmes Gefühl im Magen. Eine Energie, zu gleichen Teilen gemischt aus Verlangen und Furcht.

«Colin?»

«Was?»

«Glaubst du wirklich, daß ich – ausreiche?»

«Ja.»

«Hübsch genug?»

«Ja.»

Sie blickte ihm tief in die Augen, dann lächelte sie, wandte sich ab und starrte aufs Meer.

Er glaubte, Tränen in ihren Augen gesehen zu haben.

«Es ist besser, wenn du jetzt gehst», sagte sie.

«Warum?»

«Es wird besser klappen, wenn Roy nicht weiß, daß wir beide uns kennen. Wenn er uns zufällig hier zusammen entdeckt, fällt er später nicht auf unseren Trick herein.»

Sie hatte recht. Und er mußte noch viel erledigen und Vorbereitungen treffen. Er stand auf und faltete das Badetuch zusammen.

«Ruf mich heute abend an. Und sei vorsichtig.»

«Ja. Du auch.»

«Und, Colin?»

«Ja?»

«Ich glaube, du reichst auch aus. Dicke!»

Er grinste und suchte nach etwas, was er sagen könnte, aber es fiel ihm nichts ein, und er drehte sich um und rannte in Richtung Parkplatz zu den Fahrradständern davon.

37

Zum Plan gehörte ein sehr teurer Ausrüstungsgegenstand, für den Colin einen beachtlichen Geldbetrag aufbringen mußte. Er fuhr vom Strand aus nach Hause, ging in sein Zimmer und öffnete die große Metallspardose, die wie eine fliegende Untertasse aussah. Er schüttelte einige festgefaltete Scheine und viele Münzen auf die Bettdecke. Als er zählte, waren es genau einundsiebzig Dollar, etwa ein Drittel der Summe, die er brauchte.

Er saß ein paar Minuten auf dem Bett, starrte auf das Geld und überlegte. Endlich ging er zum Schrank und hob einige große Kartons heraus, in denen Comic-Books waren, jedes in einer eigenen, verschlossenen Plastiktüte, alle wie ladenneu. Er sortierte sie durch und legte die wertvollsten davon zur Seite.

Um halb zwei brachte er sechzig Comic-Books ins Nostalgia-Haus am Broadway. Der Laden handelte mit Sammlern von Science-fiction, von Krimi-Erstausgaben, Comic-Books und Tonbändern alter Radio-Shows.

Mr. Plevich, der Inhaber, war ein großer, weißhaariger Mann mit buschigem Schnurrbart. Er preßte seinen großen Bauch gegen die Ladentheke, während er Colins Angebot begutachtete.

«Ein p-paar s-sehr gute Stücke», sagte Mr. Plevich.

«Wieviel können Sie mir dafür geben?»

«N-nicht, w-was sie w-wert sind. Ich m-muß auch w-was dran verd-dienen.»

«Das verstehe ich, Mr. Plevich.»

«Ich w-würde auch von einem Verkauf a-abraten. Sie sind erst-klassig erhaltene E-erstausg-gaben.»

«Das weiß ich.»

«Sie sind schon viel mehr w-wert, als du für sie b-bezahlt hast. Wenn d-du sie noch et-wa z-zwei Jahre beh-hältst, w-werden sie d-dreimal soviel w-wert sein.»

«Aber ich brauche das Geld jetzt. Ich brauche es gleich.»

Mr. Plevich kniff ein Auge zu. «Hast d-du eine Freund-din?»

«Ja», log Colin, «sie hat nämlich Geburtstag.»

«D-das wird d-dir leid tun. Die F-freundin g-geht früher oder später l-laufen, aber ein g-gutes Comic-B-b-ook hast du für im-mer.»

«Wieviel?»

«Ich d-denke an hundert D-d-dollar.»

«Zweihundert.»

«Zuviel. Sie b-braucht kein so t-teures Ge-geschenk. Wie wäre es mit hundertzwanzig?»

«Nein.»

Mr. Plevich ging den Stapel Comics noch zweimal gründlich durch. Dann einigten sie sich auf hundertvierzig Dollar bar.

Die California Federal Trust Bank war nur einen halben Block vom Nostalgia-Haus entfernt. Colin gab einem der Kassierer die vielen Münzen aus der Spardose und bekam Geldscheine zurück. Mit zweihundertelf Dollar ging er zum Radiogeschäft am Broadway und kaufte sich den besten Tonband-Recorder, den er sich leisten konnte. Er besaß schon einen Kassettenrecorder, aber der war zu groß und das Mikrophon zu schlecht. Das neue Gerät, wenigstens behauptete das der Verkäufer, nahm Stimmen aus einer Entfernung von etwa zehn Metern noch klar auf. Außerdem war es klein und kompakt und leicht zu verstecken.

Er war kaum ein paar Minuten zu Hause und hatte den Recorder in seinem Zimmer untergebracht, als seine Mutter kam, um sich für eine Dinnerverabredung umzuziehen. Sie gab ihm Geld für Charlies Café. Sobald sie fort war, machte er sich ein Käsebrot und spülte es mit Kakao hinunter.

Danach ging er in sein Zimmer und experimentierte eine Weile mit dem neuen Recorder, der sehr gut funktionierte. Er gab Colins Stimme klar und deutlich wieder und nahm wirklich noch Stimmen aus zehn Meter Entfernung auf, aber bei der größten Reichweite des Mikrophons entsprach die Qualität Colins Anforderungen nicht mehr. Nach vielen Probeaufnahmen entschied er, daß er eine in normalem Tonfall geführte Unterhaltung höchstens noch aus acht Meter Abstand aufnehmen konnte. Das reichte jedoch durchaus.

Im Schlafzimmer seiner Mutter sah er erst in den Nachttischen nach, dann in der Kommode. Die Pistole lag in einer der Schubladen. Sie hatte zwei Sicherungen. Wenn beide Hebel zurückgeschoben waren, leuchteten zwei rote Warnpunkte auf dem blauschwarzen Metall auf. Als er Roy von der Waffe erzählt hatte, behauptete er, sie wäre sicher nicht mal geladen. Sie war geladen. Er schob die Sicherungen wieder vor und legte die Pistole zurück auf den Stapel der seidenen Slips seiner Mutter.

Er rief Heather an, und sie gingen den Plan noch einmal durch, um mögliche Fehler zu finden. Aber er hielt der Prüfung stand.

«Morgen werde ich mit Mrs. Borden reden», sagte Colin.

«Meinst du, daß es wirklich nötig ist?»

«Ja. Wenn ich nur ein bißchen was aus ihr herausbekomme und auf Band aufnehmen kann, untermauert das unsere Geschichte.»

«Aber wenn Roy hört, daß du mit ihr gesprochen hast, kann er argwöhnisch werden. Dann geht uns der Überraschungseffekt verloren.»

«In der Familie reden sie nicht viel miteinander», sagte Colin. «Vielleicht sagt sie ihm nicht, daß sie mit mir gesprochen hat.»

«Vielleicht doch.»

«Das müssen wir riskieren. Wenn sie was erzählt, was uns Roy besser verständlich macht und seine Beweggründe erklärt, wird es uns leichter fallen, die Polizei zu überzeugen.»

«Okay ... gut», sagte Heather. «Aber ruf mich an, wenn du mit ihr gesprochen hast. Ich möchte alles genau wissen.»

«Das werde ich. Und dann stellen wir ihm morgen abend die Falle.»

Sie schwieg einen Moment. «So bald schon?»

«Es gibt keinen Grund, länger zu warten.»

«Es würde nichts schaden, noch ein, zwei Tage länger darüber nachzudenken. Über den Plan, meine ich. Vielleicht hat er doch ein Loch. Vielleicht haben wir was übersehen.»

«Das haben wir nicht», sagte er. «Wir haben genug über ihn geredet und nachgedacht. Es wird alles klappen.»

«Na ... also gut.»

«Du kannst immer aussteigen, Heather.»

«Nein.»

«Ich würde es dir bestimmt nicht nachtragen.»

«Nein», sagte sie. «Ich mache mit. Du brauchst mich. Wir machen es morgen abend.»

Einige Stunden danach wachte Colin schwitzend und zitternd aus einem Angsttraum auf. Er konnte sich nicht mehr genau an den Traum erinnern. Er wußte nur noch, daß Heather darin vorgekommen war. Ihre Schreie hatten ihn geweckt.

Um halb zwölf am Sonntagmorgen ging Colin zum Hafen und setzte sich auf eine Bank am Steg, von wo aus er jeden Zugang zu einem Laden namens ‹Kleine Schätze› sehen konnte. Es war ein Geschenkartikelgeschäft, das vom Tourismus existierte. Es gab dort Postkarten, Lampen aus Muscheln, Gürtel aus Muscheln, Briefbeschwerer aus Muscheln und Muscheln aus Schokolade, T-Shirts mit komisch sein sollenden Aufschriften, Bücher über Santa Leona, Kerzen in Form des berühmten Glockenturms von Santa Leona Mission, Porzellanteller mit Sehenswürdigkeiten von Santa Leona und jede Menge anderen unnützen Kitsches. Roy Bordens Mutter arbeitete dort an fünf Nachmittagen in der Woche, Sonntag inbegriffen.

Colin trug eine zusammengefaltete Windjacke, unter der der neue Recorder verborgen war. Trotz der steifen Brise, die vom Meer kam, war es für eine Jacke viel zu warm, aber Colin glaubte nicht, daß es Mrs. Borden auffallen würde.

Viele Leute gingen über die Strandpromenade; sie redeten, lachten, blickten in die Schaufenster und aßen Schokoladebananen. Eine ganze Anzahl davon waren hübsche, langbeinige Mädchen in Shorts oder Bikinis. Colin zwang sich, sie nicht anzustarren. Er wollte sich nicht ablenken lassen und Helen Borden verpassen.

Um zehn vor zwölf entdeckte er sie. Sie war eine magere, vogelähnliche Frau. Sie ging schnell, hielt den Kopf hoch, die Schultern zurück und wirkte sehr geschäftig.

Er griff unter die gefaltete Windjacke und stellte das Tonband an, dann stand er auf und hastete über die breite Promenade. Er paßte sie vor dem Eingang von ‹Kleine Schätze› ab. «Mrs. Borden?»

Beim Klang ihres Namens blieb sie abrupt stehen und drehte sich zu ihm um. Er sah ihr die Verwirrung an. Sie erkannte ihn nicht.

«Wir haben uns zweimal gesehen», sagte er, «aber immer nur ganz kurz. Ich bin Colin Jacobs. Roys Freund.»

«Oh. O ja.»

«Ich muß mit Ihnen sprechen.»

«Ich muß ins Geschäft.»

«Es ist wichtig.»

Sie sah auf die Uhr, zögerte und warf einen Blick auf den Laden.

«Es geht um Ihre Tochter.»

Sie fuhr zu ihm herum.

«Es hat mit Belinda Jane zu tun.»

Helen Bordens Gesicht war sehr braun. Bei der Erwähnung des Namens ihrer toten Tochter blieb die Bräune, aber das Blut darunter wich aus ihrem Gesicht. Sie sah plötzlich alt und krank aus.

«Roy hat mir von ihrem Tod erzählt», sagte Colin.

Die Frau schien zu erstarren. Ihre Augen waren eisig.

«Wir haben Stunden über Belinda gesprochen.»

Sie bewegte beim Sprechen kaum die Lippen. «Das geht dich nichts an.»

«Ich wollte es auch nicht hören», sagte Colin. «Aber Roy hat mir Geheimnisse anvertraut. Schreckliche Geheimnisse. Über den Tod von Belinda.»

«Das ist kein Geheimnis. Ich weiß, wie sie gestorben ist. Ich hab es gesehen. Es war ... ein Unfall. Ein gräßlicher Unfall.»

«War es das? Sind Sie absolut sicher?»

«Wovon redest du?»

«Er hat mir das anvertraut. Ich mußte schwören, es keinem zu sagen. Aber das kann ich nicht. Es ist zu schrecklich.»

«Was hat er dir erzählt?»

«Warum er sie getötet hat.»

«Es war ein Unfall.»

«Er hatte es schon monatelang geplant», log Colin.

Sie griff plötzlich nach seinem Arm und führte ihn über die Promenade zu einer einsamen Bank am Ufergeländer. Es war der Arm, mit dem er die Windjacke trug, und er hatte Angst, sie könnte das Tonbandgerät entdecken, aber sie merkte nichts. Sie saßen nebeneinander und hatten das Meer im Rücken. «Er hat dir gesagt, er hätte sie ermordet?»

«Ja.»

Sie schüttelte den Kopf. «Nein. Es muß ein Unfall gewesen sein. Es muß. Er war erst acht Jahre alt.»

«Ich denke, daß manche Kinder vielleicht schon schlecht geboren werden. Nicht viele, meine ich, nur ein paar. Sie wissen doch, daß es manchmal in den Zeitungen steht, wie irgendein kleines Kind einen kaltblütigen Mord begeht. Vielleicht wird nur eines unter hunderttausend so geboren. Böse geboren, wissen Sie? Und was so ein Kind tut, egal wie es erzogen worden ist oder was es gelernt hat, es ist einfach so. Es ist so auf die Welt gekommen.»

Sie starrte ihn an, während er weiterredete, aber er war nicht sicher, ob sie auch nur ein Wort auffaßte. Als er endlich schwieg, blieb sie lange stumm, dann fragte sie: «Was will er von mir?»

Colin blinzelte. «Wer?»

«Roy. Warum hat er dich vorgeschoben?»

«Das hat er nicht», wehrte Colin ab. «Bitte, sagen Sie ihm nicht, daß ich mit Ihnen gesprochen habe. Bitte, Mrs. Borden. Wenn er wüßte, daß ich mit Ihnen spreche, würde er mich umbringen.»

«Belindas Tod war ein Unfall», sagte sie, hörte sich aber nicht überzeugt an.

«Sie haben nicht immer an einen Unfall geglaubt.»

«Woher weißt du das?»

«Darum haben Sie Roy geschlagen. Er hat es mir erzählt.»

«Das habe ich nicht. Er lügt.»

«Daher hat er die Narben.»

Sie wurde zittrig. «Was hat er dir gesagt?»

«Daß Sie ihn geschlagen haben, weil Sie wußten, daß er sie absichtlich getötet hat.»

«Das hat er gesagt?»

«Ja.»

Sie drehte sich so weit herum, daß sie das Meer sehen konnte. «Ich hatte gerade den Küchenfußboden gewischt und eingewachst. Er war so sauber, daß man von ihm essen konnte. Einfach makellos. Und er kam mit lehmigen Schuhen herein. Er wollte mich ärgern. Er sagte kein Wort, aber als ich ihn in den Lehmschuhen über den Fußboden gehen sah, wußte ich, daß er sich über mich lustig machte. Er hatte Belinda getötet, und jetzt machte er sich über mich lustig, und irgendwie war das beides gleich schlimm. Ich wollte ihn ermorden.»

Colin seufzte fast vor Erleichterung. Er war nicht sicher gewesen, daß Mrs. Borden für die Narben auf Roys Rücken verantwortlich war. Er war einer Eingebung gefolgt, und nun, wo sie sich bestätigt hatte, konnte er sicherer an den Rest seiner Theorie glauben.

«Ich wußte, daß er sie mit Absicht getötet hatte, aber sie wollten mir nicht glauben.»

«Ich weiß.»

«Ich wußte es immer. Ich habe zu keiner Zeit daran gezweifelt. Er hat seine kleine Schwester getötet.» Sie führte ein Selbstgespräch, blickte auf das Meer und zugleich in die Vergangenheit. «Als ich ihn schlug, wollte ich nur, daß er die Wahrheit sagen sollte. Soviel hat sie doch verdient, nicht wahr? Sie war tot und verdiente es, daß ihr Mörder bestraft wurde. Aber sie haben mir nicht geglaubt.» Ihre Stimme wurde immer leiser, und sie blieb so lange stumm, daß Colin sie endlich wieder zum Reden bringen wollte.

«Roy hat darüber gelacht. Er fand es komisch, daß niemand Sie ernst genommen hat.»

«Sie sagten, ich hätte einen Nervenzusammenbruch. Sie schickten mich ins Krankenhaus zur Therapie. So nannten sie das. Als wäre ich es, die verrückt war. Ein teurer Psychiater. Er hat mich wie ein Kind behandelt. Ein Dummkopf. Ich war lange dort – bis mir aufging, daß ich nur so zu tun brauchte, als hätte ich mich bei Roy getäuscht.»

«Sie haben sich nie über ihn getäuscht.»

Sie sah ihn an. «Hat er gesagt, warum er sie getötet hat?»

Colin rutschte unruhig herum, weil er ihre Frage nicht beantworten konnte und nicht wollte, daß sie erfaßte, mit wie vielen Lügen er ihr gekommen war. Er hatte sie nur dazu bewegen wollen, Dinge zu sagen, die er auf dem Tonband brauchte. Einiges hatte sie gesagt, aber nicht alles. Er hoffte ihr Vertrauen zu behalten, bis er alles zusammenhatte, was er brauchte.

Als er zögerte, beantwortete Mrs. Borden zum Glück ihre Frage selbst. «Aus Eifersucht, nicht wahr? Er war eifersüchtig auf mein kleines Mädchen, weil er nach ihrer Geburt wußte, daß er nie wirklich zu uns gehört hatte.»

«Ja, das hat er mir gesagt.» Colin hatte keine Ahnung, was sie meinte.

«Es war ein Fehler. Wir hätten ihn nie adoptieren dürfen.»

«Adoptieren?»

«Hat er dir das nicht erzählt?»

Jetzt hatte er alles verdorben. Sie würde sich fragen, warum Roy alles andere preisgegeben hatte, jedes häßliche Geheimnis, nur nicht dieses. Dann mußte sie merken, daß Roy ihm nichts von Belinda Jane erzählt hatte, daß er log und ein schreckliches Spiel mit ihr trieb.

Aber sie überraschte ihn. Sie war so tief in ihre Erinnerungen versunken und so darauf fixiert, daß ihr Sohn den vorbedachten Mord an seiner Schwester zugegeben hatte, daß ihr die Geistesgegenwart fehlte, die merkwürdigen Lücken in Colins Wissen zu erkennen.

«Wir wünschten uns nichts so sehr wie ein Kind.» Sie blickte nun wieder aufs Meer. «Ein eigenes Kind. Aber die Ärzte sagten, wir könnten keine Kinder haben. Es lag an mir. Alex, mein Mann, konnte sich nicht fassen. Es war schrecklich. Er hatte so auf ein eigenes Kind gehofft. Wir waren bei so vielen Ärzten und alle sagten dasselbe. Es war einfach unmöglich. Wegen mir. Darum hab ich ihm zu einer Adoption zugeredet. Wieder mein Fehler. Allein meine Schuld. Wir hätten es nicht tun dürfen. Wir wissen nicht einmal, wer Roys wirkliche Eltern waren oder *was* sie waren. Das beunruhigt Alex. Von was für Leuten stammt Roy ab? Was stimmte mit ihnen nicht? Welche Fehler und Krankheiten haben sie ihm vererbt? Es war ein großer Fehler, ihn zu nehmen. Als wir ihn ein paar Monate hatten, wußte ich, daß er nicht zu uns paßte. Er war ein nettes Baby, aber Alex mochte ihn nicht. Ich hatte so gewollt, daß Alex sein Kind haben sollte, aber *er* wollte eins aus seinem Fleisch und Blut. Das ist ihm sehr wichtig. Du kannst dir nicht vorstellen, *wie* wichtig. Ein adoptiertes Kind, sagt Alex, ist nicht dein Fleisch und Blut. Er sagt, man kann sich ihm nicht so nahe fühlen wie einem eigenen Kind. Er sagt, es ist, als zöge man ein gefährliches wildes Tier bei sich auf, das man im Haus behalten will; man kann nicht wissen, wann es auf einen losgeht, weil es im innersten Wesen nicht so ist, wie man es hat machen wollen. Und so habe ich wieder etwas ganz falsch gemacht: Ich habe ein fremdes Kind in unser Haus gebracht. Einen Fremden. Er ist auf uns losgegangen. Ich mache immer alles falsch. Ich habe Alex im Stich gelassen. Er wollte nichts anderes als ein eigenes Kind.»

Als Colin auf der Bank auf ihr Auftauchen wartete, hatte er damit gerechnet, daß es schwer sein würde, sie zum Reden zu bringen. Aber er hatte auf den richtigen Knopf gedrückt. Sie hörte nicht mehr auf zu reden. Sie sprach wie ein Roboter, wie eine Maschine. Und ihm schien diese Maschine nahe dem Zusammenbruch zu sein. Unter dem kühlen Äußeren staute sich im Inneren Reibungshitze auf. Während er ihr zuhörte, horchte er auch auf das Geräusch sich festfressender Zahnräder, brechender Federn und platzender Röhren.

«Wir hatten Roy zweieinhalb Jahre bei uns», fuhr sie fort, «als ich entdeckte, daß ich ein Kind bekommen würde. Die Ärzte hatten sich getäuscht. Ich bin bei der Geburt fast gestorben, und es war sicher, daß sie mein erstes und letztes Kind sein würde, aber ich hatte sie. Trotz aller Tests und Untersuchungen und himmelschreiender Rechnungen – sie hatten sich geirrt. Es war ein Wunder. Gott hatte uns immer schon das Unmögliche zugedacht, das Wunderkind, diesen Segen, aber ich hatte nicht die Geduld zu warten. Mir fehlte der Glaube. Dafür hasse ich mich. Ich redete Alex die Adoption auf. Und dann kam Belinda, das Kind, das uns zugedacht war. Ich aber glaubte nicht. Darum wurde sie uns nach nur fünf Jahren wieder fortgenommen. Roy nahm sie uns fort. Das Kind, das wir nie hatten haben sollen, nahm uns das fort, das Gott uns geschickt hatte. Verstehst du?»

Colins Faszination verwandelte sich in peinliche Betroffenheit. Er wollte und brauchte nicht jede häßliche Einzelheit zu erfahren. Er sah sich verlegen nach Zuhörern um, aber niemand befand sich in der Nähe der Bank.

Sie wandte sich vom Meer ab und starrte ihm in die Augen. «Warum bist du gekommen, junger Mann? Warum hast du mir Roys Geheimnis erzählt?»

Er zog die Schultern hoch. «Ich dachte, Sie sollten das wissen.»

«Erwartest du, daß ich ihm etwas antue?»

«Wollen Sie das denn nicht?»

«Wenn ich nur könnte», sagte sie bösartig. «Aber ich kann nicht. Wenn ich jetzt damit anfange, daß er mein kleines Mädchen getötet hat, wird es genauso wie damals. Sie werden mich wieder in die Heilanstalt schicken.»

«Ach.» Das hatte er schon gedacht, bevor er mit ihr sprach.

«Keiner wird mir glauben, wenn es um Roy geht. Und wer

wird dir glauben? Von deiner Mutter höre ich, daß du Drogen nimmst.»

«Nein. Das ist nicht wahr.»

«Wer wird einem von uns beiden Glauben schenken?»

«Niemand», bestätigte er.

«Wir brauchen Beweise, unwiderlegbare Beweise.»

«Das ist richtig.»

«Etwas Greifbares», sagte sie. «Vielleicht ... wenn du ihn dazu bringen könntest, dir alles noch einmal zu erzählen ... daß er sie absichtlich getötet hat ... und wenn du irgendwo ein Tonband verstecktest ...»

Colin zuckte bei der Erwähnung des Tonbands zusammen. «Ja, das ist ein guter Gedanke.»

«Es muß einen Weg geben. Wir müssen beide darüber nachdenken.»

«Ja, gut.»

«Denk darüber nach, wie man ihn fangen kann.»

«Okay.»

«Dann treffen wir uns wieder. Hier. Morgen.»

«Aber –»

«Immer stand ich allein gegen ihn.» Sie lehnte sich an Colin. Er spürte ihren Atem auf seinem Gesicht. Er roch ihn auch: Pfefferminzkaugummi. «Aber jetzt bist du da», fuhr sie fort. «Zwei Menschen wissen jetzt Bescheid. Zu zweit sollten wir eine Methode finden, ihn zu fangen. Ich will ihn kriegen! Alle sollen wissen, wie er den Mord an meinem kleinen Mädchen *geplant* hat. Wenn sie die Wahrheit wissen, wie wollen sie mich zwingen, ihn bei mir zu behalten? Wir schicken ihn wieder zurück. Die Nachbarn werden nicht reden. Wie denn, wenn sie wissen, was er getan hat? Ich werde ihn los sein. Mehr wünsche ich mir nicht.» Ihre Stimme wurde zu einem verschwörerischen Wispern. «Du wirst mein Verbündeter, ja?»

Ihm kam der irrsinnige Gedanke, daß sie nun mit dem Ritual der Blutsbrüderschaft beginnen würde. «Wirst du das?» bedrängte sie ihn.

«Okay.» Nein, er würde sie nicht mehr treffen; sie war ebenso furchteinflößend wie Roy.

Sie legte die Hand auf seine Wange, und er wich zurück, ehe er begriff, daß sie nur Zuneigung ausdrücken wollte. Ihre Finger waren kalt. «Du bist ein guter Junge. Es war sehr gut von dir, einfach so zu mir zu kommen.»

Er wünschte, sie nähme ihre Hand fort.

«Ich kannte immer schon die Wahrheit», sagte sie, «aber was ist das für eine Erleichterung, noch jemanden zu haben, der sie kennt. Komm morgen wieder. Um dieselbe Zeit.»

«Ja, sicher», bestätigte er, um sie loszuwerden.

Als Colin hinter ihr hersah, dachte er, daß sie viel erschrekkender war als alle Monstren, vor denen er sich bisher gefürchtet hatte. Christopher Lee, Peter Cushing, Boris Karloff, Bela Lugosi – keiner hatte ein Wesen verkörpert, das annähernd so schaurig war wie Helen Borden. Sie war schlimmer als ein Ungeheuer oder ein Vampir und doppelt so gefährlich wegen ihrer guten Tarnung. Sie sah so normal aus, langweilig, in jeder Hinsicht unauffällig, innerlich aber war sie eine furchtbare Person. Er spürte immer noch ihre eisigen Finger auf der Wange.
Er holte den Recorder unter der Windjacke hervor und schaltete ihn aus.

Es war kaum zu glauben, aber er schämte sich über die Dinge, die er von Roy gesagt hatte und wie er ihren Haß auf den Sohn für sich ausnützte. Es stimmte, daß Roy krank war; es stimmte auch, daß er ein Mörder war, aber es stimmte nicht, daß er das immer schon gewesen war. ‹Böse geboren› hatte Colin gesagt, und das stimmte nicht. Im Grunde war er nicht anders als andere Menschen auch. Er hatte seine Schwester nicht kaltblütig ermordet. Nach allem, was Colin erfahren hatte, war der Tod von Belinda Jane ein Unfall gewesen. Roys Krankheit hatte sich erst aus den Folgen dieser Tragödie entwickelt.

Mit schwerem Herzen stand Colin von der Bank auf und ging zu seinem Rad. Er wollte sich nicht mehr an Roy rächen. Er wollte nur, daß das aufhörte. Er wollte Beweise, damit die richtigen Leute ihm glaubten und handelten. Er war müde.

39

Colin rief Heather an.

«Hast du mit Roys Mutter gesprochen?»

«Ja. Ich habe mehr erfahren, als ich erwartet habe.

«Erzähle.»

«Das ist am Telefon zu schwierig. Du mußt das Band hören.»

«Warum bringst du es nicht mit? Meine Eltern sind ausgegangen.»

«Ich bin in einer Viertelstunde da.»

«Komm nicht von der Straße», sagte sie. «Roy könnte zufällig auf dem Friedhof sein. Fahr zur kleinen Straße hinter dem Haus und komm durch den Garten.»

Er vergewisserte sich, daß ihm niemand folgte. Sie erwartete ihn auf dem ummauerten Platz hinter dem Haus. Sie gingen in die freundliche gelbweiße Küche, setzten sich an den Tisch und hörten der Tonbandunterhaltung zwischen ihm und Mrs. Borden zu.

Als Colin am Ende das Gerät ausschaltete, sagte Heather: «Das ist schrecklich.»

«Ich weiß.»

«Armer Roy.»

«Ich weiß, wie du das meinst», stimmte Colin düster zu.

«Es tut mir irgendwie leid, daß ich so gemeine Sachen über ihn gesagt habe. Er kann nichts dafür, daß er so ist, nicht?»

«Mir ist es auch so gegangen. Aber wir dürfen nicht zuviel Mitleid mit ihm haben. Noch nicht. Das können wir nicht wagen. Wir müssen uns daran erinnern, daß er gefährlich ist. Wir dürfen nicht vergessen, daß er mich liebend gern ermorden – und dich vergewaltigen und ermorden – würde, wenn er glaubte, damit davonzukommen.»

Die Küchenuhr tickte hohl.

Heather sagte: «Wenn wir dieses Band der Polizei vorspielten, würde es sie vielleicht überzeugen.»

«Wovon? Daß Roy ein mißhandeltes Kind ist? Daß er vielleicht so sehr mißhandelt wurde, daß er davon verrückt geworden ist? Ja. Vielleicht würde es sie davon überzeugen, zugegeben. Aber beweisen würde es gar nichts. Es würde nicht beweisen, daß Roy die beiden Jungen getötet hat oder daß er versuchte, den Zug entgleisen zu lassen, oder daß er versucht, mich zu ermorden. Wir brauchen mehr als das. Wir müssen den Plan ausführen.»

«Heute abend.»

«Ja.»

40

Weezy kam um halb sechs nach Hause und sie aßen zusammen früh zu Abend. Sie hatte im Delikatessengeschäft eingekauft: aufgeschnittenen Schinken und Puterbrust, Käsescheiben, Nudelsalat, Kartoffelsalat, große Dillgurken und Käsekuchen. Es gab viel zu essen, aber sie aßen beide nicht viel; sie achtete streng auf ihre Figur, und Colin war viel zu aufgeregt über die bevorstehenden Ereignisse, um Appetit zu haben.

«Gehst du wieder in die Galerie?» fragte er.

«In etwa einer Stunde.»

«Kommst du um neun Uhr nach Hause?»

«Leider nicht. Wir schließen um neun, machen sauber und öffnen schon wieder um zehn.»

«Warum das?»

«Wir zeigen nur vor geladenen Gästen eine Ausstellung eines neuen Künstlers. Es wird eine elegante Abendeinladung mit Champagner und Cognac. Hört sich gut an, was?»

«Hm.»

Sie tat sich Senf auf den Teller, rollte eine Schinkenscheibe zusammen und stippte sie in den Senf. «Alle unsere besten hiesigen Kunden sind eingeladen.»

«Wie lange wird das dauern?»

«Sicher bis Mitternacht.»

«Kommst du dann nach Hause?»

«Ich glaube schon. Vergiß deinen Hausarrest nicht, Colin.»

«Bestimmt nicht.»

«Du bist zu Hause, ehe es dunkel ist.»

«Du kannst mir vertrauen.»

«Das hoffe ich. Allein deinetwegen hoffe ich das.»

«Ruf doch an und prüfe es nach. Ich bin hier», log er.

Nachdem sie sich umgezogen hatte und fortgegangen war, holte er die Pistole aus der Kommodenschublade in ihrem Zimmer. Er packte sie in einen kleinen Karton, legte das Tonbandgerät, zwei Taschenlampen und eine Plastikflasche mit Ketchup darauf und holte ein Geschirrtuch aus dem Wäscheschrank, das er der Länge nach in zwei Teile schnitt und ebenfalls einpackte. Dann ging er in die Garage und nahm eine Wäscheleine vom Wandhaken, die dort schon hing, seit sie eingezogen waren.

Es blieb ihm noch einige Zeit, ehe er zum Kingman-Haus aufbrechen konnte. Er ging in sein Zimmer und versuchte, an einem seiner Monstermodelle weiterzuarbeiten, aber es ging nicht; seine Hände zitterten zu sehr.

Eine Stunde vor Anbruch der Dunkelheit nahm er den Pappkarton mit der Pistole und den anderen Gegenständen, verließ das Haus und gurtete ihn am Gepäckträger des Fahrrads fest. Er fuhr einen Umweg zu dem verlassenen Haus oben am Hawk Drive. Er war sicher, daß niemand ihm folgte. Heather wartete direkt hinter der Haustür des verfallenen Gebäudes auf ihn. Als Colin hereinkam, löste sie sich aus dem Schatten. Sie trug kurze blaue Shorts und eine langärmelige weiße Bluse, und sie war sehr schön.

Colin legte das Rad etwas abseits ins hohe Gras und trug den Karton ins Haus.

Das Haus war immer seltsam, aber nun, im Zwielicht, war es noch seltsamer. Der letzte kupferfarbene Sonnenschein drang durch einige der zerbrochenen, ungeschützten Fenster und gab dem Inneren einen an Blut erinnernden Glanz. Staubfäden trieben durch die schwachen Strahlen. In einer Ecke leuchtete ein riesiges Spinnennetz wie Kristall. Die Schatten krochen vorwärts, als wären sie lebendig.

«Ich sehe schrecklich aus», sagte Heather. «Ich hatte das falsche Shampoon. Meine Haare sind ganz strähnig.»

«Du siehst prima aus. Dein Haar ist schön, sehr schön. Es könnte nicht schöner sein.»

«Er wird sich gar nicht für mich interessieren», sagte sie überzeugt. «Sobald er sieht, daß du mich hierhergebracht hast, macht er kehrt und geht fort.»

«Sei doch nicht albern. Du bist großartig, genau richtig.»

«Glaubst du das wirklich?»

«Das glaube ich.» Er gab ihr einen warmen, zärtlichen, langen Kuß. Ihre Lippen waren weich und zitterten. «Komm», sagte er sanft, «wir müssen die Falle vorbereiten.» Er brachte sie in eine überaus gefährliche Situation, nützte sie aus, manipulierte sie ganz ähnlich, wie Roy es mit ihm gemacht hatte, und er haßte sich deswegen. Aber er gab nicht auf, solange dazu noch Zeit war.

Sie folgte ihm. Als er die Treppe zum ersten Stock hinaufzugehen begann, fragte sie: «Warum nicht hier unten?»

Er blieb stehen und drehte sich zu ihr um. «Unten sind fast alle Läden kaputt oder heruntergerissen worden. Wenn wir es hier machten, könnte man von draußen den Lichtschein sehen. Jemand könnte davon angezogen werden. Andere Kinder. Wir könnten gestört werden, ehe wir alles aus Roy herausbekommen haben. Ein paar Zimmer im oberen Stock haben noch alle Läden.»

«Wenn etwas schiefgeht», sagte sie, «können wir unten leichter fortrennen.»

«Es geht nichts schief. Außerdem haben wir die Pistole. Hast du das vergessen?» Er klopfte auf den Karton, den er unter dem Arm trug. Er ging weiter die Stufen hinauf und war erleichtert, als er sie folgen hörte.

Die Diele im ersten Stock war dämmrig und das Zimmer, das er ausgesucht hatte, wurde nur noch von dünnen, durch die Ritzen der Läden dringenden Streifen des letzten Tageslichts beleuchtet. Er knipste eine der Taschenlampen an. Es war ein großes Schlafzimmer direkt links von der Treppe. Alte, vergilbte Tapeten blätterten von den Wänden und hingen in Bögen von der Decke wie Girlanden eines längst vergessenen Fests. Der Raum war staubig und roch nach Schimmel, aber es lag nicht so viel Gerümpel herum wie in anderen Zimmern. Nur an der hinteren Wand lagen Tapetenfetzen, Mörtelbrocken und Stücke von Lattenwerk. Er gab Heather die Taschenlampe und stellte den Karton auf den Fußboden. Er knipste die zweite Taschenlampe an und lehnte sie gegen die Wand, so daß der Strahl die Decke beleuchtete und zurückgeworfen wurde.

«Es ist hier unheimlich», sagte Heather.

«Du brauchst dich vor nichts zu fürchten.»

Er holte das Tonbandgerät heraus und stellte es vor die Wand gegenüber der Tür. Dann sammelte er Schutt und Abfälle zusammen und bedeckte damit den kleinen Apparat, nur das Mikrophon freilassend, über das er zerknüllte Tapete legte. «Fällt das auf?»

«Ich glaube nicht.»

«Sieh es dir genau an.»

Sie trat näher. «Nein. Es sieht natürlich aus.»

Er leuchtete mit der anderen Taschenlampe auf den Haufen von Abfällen und achtete genau auf ein verräterisches Glitzern von Metall- oder Plastikteilen. «Okay», sagte er endlich zufrieden. «Er wird nichts merken. Wahrscheinlich schaut er gar nicht richtig hin.»

«Was jetzt?» fragte sie.

«Jetzt müssen wir dich so herrichten, daß du ziemlich mitgenommen wirkst. Roy wird mir kein Wort glauben, wenn es nicht wie nach einem Kampf aussieht.» Er nahm die Ketchup-Plastikflasche aus dem Karton.

«Was soll das denn?»

«Das ist Blut.»

«Ist das dein Ernst?»

«Ich finde es auch schlimm, aber es müßte wirkungsvoll sein.»

Er quetschte Ketchup auf seine Finger und schmierte ihn kunstvoll auf ihre linke Schläfe und den goldblonden Haaransatz.

«Brr!» Sie schauderte.

Colin trat zwei Schritte zurück und betrachtete sie prüfend. «Gut. Jetzt ist es noch etwas zu grell, zu rot, aber sobald es ein bißchen trocknet, müßte es ganz echt aussehen.»

«Wenn wir wirklich gekämpft hätten, wie du es ihm doch erzählen willst, müßte ich schmutzig und mitgenommen sein.»

«Stimmt.»

Sie zog die Bluse halb aus den Shorts heraus, bückte sich und strich mit den Händen über den staubbedeckten Fußboden und zog lange schmutzige Streifen über Hose und Bluse.

Als sie sich aufrichtete, prüfte Colin sie kritisch, suchte nach Fehlern und stellte sich vor, wie Roy sie sehen würde. «Ja. Viel besser. Aber vielleicht könnte man noch etwas machen.»

«Was?»

«Der Ärmel deiner Bluse könnte zerrissen sein.»

«Es ist eine meiner besten Blusen», sagte sie stirnrunzelnd.

«Ich bezahle sie dir.»

Sie schüttelte den Kopf. «Nein. Ich habe gesagt, ich helfe dir. Ich mache bei allem mit. Los! Reiß sie kaputt.»

Er packte den Stoff an beiden Seiten der linken Schulternaht und riß zwei-, dreimal ganz fest daran. Die Naht gab endlich mit einem unangenehmen Geräusch nach, und der Ärmel rutschte halb aufgerissen an ihrem Arm herunter.

«Ja. Jetzt haben wir es. Du siehst unheimlich überzeugend aus.»

«Aber wenn ich jetzt so übel zugerichtet bin, will er dann noch was mit mir zu tun haben?»

«Es ist komisch ...» Colin starrte sie gedankenvoll an. «Auf eine merkwürdige Art bist du jetzt sogar noch anziehender als vorher.»

«Bist du sicher? Ich meine, wo ich so schmutzig bin. Und als ich sauber war, war ich auch nicht so toll.»

«Du siehst großartig aus. Genau richtig.»

«Aber wenn das klappen soll, dann muß er doch ... na ... er muß mich vergewaltigen wollen. Ich meine, er wird nie dazu kommen. Aber er muß es *wollen.*»

Wiederum wurde sich Colin sehr deutlich bewußt, in welche Gefahr er sie brachte, und ihm war nicht wohl in seiner Haut.

«Es gibt noch etwas, das helfen könnte», sagte sie. Ehe ihm aufging, was sie vorhatte, griff sie an die vorderen Hälften der Bluse und zerrte daran. Die Knöpfe sprangen ab, einer traf Colins Kinn. Sie riß die Bluse ganz auf. Einen Augenblick sah er eine schöne, sich bewegende Brust mit einer dunklen Warze, aber dann fielen die beiden Hälften der Bluse wieder zusammen, und er sah nichts mehr als die leichte Wölbung des Stoffs über ihren sich bildenden Brüsten.

Er sah auf und begegnete ihrem Blick. Sie wurde feuerrot. Lange Zeit sprach keiner von ihnen ein Wort. Er leckte sich über die Lippen. Plötzlich war seine Kehle wie ausgetrocknet.

Endlich sagte sie zitternd: «Ich weiß nicht. Vielleicht hilft die offene Bluse nichts. Ich hab nicht viel zum Vorzeigen.»

«Es ist einfach perfekt», sagte er schwächlich, drehte sich um und holte das Seil aus dem Karton.

«Wenn ich nur nicht gefesselt sein müßte!»

«Anders geht es nicht, Heather. Aber ich umwickle dir nur die Handgelenke und mache keine Knoten. Du hast die Hände in Sekunden frei. Ich zeig dir ganz genau, wie du dich befreien kannst. Aber das brauchst du nicht, denn er kommt erst gar nicht in deine Nähe. Nichts wird dir passieren. Ich habe die Waffe.»

Sie setzte sich auf den Boden und lehnte sich an die Wand. «Komm, bringen wir es hinter uns.»

Als er mit ihrer Fesselung fertig war, drang kein Lichtschein mehr durch die Ritzen der alten Läden. Es war Nacht geworden.

«Es wird Zeit, daß ich telefoniere», sagte Colin.

«Wenn ich nur nicht allein hierbleiben müßte.»

«Es dauert nur ein paar Minuten.»

«Kannst du beide Taschenlampen hierlassen?»

Ihre Angst rührte ihn; er kannte das Gefühl. Aber er sagte: «Ich kann nicht. Ich brauche eine, sonst breche ich mir in der Dunkelheit den Hals. Du kommst mit einer Lampe aus.»

«Komm schnell wieder zurück.»

«Ja.»

Er stand auf und ging von ihr fort. Unter der Tür drehte er sich um. Sie war so verletzlich, daß er es kaum ertragen konnte. Er wußte, daß er zurückgehen und die Fesseln lösen und sie nach Hause schicken sollte. Aber er mußte Roy in die Falle locken, um die Wahrheit auf das Tonband zu bekommen, und dies war die einfachste Methode. Er verließ das Zimmer, ging die Treppe hinunter und durch die Haustür nach draußen. Es würde gelingen. Es *mußte* gelingen. Sein und Heathers Kopf durften nicht auf dem Kaminsims enden.

41

Colin ging in die Telefonzelle bei der Tankstelle vier Querstraßen unterhalb des Kingman-Hauses. Er rief bei den Bordens an.

Roy meldete sich. «Hallo?»

«Bist du das, Blutsbruder?»

Roy antwortete nicht.

«Es war mein Fehler», sagte Colin.

Roy schwieg.

«Ich rufe an, um zu sagen, daß ich es falsch gemacht habe.»

«Was hast du falsch gemacht?»

«Alles. Daß ich unseren Blutsbrüderschaftseid gebrochen habe.»

«Was willst du?» fragte Roy.

«Wieder dein Freund sein.»

«Arschloch!»

«Wirklich, Roy. Laß uns wieder Freunde sein.»

«Das ist unmöglich.»

«Du bist klüger als alle anderen, Roy. Du bist klüger und härter. Du hast recht; sie sind alle eine Bande von Idioten. Auch die Erwachsenen. Man kann sie um den kleinen Finger wickeln. Das habe ich begriffen. Ich gehöre nicht dazu. Gehörte nie dazu. Ich bin wie du. Ich möchte auf deiner Seite stehen.»

Roy schwieg wiederum.

«Ich werde dir beweisen, daß ich zu dir gehöre», fuhr Colin fort. «Ich will das tun, was du wolltest. Ich werde dir helfen, jemand zu töten.»

«Jemand töten? Colin, nimmst du wieder Drogen? Was redest du da?»

«Du glaubst, jemand hörte mir zu», sagte Colin. «Es ist niemand hier. Aber wenn du nicht am Telefon reden willst, dann laß uns uns treffen.»

«Wann?»

«Jetzt.»

«Wo?»

«Im Kingman-Haus», sagte Colin.

«Warum dort?»

«Es eignet sich am besten.»

«Ich weiß bessere Treffpunkte.»

«Nicht für das, was wir vorhaben. Es liegt einsam. Und das brauchen wir.»

«Wozu? Wovon redest du?»

«Wir werden sie uns nehmen, und dann bringen wir sie um», sagte Colin.

«Bist du verrückt geworden? Was redest du da?»

«Niemand hört das Gespräch ab, Roy. Sie wird dir gefallen.»

«Mann, mußt du *high* sein!»
«Sie ist eine Wucht.»
«Wer?»
«Das Mädchen, das ich für uns rangeschafft habe.»
«*Du* hast ein Mädchen an Land gezogen?»
«Sie weiß nicht, was ihr geschehen wird.»
«Wer ist sie?»
«Mein Friedensangebot an dich.»
Roy reagierte nicht darauf.
«Hast du etwa Angst vor mir?» fragte Colin.
«Nein, zum Teufel!»
«Dann gib mir eine Chance. Komm zum Kingman-Haus.»
«Du und deine Fixerfreunde, ihr lauert mir wahrscheinlich auf. Wollt ihr mich zusammenschlagen?»
Colin lachte bitter. «Du bist gut, Roy. Sehr gut. Darum will ich ja mit dir zusammensein. Keiner ist schlauer als du.»
«Du mußt aufhören, dich mit Pillen vollzustopfen», sagte Roy. «Colin, daran stirbt man. Du bringst dich auf den Hund.»
«Dann komm und sprich mit mir. Überzeuge mich davon.»
«Ich muß was für meinen Vater erledigen. Vor einer Stunde komme ich hier nicht fort.»
«Okay», sagte Colin. «Es ist beinahe Viertel nach neun. Wir treffen uns um halb elf im Kingman-Haus.»
Colin hängte den Hörer auf, riß die Tür der Zelle auf und rannte los. Er hetzte, so schnell er konnte, den steilen Hügel hinauf, die Arme fest an die Seiten gepreßt. Er kam beim Haus an, lief durch das Tor und über den Plattenweg, stieg die knarrenden Treppenstufen hinauf und hörte Heather zögernd seinen Namen rufen, ehe er noch den Absatz erreicht hatte.
Sie war immer noch im ersten Zimmer auf der linken Seite, saß dort, wo er sie verlassen hatte, gefesselt und verführerisch schön.
«Ich hatte Angst, es wäre ein anderer gewesen», sagte sie.
«Alles in Ordnung?»
«Eine Taschenlampe war nicht genug. Es war hier drin viel zu dunkel. Und ich glaube, es gibt hier Ratten. Ich habe kratzende Geräusche in den Wänden gehört.»
«Wir brauchen nicht mehr lange hierzubleiben», sagte er. Er beugte sich über den Karton und zog die beiden langen Streifen

des zerschnittenen Geschirrtuchs heraus. «Jetzt geht es vorwärts.»

«Hast du mit Roy gesprochen?»

«Ja.»

«Kommt er?»

«Er sagt, er müßte was für seinen Vater erledigen und könnte nicht gleich fort. Er sagt, vor halb elf kann er nicht hier sein.»

«Dann hättest du mich nicht zu fesseln brauchen, ehe du telefoniert hast.»

«Doch, das mußte ich», sagte er. «Mach das Seil nicht ab. Er ist unterwegs.»

«Hast du nicht eben halb elf gesagt?»

«Er hat gelogen.»

«Woher weißt du das?»

«Ich *weiß* es. Er versucht, vor mir hier zu sein. Er will mir eine Falle stellen. Er glaubt, ich wäre immer noch so naiv wie früher.»

«Colin ... ich habe Angst.»

«Es wird alles gutgehen.»

«Wirklich?»

«Ich habe die Pistole.»

«Was ist, wenn du schießen mußt?»

«So weit kommt es nicht.»

«Er könnte dich dazu zwingen.»

«Dann werde ich es tun. Wenn er mich zwingt, schieße ich.»

«Aber dann wärst du schuldig –»

«– in Notwehr gehandelt zu haben.»

«Kannst du mit dem Ding umgehen?»

«Aus Notwehr. Ja. Natürlich.»

«Du bist kein Mörder.»

«Ich werde ihn nur verwunden. Aber wir müssen uns jetzt beeilen. Ich muß dich knebeln. Der Knebel muß fest sitzen, wenn es echt aussehen soll, aber sag mir, wenn er zu fest ist.» Er benützte die beiden Geschirrtuchstreifen und fragte dann: «Okay?»

Sie gab ein unverständliches Geräusch von sich.

«Schüttel den Kopf. Ja oder nein. Ist es zu fest?»

Sie schüttelte den Kopf.

Er erkannte, daß sie von Sekunde zu Sekunde mehr zu zweifeln begann; sie wünschte, sich nie darauf eingelassen zu haben. Offene Furcht stand in ihren Augen, aber das war nur gut; sie sah nun wirklich wie das hilflose Opfer aus, das sie doch nur spielen sollte. Roy, mit den Instinkten eines gerissenen, angriffslustigen Raubtiers, würde ihr Entsetzen auf den ersten Blick in sich aufnehmen und davon überzeugt werden.

Colin ging zum Tonbandgerät, hob einen Mörtelbrocken hoch, stellte es an und deckte es sorgfältig wieder zu. Er sah Heather wieder an. «Ich gehe zum Treppenabsatz und warte auf ihn. Hab keine Angst.»

Er verließ das Zimmer, nahm die Pistole, eine Taschenlampe und den Karton mit, in dem nur noch die Ketchupflasche war. Er stellte ihn in ein anderes Zimmer, ging dann zur Treppe und machte die Lampe aus. Das Haus war sehr dunkel.

Die Pistole schob er auf dem Rücken unter den Gürtel, damit Roy sie nicht sehen konnte. Er wollte unbewaffnet und wehrlos wirken, um Roy die Treppe hinauf zu locken.

Colin atmete laut, er japste geradezu, aber nicht aus physischer Erschöpfung, sondern weil er Angst hatte. Er gab sich Mühe, leise zu atmen, aber es war nicht leicht.

Unten krachte irgend etwas.

Er hielt den Atem an und horchte.

Wieder ein Geräusch.

Roy war da.

Colin sah auf die leuchtenden Zahlen auf seiner Uhr. Genau fünfzehn Minuten waren vergangen, seit er die Telefonzelle verlassen hatte.

Es kam genau so, wie er es Heather prophezeit hatte: Roy log, als er sagte, nicht vor halb elf kommen zu können. Er hatte nur sichergehen wollen, als erster im Haus zu sein. Sollte ihm eine Falle gestellt werden, wollte er da sein und aus dem Schatten heraus beobachten, was geplant war.

Colin hatte diese Entwicklung vorausgesehen. Das tat ihm gut. Auf seinem Posten in der dunklen Diele begann er zu lächeln.

Etwas bewegte sich in der Wand neben ihm und er zuckte zusammen. Eine Maus. Nichts als eine Maus. Nicht Roy. Roy hörte er immer noch unten. Nur eine Maus. Vielleicht eine Ratte. Schlimmstenfalls zwei Ratten. Nichts, worüber man sich aufregen mußte. Aber ihm war klar, daß er sich gegen zu große Zuversicht schützen mußte, denn wenn er das nicht tat, würde er noch vor dem Ende dieser Nacht nichts als Futter für diese Ratten sein.

Schritte.

Eine von einer Hand abgedeckte Taschenlampe.

Der Lichtschein bewegte sich auf die Treppe zu.

Roy kam herauf.

Plötzlich empfand Colin, daß der Plan kindisch, dumm und naiv war. Es konnte gar nicht klappen. Nie im Leben. Er und Heather würden sterben.

Er schluckte, knipste seine Lampe an und leuchtete die Treppe hinunter. «Hallo, Roy.»

42

Roy blieb stehen und richtete die Taschenlampe auf Colin.

Mehrere Sekunden lang starrten sie einander an. Colin sah den Haß in Roys Augen und fragte sich, ob seine Angst ebenso deutlich sichtbar wäre.

«Du bist schon hier?» fragte Roy.

«Das Mädchen ist hier oben.»

«Dieses Mädchen gibt es gar nicht.»

«Sieh doch nach.»

«Wer ist sie?» Roy sah ihn an. «Das ist doch nur ein Trick.»

«Kein Trick. Das hab ich schon am Telefon gesagt. Ich will auf deiner Seite stehen. Ich hab es auf *ihrer* Seite probiert. Es hat nicht geklappt. Sie glauben mir nicht. Sie wollen mich nicht. Keiner. Ich hasse sie alle. Auch meine Mutter. Du hattest recht. Sie ist nichts als ein gemeines Flittchen. Du hast alle richtig beurteilt. Nie wird mir einer von ihnen helfen. Nie. Keiner von ihnen nützt mir was. Und ich will nicht immer vor dir davonlaufen müssen. Ich möchte nicht für den Rest meines Lebens über die Schulter sehen. Du bist unschlagbar. Früher oder später schnappst du mich. Du bist ein Sieger. Jetzt begreife ich das. Ich bin es leid, ein Verlierer zu sein. Darum will ich ja auf deine

Seite. Ich will siegen. Ich will es ihnen allen heimzahlen. Ich werde alles tun, was du willst, Roy. Alles.»

«Darum hast du ein Mädchen für uns.»

«Ja.»

«Wie hast du sie da raufbekommen?»

«Ich hab sie gestern gesehen.» Colin versuchte, aufgeregt zu klingen, als hätte er sich nicht jedes Wort vorher gründlich zurechtgelegt. «Ich bin mit dem Rad herumgefahren. Ich dachte einfach nach und überlegte, wie ich mich mit dir versöhnen könnte. Ich kam hier vorbei und sah sie auf dem Weg vor dem Haus sitzen. Sie hatte einen Zeichenblock. Sie interessiert sich für Kunst und zeichnete das Haus. Ich hielt an und redete mit ihr. Dabei kam heraus, daß sie schon ein paar Tage lang Skizzen macht. Sie sagte, sie wollte heute abend wiederkommen, um die Schatten vom späten Nachmittag auf die Zeichnung zu bekommen. Ich wußte sofort, daß sie das war, was ich suchte. Ich wußte, daß wir wieder Freunde sein würden, wenn ich sie dir beschaffte. Sie ist toll, Roy, wirklich! Jetzt hab ich sie gefangen. Sie ist oben in einem der Zimmer, gefesselt und geknebelt.»

«Einfach so?» fragte Roy.

«Wie?»

«Du hast sie gefangen und ganz allein gefesselt und geknebelt. War das so einfach?»

«Nein, Mann! Es war überhaupt nicht einfach. Ich mußte zuschlagen. Sie hat geblutet und ist ohnmächtig geworden. Aber ich habe sie. Du wirst ja sehen.»

Roy starrte ihn an, überlegte und erwog, ob er gehen oder bleiben sollte. Seine eisigen Augen leuchteten im dünnen kalten Lichtstrahl.

«Kommst du?» fragte Colin. «Oder hast du jetzt auf einmal Schiß?»

Roy stieg langsam die Stufen hinauf.

Colin wich vom Treppenabsatz zur offenen Tür des Zimmers zurück, in dem Heather wartete. Roy war nun in der Diele. Die beiden Jungen standen nur noch ein paar Schritte voneinander entfernt.

«Hier», sagte Colin.

Aber Roy blieb an der gegenüberliegenden Wand und ging zum Zimmer auf der anderen Seite des Flurs.

«Was soll das?»
«Ich möchte sehen, wer sonst noch hier ist», sagte Roy.
«Keiner. Das hab ich doch gesagt.»
«Das möchte ich selber sehen.»
Roy leuchtete in das gegenüberliegende Zimmer, ohne Colin aus dem Auge zu verlieren. Colin fiel die dort abgestellte Pappschachtel ein. Sein Herz begann wild zu klopfen. Er wußte, daß alles auffliegen und der Plan ruiniert sein würde, wenn Roy die Ketchupflasche sah. Aber der Karton schien unter allem anderen Gerümpel auf den Fußböden des zerfallenen Hauses nicht aufzufallen, denn Roy betrat das Zimmer gar nicht erst, sondern ging weiter durch den Flur, um sicherzugehen, daß der ganze obere Stock verlassen lag. «Keiner da», sagte er, als er alle Zimmer geprüft hatte und zu Colin zurückkehrte, der immer noch unter der Tür wartete.
Roy trat auf ihn zu, und Colin wich in das Schlafzimmer zurück. Er stellte sich neben Heather.
Sie sah so aus, als würde sie trotz des Knebels gleich laut schreien. Colin hätte gern gelächelt und sie beruhigt, wagte es aber nicht, denn wenn Roy hereinkam und den Blickwechsel sah, hätte er sofort gemerkt, daß sie zusammenarbeiteten.
Roy näherte sich vorsichtig. Am Rande des Lichtkegels seiner Taschenlampe begannen Schatten zu tanzen. Als er das Mädchen erblickte, blieb er überrascht stehen. Er war nur fünf, sechs Schritte von ihr entfernt, blockierte aber den einzigen Ausgang. Jetzt ging es ums Ganze. «Ist das ... Heather?»
«Ja.» Colins Stimme war belegt. «Kennst du sie? Ist sie nicht stark?»
Roy betrachtete sie mit wachsendem Interesse. Colin sah seinen Blick über die glatten, schlanken Waden zu den Knien wandern und dann zu den festen Schenkeln. Eine Minute schien Roy die Augen nicht von den wohlgeformten, schlanken Beinen abwenden zu können. Endlich aber sah er die zerrissene Bluse und die Rundung der Brüste, die durch den zerfransten Stoff halb sichtbar waren. Er nahm das Seil, den Knebel in ihrem Mund und die großen, angstgeweiteten Augen wahr. Er erkannte, daß sie wirklich Angst hatte, und das gefiel ihm. Er lächelte und drehte sich zu Colin um.
«Gut gemacht.»

Colin wußte, daß die Täuschung gelungen war. Für Roy war es unfaßbar, daß er und Heather ihm allein eine Falle stellten, ohne von Erwachsenen abgesichert zu werden. Sobald Roy gesehen hatte, daß sie allein im Haus waren und keine Hilfstruppen in einem anderen Zimmer warteten, war er überzeugt gewesen. Der Colin, den er kannte, war zu feige, so etwas auch nur zu versuchen. Aber der Colin, den er kannte, existierte nicht mehr. Der neue Colin war für ihn ein Fremder.

«Du hast es geschafft», sagte Roy. «Wirklich.»

«Du wolltest mir ja nicht glauben.»

«Ist das Blut an ihrer Schläfe?»

«Ich mußte ganz schön zuschlagen. Sie war bewußtlos.»

«Mann! Willst du sie wirklich bumsen?»

«Ja.»

«Und dann töten?»

«Ja.»

Heather machte schwache, unverständliche Geräusche durch den Knebel.

«Wie bringen wir sie um?» fragte Roy.

«Hast du dein Taschenmesser mit?»

«Ja. Du meinst – sie erstechen?»

«Genau, wie du es mit der Katze gemacht hast.»

«Mit Taschenmessern dauert das lange.»

«Je länger, je besser – oder?»

Roy grinste. «Klar.»

«Dann sind wir wieder Freunde? Blutsbrüder?»

«Na ... doch, ja. Du hast wieder wettgemacht, was du –»

«Du versuchst nicht länger, mich umzubringen?»

«Ich würde einem Blutsbruder nie etwas antun.»

«Du hast versucht, mir etwas anzutun.»

«Weil du dich nicht wie ein Blutsbruder benommen hast.»

«Du wirst mich nicht wie Steve Rose über eine Klippe stoßen?»

«Der war nicht mein Blutsbruder.»

«Du wirst mich nicht mit Feuerzeugbenzin ansprühen und anzünden wie damals Phil Pacino?»

«Der war doch auch kein Blutsbruder», sagte Roy ungeduldig.

«Du hast versucht, mich anzuzünden.»

«Nur als ich glaubte, du hättest unseren Eid gebrochen. Du wolltest nicht mehr mein Blutsbruder sein, darum warst du vogelfrei. Jetzt aber willst du den Eid halten und bist darum sicher. Jetzt werde ich dir nichts tun. Nie wieder. Jetzt ist alles anders. Verstehst du nicht? Du bist mein Blutsbruder. Ich würde für dich sterben, wenn ich das müßte.»

«Okay», sagte Colin.

«Aber wende dich nicht noch einmal gegen mich, wie du es damals gemacht hast», sagte Roy. «Einem Blutsbruder sollte man wohl eine zweite Chance geben, aber keine dritte.»

«Reg dich nicht auf, Roy. Von jetzt an gehören wir zusammen. Nur wir beide.»

Roy richtete den Blick wieder auf Heather und leckte sich die Lippen. Er legten eine Hand auf die Lenden und begann, sich durch den Stoff der Jeans zu reiben. «Das wird ein Spaß werden», sagte er. «Und die kleine Hure ist erst der Anfang. Warte es ab, Colin. Jetzt hast du begriffen: Wir gegen sie. Wir werden uns einen Ast lachen. Mann, wird das stark!»

Sich des Tonbandgeräts bewußt, aber mit klopfendem Herzen, weil Roy einen Schritt näher an Heather herantrat, sagte Colin: «Wenn du das willst, gehen wir bald mal an einem Abend zum Autofriedhof zurück und stoßen den alten Lastwagen über die Schienen vor einen Zug.»

«Nee. Das geht nicht mehr, seit du es deiner alten Dame erzählt hast. Wir müssen uns was anderes überlegen.» Er machte wieder einen Schritt auf Heather zu. «Komm jetzt. Wir nehmen ihr den Knebel aus dem Mund. Ich hab was, was ich ihr liebend gern zwischen diese hübschen Lippen stopfen möchte.»

Colin griff hinter seinen Rücken und zog die Pistole aus dem Gürtel. «Rühr sie nicht an.»

Roy beachtete ihn nicht einmal. Er ging auf Heather zu.

Colin schrie: «Ich schieß dir eine Kugel in den Kopf, du gemeiner Hund!»

Roy erstarrte. Anfangs begriff er nichts, aber dann sah er Heather die Fesseln von ihren Handgelenken abstreifen und erkannte, daß er doch hereingelegt worden war. Das Blut wich aus seinem Gesicht und er wurde weiß vor Wut.

«Das ist alles aufgenommen», sagte Colin. «Ich hab es auf Tonband. Jetzt wird mir endlich jemand glauben.»

Roy ging auf ihn los.

«Rühr dich nicht!» Colin zielte mit der Pistole auf ihn.

Roy blieb stehen. Heather zog den Knebel aus dem Mund.

«Alles in Ordnung?» fragte Colin sie.

«Es wird mir bessergehen, wenn wir hier heraus sind.»

Roy sagte zu Colin: «Du miese, kleine Ratte. Du hast gar nicht den Mumm, auf jemand zu schießen.»

Colin fuchtelte mit der Pistole. «Komm einen Schritt näher, und du wirst merken, daß du dich irrst.»

Heather, die ihre Beine gerade von den Fesseln befreite, blieb regungslos sitzen.

Einen Augenblick sagte keiner ein Wort.

Dann machte Roy den Schritt.

Colin zielte auf Roys Füße und ließ einen Warnschuß los.

Nur daß der Schuß nicht fiel.

Er drückte wieder ab.

Nichts.

«Du hast mir gesagt, die Pistole deiner Mutter wäre nicht geladen», sagte Roy. «Erinnerst du dich?» Auf seinem Gesicht stand ein eingefrorenes wütendes Grinsen.

Hektisch und verzweifelt drückte Colin wieder ab. Einmal, noch einmal! Wieder nichts.

Er wußte, daß sie geladen war. Er hatte es nachgeprüft. Verdammt noch mal! Er hatte die Kugeln gesehen!

Dann fielen ihm die Sicherungen ein. Er hatte die Pistole nicht entsichert.

Roy stürzte sich auf ihn, und Heather schrie gellend auf.

Ehe er die zwei kleinen Hebel umlegen konnte, landete der größere Roy auf ihm, und sie rollten über den dicken Teppich aus Staub. Colins Kopf schlug hart auf dem Boden auf, und Roy schlug ihm mit dem Handrücken über das Gesicht, holte ein-, zweimal aus und boxte mit Fäusten, die schwer wie Steine waren in Colins Rippen und dann in den Magen, bis er keine Luft mehr bekam. Colin versuchte, die Waffe als Keule zu benützen, aber Roy packte sein Handgelenk und drehte ihm die Pistole aus der Hand. Er benützte sie, wie Colin sie hatte benützen wollen, schlug ihm seitlich zweimal auf den Kopf, und dann kam die Dunkelheit, eine willkommenheißende, warme, samtene, ungeheuer verlockende Schwärze.

Colin begriff, daß ein oder zwei weitere Schläge ihn bewußtlos machen oder töten würden, und dann konnte er nichts mehr, überhaupt nichts mehr tun, um Heather zu helfen. Es gab nur noch eins. Er wurde schlaff und stellte sich tot. Roy hörte auf mit dem Schlagen und saß keuchend auf ihm. Aber dann, auf alle Fälle, hieb er noch einmal mit der Pistole auf Colins Schädel.

Colins linkes Ohr explodierte, und der Schmerz drang durch die Wange bis in die Nasenwurzel, als wären Dutzende spitzer Nadeln in sein Gesicht getrieben worden. Er verlor das Bewußtsein.

43

Die Ohnmacht dauerte nicht lange. Nur wenige Sekunden. Eine Vision von Heather, obszön unter Roy plattgedrückt, zuckte durch die Schwärze, in der Colin schwebte, und das gräßliche Bild riß ihn aus der Dunkelheit.

Heather schrie, aber der Schrei wurde von dem Geräusch einer Hand abgeschnitten, die ihr ins Gesicht schlug.

Colin hatte die Brille verloren. Alles verschwamm. Er setzte sich auf, erwartete, daß Roy sich auf ihn stürzen würde und tastete den Fußboden rund um sich ab. Er fand die Brille. Das Gestell war verbogen, aber die Gläser saßen fest. Er bog die Bügel zurecht und setzte die Brille auf.

Heather lag auf der anderen Seite des Zimmers flach auf dem Rücken, Roy saß rittlings auf ihr, hatte das Gesicht aber von Colin abgewandt. Die Bluse klaffte auseinander und ihre Brüste waren nackt. Roy versuchte, ihr die Shorts herunterzuziehen. Sie wehrte sich, und er schlug sie wieder. Sie schluchzte.

Benommen und voller Schmerzen, aber von seiner Wut mit neuer Kraft erfüllt, warf Colin sich durch das Zimmer, packte Roy bei den Haaren und zog ihn von dem Mädchen fort. Sie taumelten rückwärts, kippten zur Seite und rollten voneinander weg.

Roy kam auf die Beine und erwischte Heather, als sie zur Tür rannte. Er drehte sie herum und stieß sie gegen die Wand. Sie stolperte und fiel auf den versteckten Tonbandrecorder.

Colin lag auf etwas Hartem, Scharfkantigen. Er war so benommen, daß er einen Augenblick brauchte, bis ihm aufging, daß die Pistole unter ihm lag. Er zog sie unter sich weg, richtete sich zum Knien auf und suchte nach den Sicherungen, als Roy wieder auf ihn losging, und Colin vor Schmerzen Sterne sah.

Roy lachte wie besessen. «Du glaubst, ich fürchte mich vor einer ungeladenen Pistole? Mann, was bist du für ein Trottel! Ich trete dir den Schädel ein, du dämlicher kleiner Wicht. Und dann werde ich dein blödes Mädchen ficken, bis sie draufgeht.»

«Du bist ein widerliches, dreckiges Schwein!» Colin war in Weißglut und wütender, als er es je für möglich gehalten hätte. Er kam taumelnd zum Stehen. «Bleib stehen. Bleib, wo du bist! Die Pistole war nicht entsichert. Jetzt ist sie es. Hast du gehört? Die Waffe ist geladen. Ich werde schießen. Ich schwöre es. Ich schieß dir in den Bauch, daß deine Eingeweide an der Wand kleben!»

Roy lachte nur. «Colin Jacobs, der große Killer!» Er kam näher heran, grinsend, voller Selbstvertrauen.

Colin fluchte und drückte ab. Der Schuß war im leeren Raum ohrenbetäubend.

Roy taumelte zurück, aber nicht, weil er getroffen war. Er war nur überrascht. Die Kugel hatte ihn verfehlt.

Colin drückte wieder ab.

Auch der zweite Schuß ging daneben, aber Roy stieß einen Schrei aus und hob besänftigend die Hände. «Nein! Warte! So warte doch! Nicht!»

Colin ging auf ihn zu, Roy wich vor ihm an die Wand zurück, und Colin schoß wieder. Er brachte es nicht fertig, aufzuhören. Er war heiß, in Weißglut, loderte vor Wut, kochte, glühte so sehr, daß er das Gefühl hatte, gleich zu schmelzen und wie Lava zu fließen. Sein Herz hämmerte so hart, daß jeder Schlag wie die Explosion eines Vulkans war. Er war nicht mehr menschlich, sondern animalisch, wild, barbarisch. Er kämpfte einen brutalen Kampf um ein Revier mit einem anderen Rivalen, zum Angriff gezwungen, bis Blut floß, mit Kraft ausgestattet von einer schrecklichen aber unwiderstehlichen, primitiven Lust, zu beherrschen, zu besiegen, zu zerstören.

Der dritte Schuß streifte Roys rechten Arm; die vierte Kugel traf ihn mitten ins Bein. Als plötzlich dunkles Blut seinen Ärmel färbte und durch das Hosenbein sickerte, brach er zusammen. Zum erstenmal seit Colin ihn kannte, sah Roy – wenigstens im Gesicht – wie ein Kind aus, wie das Kind, das er tatsächlich war. Sein Gesicht verzerrte sich zu einem Ausdruck der Hilflosigkeit, des blanken Entsetzens.

Colin ragte über ihm auf und richtete das Visier auf Roys Nasenwurzel. Beinahe hätte er ein letztes Mal abgedrückt. Aber bevor er diesen letzten Schritt in die totale Wildheit tun konnte, erkannte er, daß in Roys Augen mehr als Furcht stand. Er sah Verzweiflung und einen mitleiderregenden, verlorenen Ausdruck tiefer und unauflöslicher Einsamkeit. Und schrecklicher als das: Er sah, daß ein Teil von Roys Wesen ihn anflehte, noch einen Schuß abzugeben; ein Teil dieses armen Hundes bat darum, getötet zu werden.

Langsam ließ Colin die Waffe sinken. «Ich hole Hilfe, Roy. Sie werden sich um das Bein kümmern. Und um alles andere. Sie werden dir bei der anderen Sache helfen. Psychiater. Gute Ärzte, Roy. Sie werden dir helfen, gesund zu werden. Für das mit Belinda konntest du nichts. Es war ein Unfall. Sie werden dir helfen, das zu verstehen.»

Roy begann zu weinen. Er umfaßte das verwundete Bein mit beiden Händen und weinte hemmungslos, stöhnte, jammerte, wiegte vor und zurück – entweder, weil der Schock nachgelassen hatte und die Wunde ihn schmerzte ... oder weil Colin ihn nicht von seinem Elend erlöst hatte.

Colin konnte die Tränen nicht länger zurückhalten. «O Gott, Roy, was sie dir angetan haben. Was sie mir angetan haben. Was wir alle uns gegenseitig jeden Tag und immerzu antun. Es ist furchtbar. Warum? Um Gottes willen, warum?» Er warf die Pistole quer durch das Zimmer; sie schlug hart gegen die Wand und fiel klirrend auf den Fußboden. «Hör doch, Roy, ich werde dich besuchen», sagte er durch nicht versiegende Tränen. «Im Krankenhaus. Und wohin sie dich auch bringen. Ich werde immer kommen. Ich werde es nicht vergessen, Roy. Nie. Das verspreche ich. Ich werde nicht vergessen, daß wir Blutsbrüder sind.»

Roy schien ihn nicht zu hören. Er war in seiner eigenen Qual und Not verloren.

Heather trat zu Colin und hob zögernd die Hand zu seinem zerschlagenen Gesicht.

Er sah, daß sie hinkte. «Bist du verletzt?»

«Nicht schlimm. Ich hab mir beim Fallen den Knöchel verrenkt. Was ist mit dir?»

«Ich werde es überleben.»

«Dein Gesicht sieht schrecklich aus. Da, wo er dich mit der Pistole geschlagen hat, ist es geschwollen, und es wird blau.»

«Es tut weh», gab er zu. «Aber jetzt müssen wir erst einen Krankenwagen für Roy holen. Er darf uns nicht verbluten.» Er griff in die Tasche und holte ein paar Münzen heraus. «Hier. Unten, am Ende des Hügels, ist eine Tankstelle mit einer Telefonzelle. Ruf das Krankenhaus und die Polizei an.»

«Es ist besser, wenn du gehst», sagte sie. «Mit dem verdrehten Knöchel brauche ich eine Ewigkeit.»

«Macht es dir nichts aus, bei ihm zu bleiben?» fragte Colin.

«Er ist jetzt harmlos.»

«Na ... gut.»

«Komm so schnell du kannst zurück.»

«Bestimmt. Und, Heather ... es tut mir leid.»

«Was?»

«Ich habe gesagt, er würde nie eine Hand an dich legen. Ich hab dich im Stich gelassen.»

«Er hat mir nichts getan»; sagte sie. «Du hast mich beschützt. Sehr gut beschützt.»

In ihren Augen schimmerten Tränen. Einen Augenblick umarmten sie sich.

«Du bist so schön.»

«Ja, wirklich?»

«Sag dir nie, daß du es nicht bist. Denk nie wieder, daß du irgendwie häßlich wärst. Nie wieder. Pfeif auf sie alle. Du bist schön. Vergiß es nicht. Versprich mir das.»

«Okay.»

«Versprich es mir.»

«Ich verspreche es.»

Er ging, um den Krankenwagen zu bestellen.

Draußen war die Nacht sehr dunkel.

Als er den langen Hügel hinunter ging, zur Tankstelle und zum Telefon, erfaßte er, daß er die Stimme der Nacht nicht mehr hören konnte. Er hörte Kröten und Grillen und das ferne Rumpeln eines Zugs. Aber das leise, finstere Murmeln, das er immer zu hören geglaubt hatte, jenes Geräusch einer übernatürlichen Maschinerie, die üble Dinge vollbrachte, war verschwunden. Nach einigen weiteren Schritten erkannte er, daß die Stimme der Nacht nun in ihm war und immer gewesen war. Sie war in jedem Menschen, wisperte boshaft vierundzwanzig Stunden am Tag, und die wichtigste Aufgabe im Leben war es, sie zu überhören, sie auszuschließen, sich zu weigern, ihr zuzuhören.

Er telefonierte nach einem Krankenwagen, dann rief er die Polizei an.

Nin, Anaïs
Das Delta der Venus
Das schönste und direkteste Buch der geheimnisvoll-berühmten Autorin. 327 S. [742]
Djuna oder Das Herz mit den vier Kammern
Dies ist die Charakterstudie einer Leidenschaft, geschrieben in einer Sprache, die analytische Klarheit und poetische Bilder in unnachahmlicher Weise vereint. 208 S. [1270]

Susann, Jacqueline
Diese eine Liebe
Das Schicksal einer Frau, der das Leben alles gewährt und die doch das Glück nicht halten kann. 128 S. [575]
Die Liebesmaschine
Der erfolgreich verfilmte Weltbestseller. 426 S. [815]
Das Tal der Puppen
Ein hochdramatischer Roman über die gnadenlose Welt des Showgeschäfts. Erfolgreich verfilmt. 368 S. [238]

Nicolson, Catherine
Unter dem Pfirsichmond
Jung, attraktiv und ehrgeizig, will Corrie es mit der Welt aufnehmen, will ihr Talent entwickeln und als Sängerin berühmt werden. Mutig geht sie ihren Weg, mit Phantasie, aber auch mit beharrlichem Eigensinn, um ihr Leben zu meistern, um Erfüllung zu finden. 352 S. [1356]

Rogers, Rosemary
Die Sinnliche
Der Roman von Liebe und Leidenschaft unter Napoleon. 416 S. [1212]
Letzte Liebe, Letzte Liebe
Virginia und Steve – schön, reich, jung und verliebt – sind der glanzvolle Mittelpunkt des gesellschaftlichen Lebens in New Orleans. Doch das Schicksal reißt die Glücklichen auseinander. 320 S. [1271]
Die Blonde
»Blondinen bevorzugt« – unter diesem Gebot steht das Leben der reichen und schönen, aber glücklosen Anne. Als Männerfalle verschrien und als Seelchen verschlissen, kämpft sie verzweifelt darum, Mensch zu sein. 384 S. [1157]
Die Unbesiegbare
Ein weiblicher, von Leidenschaft geprägter Roman – vor dem historischen Hintergrund der gesellschaftlichen Entwicklung des jungen amerikanischen Kontinents. 576 S. [784]
Wildnis der Liebe
Eine titanische Familienfehde, Liebe, Haß und Leidenschaften von nicht alltäglichen Menschen. 377 S. [1008]

Cunningham, E.V.
Club der Geschiedenen
Eine knallharte, packende Story, die Einblick gewährt in aufschlußreiche, nicht immer erfreuliche, amerikanische Ehe- und Scheidungspraktiken. 192 S. [1398]

García, Consuelo
Auf der Suche nach Liebe
Consuelo García hat in ihren persönlichen Erzählungen die Suche des Menschen nach Liebe eingefangen: die Liebe der Frau zum Mann, die Liebe einer Mutter zu ihrem Kind, die Liebe, die sich in der beglückenden Erfahrung der Sexualität äußert, aber auch eine allumfassendere Liebe zu den Mitmenschen und zum eigenen Körper... 192 S. [1417]

Romane